Lijme

CW01677569

ATHENAEUM POCKET

Willem Elsschot

Lijmen / Het Been

Bezorgd en toegelicht
door Peter de Bruijn

Athenaeum—Polak & Van Gennep
Amsterdam 2010

Eerste druk, 2004; tweede druk, in het Verzameld werk, 2005; tweede druk, 2007; derde druk 2008; vierde druk, als Athenaeum Pocket, 2010

Copyright tekst © 2005 Erven A. De Ridder (Willem Elsschot)
Copyright tekstbezorging en annotaties © 2010 Peter de Bruijn/Huygens Instituut (KNAW)
Athenaeum—Polak & Van Gennep, Singel 262, 1016 AC Amsterdam

Omslag Anneke Germers
Omslagillustratie © Getty Images/Andy Sotiriou

ISBN 978 90 253 6767 1 / NUR 311
www.uitgeverijathenaeum.nl

Inhoud

Lijmen

De ontmoeting

Ik had de man, die één tafel verder tegenover mij zat, reeds een paar keer aangekeken, want hij riep herinneringen in mij wakker, al wist ik zeker dat ik nooit met zo iemand had omgegaan. Hij zag er voorspoedig en burgerlijk uit, als een man van zaken, en toch deed hij mij denken aan Vlaamseleeuwenvlaggen en Guldensporenslagen, aan jongens met baarden en vilthoeden. In zijn knoopsgat zat een decoratie en naast hem, op de tafel, lagen een paar keurige handschoenen. Neen, ik had nooit omgang gehad met mensen van dat soort en toch kon ik mijn blik niet van hem afwenden. Waar, waar, waar?

'Kelner,' vroeg hij opeens, 'heb je echte Guinness stout?'

'Jawel,' klonk het rustige antwoord.

'In Dublin gebotteld? Zonder gekheid?'

De kelner gaf geen verder bescheid, keerde hem de rug toe en riep donderend: 'Un stout, un!'

Toen de man 'zonder gekheid' zei, wist ik dat hij Laarmans heette, want zijn stemklank was niet veranderd en tien jaar geleden had hij dezelfde woorden precies zo uitgesproken.

'Hoe maak je 't, Laarmans?' vroeg ik, terwijl hij zijn stout proefde.

Hij zette zijn glas neder, keek mij aan en herkende mij dadelijk.

'Wel, heb ik van mijn leven!' Een ogenblik later zat hij aan mijn tafeltje en bestelde 'n tweede stout, zonder te vragen of ik er trek in had. Afgaand op mijn verleden, vond hij blijkbaar dat dat vanzelf sprak. Toen ik de fles echter nadenkend aankeek, want ik dacht dat ik nu op mijn beurt zou moeten trakteren en ik vond die Guinness nogal duur, toen vroeg hij dadelijk of ik soms de voorkeur gaf aan een glas wijn, 'of zoiets'.

Wat was die Laarmans veranderd! Ik had hem gekend als een haveloze voorvechter, met lang haar dat de kraag van zijn jas vettig maakte, een grote pijp met een kop die een doodshoofd verbeeldde, en een zware knuppel, waarmede hij dreigend zwaaide wanneer hij gedronken had of in een optocht liep. Niemand kon toen als hij 'Vliegt de Blauwvoet! Storm op Zee!' roepen en hij was dan ook, bij mijn weten, tweemaal door de politie ingerekend voor dingen die hij niet gedaan had, alleen maar omdat hij er zo gevaarlijk uitzag.

Hij haalde een zilveren koker uit zijn zak en bood mij een 'gold-tipped' sigaret aan. Abdullah geloof ik, in ieder geval een fijn goedje.

'Wat voer je tegenwoordig toch uit, Laarmans?' waagde ik eindelijk.

Hij dacht even na en lachte.

'Wat of ik uitvoer?' vroeg hij terug. 'Ja, wat zal ik je zeggen? Makkelijk om te vertellen is dat niet en nog minder om 't zomaar dadelijk te snappen. Dat vroeg ik tien jaar geleden aan Boorman ook en hij probeerde 't mij duidelijk te maken. Maar ik had maanden praktijk nodig om de zaak te begrijpen. Nog een stout?'

En hij bestelde werkelijk nog twee flessen.

'Ik betaal alles,' stelde hij mij gerust.

'Decoratie?' vroeg ik.

Hij wierp een blik op de kleurige rozet, die zijn verschijning nog merkwaardiger maakte.

'Neen,' antwoordde hij onverschillig en luidop.

Ik keek naar links, vrezend dat twee heren, die niet ver van ons af zaten, het gehoord mochten hebben.

'Dat geeft niks,' zei Laarmans met een rustige blik op de mensen in kwestie. ''t Is geen decoratie, heb ik je gezegd. Was het er wél een, ja dán... Neen, dat doe ik niet, want daar krijg je vroeger of later moeilijkheden mede. Nu, 't is misschien tóch een decoratie, want er zijn er zoveel dat je moeilijk een lintje kan opsteken zonder in plagiaat te vervallen, al kies je ook de onmogelijkste kleuren.'

Laarmans had altijd vlot gesproken, maar nu was zijn radheid alleszins merkwaardig, evenals de gevatheid waarmede hij antwoordde op dingen die ik aan 't denken was, maar nog niet gezegd had.

'En je lang haar, Laarmans?' vroeg ik weer. 'En je verzen? Schrijf je geen verzen meer?'

'En mijn pijp?' ging hij voort. 'Weet je nog wel? Wat een pijp, mijnheer! Wat een heerlijke pijp! En die vilthoed! En mijn knuppel! O God, die stok! En wat je niet te zien kreeg dan, zoals mijn hemd!'

Hij keek voor zich uit, als wierp hij een blik in het verleden.

'Weg, alles weg,' mompelde hij.

En na een poos:

'Hoe staat het met de Vlaamse zaak en de politiek in 't algemeen?'

Ik dacht dat hij in den vreemde gewoond had en antwoordde dat er bij mijn weten weinig veranderd was, dat bankiers en mannen van zaken nog steeds Frans spraken, evenals de meeste flaminganten wanneer zij niet aan de weg timmerden, dat de liberalen nog steeds alle betrekkingen bij de gemeente kregen en de katholieken die bij de staat.

Ja, dat wist hij net zo goed als ik, want hij woonde in de stad.

'Maar de Vlaamse zaak,' drong hij aan. 'Je weet wel... Optochten met stokken en vilthoeden, verduiveld. En herrie, of tenminste lawaai, als op de kermis. Doen ze daar nog aan en ben jij nooit meer van de partij?'

Ik gaf een ontwijkend antwoord en vroeg weer wat hij nu eigenlijk uitvoerde.

'Lijmen,' antwoordde hij.

Hij zag dat ik met zijn antwoord weinig opschoot.

'Nu ja, lijmen. De mensen bepraten en dan doen tekenen. En als zij getekend hebben, krijgen zij het ook werkelijk thuis.'

'Wat krijgen zij dan thuis, Laarmans?' vroeg ik, want ik wilde alles weten.

'Hun exemplaren,' zei de man.

Hij lachte weer.

'Exemplaren van het Wereldtijdschrift,' verklaarde hij nader.

En op zijn stout wijzend:

'Zij is lekker.'

'Even kijken,' vervolgde hij. ''t Is morgen zondag en dat artikel kan ik maandag wel in elkaar flansen. Als je er werkelijk belang in stelt, zal ik het je vertellen, want ik hield indertijd veel van je. Kom mij morgen een bezoek brengen, dan krijg je een lekkere fles. Vind je 't goed, ouwe jongen? Boulevard du Japon, 60. Laat je niet afschrikken door de naamplaat. Van drie uur af ben je vreselijk welkom.'

Boorman

'Ik heb Boorman ontmoet,' begon Laarmans, 'zoals wij elkaar gisteren ontmoet hebben, namelijk in een café, geheel onverwachts, maar nog iets later in de avond. Ik had lusteloos achter een vlag gelopen, 'k weet zelf niet meer ter ere van wie. Een liberaal of iets van dien aard. In ieder geval 'n man die wij om de tien minuten moesten toejuichen en die dan telkens met een valse lach aan de omstanders allerlei beloofde.

Op een gegeven moment stond ik moederziel alleen op de boulevard, met mijn knuppel in de hand en mijn pijp in de mond. En toen zag ik mijzelf voor het eerst zoals ik werkelijk was: een verloren schaap in de samenleving. Het had een beetje geregend en mijn lelijke hoed kleefde onbehaaglijk aan mijn voorhoofd. Ik maakte met mijn knuppel nog een werktuiglijk moulinet, dat niemands aandacht trok, want er *was* niemand meer.

"Laarmans," sprak ik tot mezelf, "je bent een ezel."

Ik werd overvallen door een stemming die 'k nog nooit had ondergaan, zo diep was de neerslachtigheid, die mij plotseling als een nevel omhulde. Zacht verwijtend noemde ik wel tienmaal mijn naam, maar ik kreeg van mijzelf geen antwoord. Ik zag niets anders dan een man met een vettige jaskraag, een vilthoed, een pijp en een knuppel. Het kwam mij voor dat ik in de verte het zingen nog hoorde van de manifestanten met wie ik had rondgelopen en toen ik een zijstraat insloeg om ze niet weer te ontmoeten, stond ik voor een café dat nog verlicht was. Je weet dat ik altijd van bier heb gehouden en ik ging dan ook binnen, bestelde een pint, legde mijn stok en mijn hoed op de bank en begon na te denken. Ik verdiende met typen honderd vijfentwintig frank in de maand en ik had mijn dertigste jaar achter de rug. Bleef ik doen wat ik deed, dan zou ik over tien jaar misschien tweehonderd verdienen, over twintig jaar honderd vijftig, over dertig weder honderd vijfentwintig, en dan... En al die tijd zou ik brieven schrijven die zouden beginnen met "nous vous accusons réception de votre honorée", "we duly received your favour" en "wir bestätigen den Empfang", en die eindigen zouden met "recevez, Messieurs, nos salutations distinguées", "yours truly" en "hochachtungsvoll"! Toen ik in het bijzonder aan de "salutations distinguées" dacht die 'k over dertig jaar typen zou, keek ik rond of soms niemand de vrees zat te bekijken die op mijn gezicht te lezen stond, dat voelde ik wel.

Er zat nog slechts één klant in 't café, tegen de muur aan d'overkant, en die keek mij werkelijk aan, zoals ik gevreesd had. Het was een korte, stevig uitziende man van een jaar of vijftig, die op Beethoven leek, althans op dat gipsen masker, dat boven de meeste piano's hangt. Hij had een ontzaglijk hoofd voor zo'n kleine man, met een beweeglijk voorhoofd waar geen eind aan kwam, vooral ook omdat het zo van op een afstand bijna versmolt met zijn kale schedel, die alleen iets blanker was. Hij had, net als ik, een glas bier voor zich staan en dat zijn maag voor de mijne niet onderdeed, bleek uit de grote teugen die hij nam. Telkens als hij zijn glas neerzette, ging zijn blik in mijn richting. En welk een blik, waarde vriend! Het spijt me daarom alleen reeds dat je geen kennis met hem maken kan. Hij scheen de kracht ervan te beseffen, want hij keek niet zozeer op mij als door mij heen, zeker opdat ik niet zou omvallen, wat niet wegnam dat het bloed mij dadelijk naar het hoofd steeg. Niet dat de man mij vrees aanjoeg, integendeel, maar ik had een gevoel alsof hij mijn hemd kon zien en mijn voeten, die in geen weken gewassen waren. Na mij nog even te hebben aangesteld alsof ik mij bijzonder op mijn gemak voelde, dronk ik mijn laatste bier op, nam mijn knuppel in de hand, zette die hoed weer op, weet je nog wel, en verliet het café, waar de klok half twee sloeg. Buitenkomend werd ik begroet door een rukwind die mij bijna weder binnensmeet en die, toen ik zwenkte, mijn vilthoed medenam tot aan de eerste verdieping en een paar huizen verder in 't slijk smakte. Na het twee keer gemist te hebben, want het liep verder, raapte ik het ding weder op, waarbij mijn pijp uit mijn mond viel, doch zonder te breken. Toen moest ik mijn woede koelen en wel terstond. Gelukkig dat Boorman op dat ogenblik niet naast mij liep, anders had ik zijn Beethovenkop misschien aan scherven geslagen en dan had ik nu nog steeds voor andermans rekening gedistingeerde salutaties zitten typen... Er stond echter een ijzeren fietsenrek en daarop sloeg ik, aan 't slot van een gecompliceerde vloek, mijn politieke knuppel aan stukken, waarna ik mijn zakdoek kreeg en mijn hoed begon schoon te maken.

"Mooi gedaan, jongen," zei een stem, en de man van 't café kwam naar mij toe.

En dadelijk vervolgde hij:

"Nu je baard..."

"'t Is niet om mee te spotten, mijnheer, heus niet," gaf ik neerslachtig ten antwoord, want met mijn knuppel was ook mijn woede gebroken.

"Ik spot niet," zei de man. "Kijk maar."

Hoe gek zijn "kijk maar" ook klonk, toch moest ik erkennen dat er aan de hele verschijning geen zweem van een glimlach zat. Hij zag er integendeel verduiveld ernstig uit.

"Wat scheelt eraan?" vroeg hij. Meteen nam hij mijn hoed van mijn hoofd, gaf hem een originele deuk, zodat hij er werkelijk veel netter uitzag en zette hem mij weder op. Hij handelde met mijn eigen hoofd precies alsof ik het van hem slechts in huur had.

"Wat eraan scheelt?" vroeg ik terug.

En na hem aangekeken te hebben, als was ik een hele piet, zei ik bitter:

"Yours truly, salutations distinguées en hochachtungsvoll."

"Zo," zei de man. En ik geloof werkelijk dat hij mij begrepen had.

"Hier zullen wij nog één biertje drinken," besloot hij. En hij loodste mij om de hoek een nieuw café binnen, waar een meid bezig was de tafels op elkaar te zetten en in een hoek te rangeren.

"Mijnheer Boorman?" vroeg zij, waarop mijn gezel twee Guinness stout bestelde.

"Echte, in Dublin gebottelde, Marie," riep hij haar na, toen zij 't gevraagde halen ging.

Weet je nog dat ik gisteravond tegen die kelner hetzelfde gezegd heb? Dat is het enige niet dat ik van Boorman overgenomen heb, maar alles, alles, of toch ten minste zoveel als ik tijdens onze samenwerking heb kunnen slikken. En ik heb er mij goed bij bevonden, zoals je ziet. Alles is echter gelogen, want zijn voorraad was te groot voor hersens als de mijne.

Toen de stout gebracht was, haalde hij deze koker uit zijn zak, die hij mij later cadeau heeft gegeven, en dwong mij een heerlijke gold-tipped sigaret op te steken. Daar ik echter nog een beetje gegeneerd was, haalde ik mijn pijp tevoorschijn en maakte aanstalten om ze te stoppen.

"Zoudt u daarmede niet alvast afrekenen?" vroeg de man met een blik op mijn fornuis.

Ik legde mijn pijp op de grond, zette er mijn hiel op en drukte de kop tot gruis. Het gaf een gekraak, dat de geeuwende meid deed opkijken.

Nu weet je dat ik altijd een zwak heb gehad voor pijpen en deze was mijn lieveling, omdat ze zo origineel was. Wat had die vent reeds een invloed op mij, dat hij me dat vonnis had kunnen doen voltrekken, zonder dat ik ook maar een ogenblik geaarzeld had!

" 't Is jammer," sprak hij, mijn blik volgend, die een laatste groet bracht aan de scherven, "maar het moest. Had het gekund, dan had je ermee mogen doorgaan."

Die woorden deden mij goed, omdat zij bewezen dat Boorman op zijn manier een gevoelsmens was en ik, in mijn zwakheid, zonder gevoel nog niet over de baan kon.

"Hoe heet je?" vroeg Boorman nu, waarop ik natuurlijk Laarmans antwoordde.

"Dat gaat niet," zei de man. "Neen, Laarmans is onmogelijk, vooral in een land waar de klanten zelf eenvoudig Mosselmans, Biermans, en Borremans heten. Je heet voortaan Teixeira de Mattos; dat is nog eens een naam, vind je niet? Maar geen naamkaartjes laten drukken, hoor, want je moet oppassen. Ik zal je alleen zo noemen, omdat Laarmans er beslist niet door kan. Nu dan, mijnheer De Mattos, je hoeft mij niets te vertellen. Je bent een jaar of dertig, is 't niet? Dan kan het nog gaan. Was je veertig, dan zou ik het niet met je proberen. Dit is mijn voorstel. Je komt bij mij in de leer met een of andere titel. Ik zal maar zeggen secretaris of hoofdredacteur. Zoek zelf maar eens naar een titel die in je smaak valt en vooral in de smaak van de clientèle. Of je getrouwd bent of niet kan mij niet schelen, evenmin wat je tot dusver hebt uitgevoerd. Maar je moet doen wat ik zeg. Wat-ik-zeg... En niet alleen moet je doen wat ik zeg, maar je moet doen zoals ik doe, praten zoals ik praat en zwijgen zoals ik zwijg. Wij maken een contract, waarbij bepaald wordt dat je van heden af duizend frank in de maand krijgt gedurende niet langer dan twaalf maanden. Na die tijd, of vroeger, word je er uitgetrapt of ik doe mijn zaak aan je over, en in dat geval werk je twintig jaar lang voor mijn rekening tegen vijftig procent van de winst. Ben je geschikt, dan kan die helft vijftigduizend frank per jaar bedragen. Ja, twintig jaar is voldoende, anders wordt het gekheid. En na die tijd is de hele boel voor jou, ook de hele winst en dan ben je pas vijftig."

"Ik ben vijftig," sprak hij met klem. "Nu, op dit moment, zoals ik hier zit." En er ging weder zulk een kracht van hem uit, dat ik een eindje opschoof om niet met hem in aanraking te komen, want hij leek mij wel een dynamo.

Duizend frank in de maand! Ik vond het zo'n ontzaglijke som, dat ik dadelijk aan niet te overkomen moeilijkheden dacht, aan onmogelijke talen en aan trigonometrie.

"Maar denkt u dat ik zal kunnen volbrengen wat u mij zult opdragen?" vroeg ik ongerust.

Hij keek mij nog eens aan, met een blik die mijn zwaarte tot op een pond na schatte.

"Ja," verzekerde hij. "Als je maar kan willen. Het willen is in mijn zaken moeilijker dan het doen."

"Ik vind het goed," sloeg ik toe, niet zonder waardigheid en ook niet geheel zonder een beklemmend gevoel, als verkocht ik mijn ziel.

"De quoi écrire!" riep Boorman, waarop de meid wakker schoot en naar ons toekwam.

"Mijnheer," sprak zij met een blik op de klok, "wij gaan sluiten. Stel dat schrijven maar uit tot..."

Verder kwam zij niet, want Boorman stopte haar twee frank in de hand, waarop zij het gevraagde dadelijk bracht.

Een ogenblik later had Boorman, op papier met het hoofd "Brasserie du Lion Royal", in tweevoud een contract opgesteld, waarvan de termen volkomen klopten met wat wij mondeling waren overeengekomen.

"Hier," wees hij aan, waarop ik de pen in de hand nam.

"Laarmans natuurlijk," zei Boorman, en ik zette een handtekening met een zwierige krul.

"Ik zal een nieuwe handtekening voor je zoeken," beloofde mijn patroon, terwijl hij het door mij getekende exemplaar in zijn portefeuille opborg, "want die krul is ouderwets en niet krachtig genoeg. Je handtekening moet de mensen zo al niet doen schrikken, dan toch ontzag inboezemen. Een dikke, stijve letter, zonder enig gekrul. En je tekent natuurlijk altijd Laarmans, nooit Teixeira de Mattos, maar zo dat geen mens het lezen kan, want je naam is al te lokaal... Kom nu maar mee."

Het Algemene Wereldtijdschrift

Het was een tegenvaller voor Boorman dat hij die avond gedronken had, anders had hij er misschien wel iets beters op gevonden, maar hij had het bier nu eenmaal op. Bij 't verlaten van 't café snoot hij krachtig zijn neus, zoals alleen energieke mensen dat doen, duwde zijn hoed in zijn nek om de uitwerking van 't bier door afkoeling van zijn hoofd te neutraliseren, waarna hij even tegen een schutting ging staan om te wateren.

"Je woont bij mij in," zei Boorman, "doch je moet elders gaan eten. Je mansarde wordt morgen in orde gebracht, maar je kan alvast blijven slapen. Schud je bed vandaag zelf maar wat op."

"Wat voer je daar uit, kerel?" klonk het bars vanachter zijn rug.

Mijn patroon antwoordde niet, want alleen de vorm was vragend, terwijl de blaffende klank hem daarentegen het zwijgen oplegde.

"En je gaat er maar mee door, vriendje?" vroeg nog gauw dezelfde stem, want je kon zien dat de man klaar was. Hij zakte tenminste al door zijn knieën, keerde zich om en daar stonden wij voor twee agenten van politie, die ons vijandig aankeken.

"Neen maar, ik geloof dat... waarachtig, wij hebben mijnheer Boorman te pakken!" zei opeens de grootste van de twee.

"Boorman, of geen Boorman, vooruit met hem," kefte de andere, een wurm van een mannetje, dat onder zijn helm schuilging als onder een paraplu.

"Ben je bedonderd?" bromde de slungel tegen zijn

collega. "Leer nou eerst onze wijk een beetje kennen, zeg, dan kan je misschien meepraten."

Hij lachte vertrouwelijk tegen Boorman en gaf keurig het saluut.

"Als u soms opnieuw wilt beginnen, mijnheer de directeur, ga dan uw gang maar, hoor! Wij houden zolang de wacht wel. En zonder dat jij je tanden zal laten zien, is 't niet, Lauwers?"

"Vriend 116," zei Boorman, "je bent een toonbeeld en je gaat met me mee, want ik trakteer op een fijne borrel."

"En die paddestoel mag ook eens proeven," vervolgde hij, op 't agentje wijzend dat hem te lijf had gewild.

Deze gewaagde onderweg nog even van nachtdienst en van plichtsbesef, doch gaf 116 ten slotte gelijk, toen die begon te schelden op de commissaris en op heel 't verwenste gemeentebestuur.

"Denk je soms dat ze er je dankbaar zullen voor zijn?" zei de lange vent minachtend.

Neen, dat wist Lauwers ook wel, maar een agent was dan toch een agent.

"Nou dan," zei de grote.

Het huis van Boorman onderscheidde zich door een inrijpoort met een grote koperen firmaplaat waarop bij 't licht van een lantaarn te lezen stond:

ALGEMEEN WERELDTIJDSCHRIFT
voor
Financiën, Handel, Nijverheid,
Kunsten en Wetenschappen.
Opgericht in 1864
Directeur-generaal: Ch.A. Boorman

"Verduiveld," zei de paddestoel, getroffen.

"Niet te veel leven maken, heren," verzocht Boorman, "want ik heb een lastige meid, die ik niet gaarne wakker zou maken... Mijn vrouw is naar Gent," vervolgde hij. "Naar haar zuster toe, die ongesteld is."

Hij opende de poort, liet ons binnen en draaide een contact om, zodat een ruime gang verlicht werd, die aan de linkerkant een suite van vijf deuren vertoonde.

"Directie," verklaarde hij bij deur één.

"Administratie," ging hij voort, toen wij bij nummer twee kwamen.

"Redactie."

"Kas."

Al die benamingen werden geconfirmeerd door grote koperen platen, waarvan er een op iedere deur zat.

Ten slotte werd nummer vijf bereikt.

"Museum van Inlandse en Uitheemse Voortbrengselen," zei Boorman, op een schitterende plaat wijzend, die zijn woorden staafde.

Hij bleef staan tot ons aller zielen door de tekst bevrucht waren en liet ons toen binnen.

Het was een ruim vertrek, ingedeeld als een warenhuis, met een paar toonbanken en talrijke glazen uitstalkasten, en van onder tot boven met vlaggetjes versierd als de grote hal van een jaarbeurs op de dag van de opening. In 't midden stond een borstbeeld van een man met een lange baard en daaronder alweer een plaat met het opschrift:

LEOPOLD II
Koning der Belgen
Beschermer van Handel en Nijverheid

"Carrarisch marmer." En Boorman wees Leopold aan.

Toen wij, volgens hem, voldoende genoten hadden, wendde hij zich naar links en raakte een vleugelpiano aan, die in 's konings nabijheid stond.

"Steinway. Massief ebbenhout."

Voor de piano lag een pels, die zijn muil wijd opensperde en star uit zijn glazen ogen keek.

"Koningstijger. Uitheems," verklaarde Boorman.

Na een pauze stapte hij tot voor een machine.

"Dieselmotor van tien paardenkracht."

"Wees nu maar zoet, of je wordt geëlektrocuteerd waar je staat," zei 116 tegen Lauwers.

Deze keerde de machine minachtend de rug toe.

"Ik vind dat hij zo weinig van die lekkere borrel zegt," meende 't mannetje.

Op de motor volgden drie Engelse bedden, twee fietsen, een zestal grasmaaiers, vier clubfauteuils, twee Amerikaanse bureaus, drie gaskachels, een wasmachine, een grote mangel, een pianola, een hele serie camera's, talrijk keukengerei en vaatwerk, twee naaimachines, stapels manufacturen, korsetten en paraplu's, een volledige badinrichting, minstens dertig paar schoenen, grote en kleine koffers en valiezen, jachtgeweren, groenten en vlees in blikjes, zes schrijfmachines en diverse voorwerpen waarvan 't gebruik mij nog onbekend was, alles voorzien van kaartjes met de naam van de fabrikant, of van de winkelier die er handel in dreef.

"Alles te koop, behalve 't beeld van onze geliefde koning," zei Boorman met een circulaire blik.

In weerwil van de plaat op de deur van 't museum, bleken de inlandse waren bij verre in de meerderheid te zijn, want behalve de tijgerpels was er aan uitheemse producten niets anders in voorraad dan een kris, een ouderwets pistool, dat ook wel inheems kon wezen, een Kongolese werpspeer, een stapeltje kokosnoten, de dop van een struisvogelei, een afgodje en een brok rubber, die onder 's konings neus op een afzonderlijke tafel neergelegd waren.

"Wil u daar even een fles uitzoeken, mijnheer De

Mattos," verzocht Boorman, waarop ik mij een weg baande tussen de fietsen en grasmaaiers tot bij een buffet, waarop flessen en kruiken van allerlei kleur en vorm stonden.

Ik nam een fles en bekeek de strook die er dwars op zat.

"Dat is eigenlijk dinges..." zei Boorman.

"Kummel," verklaarde Lauwers met beslistheid, alhoewel hij er een eindje af stond.

"Dat kan best," gaf Boorman toe.

"En die daar is Chartreuse," zei de paddestoel weer, op een sympathieke fles wijzend, die half verscholen stond achter een kruik oude klare.

"Wat drinken jullie nu liever, Kummel of Chartreuse?" vroeg onze gastheer. "Je hebt maar te kiezen."

"'t Is ons om het even, mijnheer de directeur. Wij lusten alles, is 't niet Lauwers...?" zei 116.

Lauwers keek verontwaardigd tegen zijn collega op.

"Welneen. Wij lusten alles, wij lusten alles. Ja, natuurlijk lusten wij alles. Maar als mijnheer ons kiezen laat, dan kies ik toch Chartreuse, want Chartreuse gaat boven Kummel, in al de landen van de wereld. Maar als het jou dan toch om het even is, kies dan ineens water."

"Een kruiper ben je," besloot hij iets zachter.

Er ging van het mannetje zulk een bevoegdheid uit, dat het pleit meteen beslecht was, want Boorman haalde vier flinke wijnglazen uit de afdeling "keukengerei en vaatwerk" en ging ons voor door kas, redactie en administratie tot in de directiekamer.

Deze was geheel centralisatie: huistelefoon met schakelbord, drukknopjes, grammofoon om brieven te dicteren en een kaartensysteem, mijnheer, als voor de burgerlijke stand van Londen. Dat Boorman zijn tijd bij 't lood woog, bleek uit spreuken die de wand versierden, als daar waren:

Gij die hier voor zaken klopt,
Wees in Godes naam beknopt.

Bondigheid in zaken
Is zeker niet te laken.

Hou niemand van zijn werk,
Hetzij patroon of klerk.

Lorsque vous aurez tout dit,
Levez-vous et partez d'ici.

Ne consacrez à chaque affaire
Que le temps strictement nécessaire.

Een paar andere getuigden dat hij een voorstander was van rechtschapenheid:

Onze vaderen werden nooit geknecht:
Zij waren eerlijk en oprecht.

Hebt ge zakenbloed in d'aderen,
Wees dan correct als onze vaderen.

Een reine zaak hoeft niet beschreven,
Als 't jawoord eenmaal is gegeven.

Ook erkende hij ronduit dat hij gesteld was op contante betaling:

Uw woord zij waar,
Uw geld zij baar.

Payez comptant,
Soyez content.

Terwijl de grote politieagent de opschriften las alsof hij er werkelijk belang in stelde, keek Lauwers halsstarrig naar de fles, die ik, op een wenk van Boorman, probeerde open te maken door de kurk met mijn zakmes bij brokjes uit de hals te pulken, want wij hadden geen kurkentrekker.

Ik had mijn hoed op de schrijftafel gelegd, hield de fles tussen mijn dijen en deed vreselijk mijn best, want ik had gaarne op Boorman een goede indruk gemaakt met dit eerste karweitje. Ik wist toen nog niet dat hij zo volkomen vrij was van kleingeestigheid.

Eindelijk werd het Lauwers echter te machtig, want nadat zijn hoofd een tijdlang al mijn bewegingen had meegemaakt, nam hij mij de fles tussen de dijen uit, zette ze op zijn knie en trok een flinke revolver uit zijn gordel.

"Geen gekheid asjeblieft," verzocht Boorman.

De paddestoel stak de loop van zijn wapen in de hals en met een enkele duw dreef hij 't restant van de kurk de fles in, waarna Boorman de glazen vulde.

" 't Is ons om 't even, wij lusten alles," sarde Lauwers, die zag dat 116 de Chartreuse een hele tijd kauwde voor hij ze doorslikte.

Het gesprek liep eerst over de accijnzen en het alcoholisme, en over de bedrijven die met het alcoholvraagstuk in verband staan, zoals stokerijen en slijterijen, waarna Lauwers belangstellend vroeg hoe groot het aantal intekenaren op het Algemeen Wereldtijdschrift wel was.

Boorman antwoordde niet dadelijk. Ik zag dat hij van de fles naar de agenten keek en van deze weder naar de fles, waarna hij een lade opentrok en een kist sigaren bij de glazen zette.

"Het aantal abonnenten van het Algemeen Wereldtijdschrift?" herhaalde hij langzaam. "Ja, wat zal ik u zeggen?"

Met dat al zei hij niets, maar keek Lauwers aan met die blik, die mij in 't café bijna van de bank had gelicht.

't Agentje had echter een dikke huid, want hij voelde niets en na nog even van zijn likeur geproefd te hebben, herhaalde hij zijn vraag, als vreesde hij dat men hem niet goed begrepen had.

't Figuur van Lauwers scheen Boorman ten slotte toch voldoening te geven.

"U bedoelt natuurlijk het aantal lezers, niet?" vroeg hij. En er glom iets als een lach op zijn gezicht.

"Nou ja," kefte Lauwers, "lezers dan. Lezers of abonnenten is toch precies hetzelfde, zou ik denken, mijnheer de directeur."

Ik begon belang te stellen in de kwestie, want ik voelde dat die verband hield met het contract dat mij verlost had van toekomstige gedistingeerde salutaties.

"Neen," ontkende Boorman, na een nieuwe mijmering, "dat is niet hetzelfde, mijnheer de directeur. Het aantal abonnenten is nihil."

"Hoeveel zegt hij?" vroeg Lauwers zacht, mij aankijkend.

"Ik heb geen abonnenten," hernam Boorman. "Ik wil geen abonnenten. Geen enkel. Abonnenten betekent weinig geld, veel last en nog meer praats. Dankjewel, hoor. Maar lezers, die zijn er misschien wel. Die zijn er zoveel men wil. Men, dat zijn mijn cliënten. Soms wel honderdduizend. – Eens zijn er tweehonderdvijftigduizend geweest. Tweehonderdvijftigduizend lezers, mijnheer De Mattos."

Ik knikte belangstellend.

"Er waren ten minste tweehonderdvijftigduizend exemplaren," verklaarde hij dromerig... "Dus tweehonderdvijftigduizend geadresseerden, indien Lipton ze allemaal verzonden heeft, wat ik betwijfel. Maar het kan, want die Engelsen zijn tot alles in staat. Er waren precies tweehonderdvijftigduizend vijfentwintig exemplaren, waarvan vijfentwintig voor mijn eigen gebruik."

De lange agent knikte nu ook, vol bewondering, doch Lauwers had zijn oogjes bijna geheel dichtgeknepen van slimheid en uit al zijn poriën straalde 't verlangen om te begrijpen.

"Tweehonderdvijftigduizend vijfentwintig exemplaren en geen abonnenten... Het Wereldtijdschrift wordt dus gevent, als een krant," overwoog het mannetje.

"Neen," zei Boorman, "ik geloof het tenminste niet. Lipton, Singer, Cockerill, Kwatta of wie dan ook, doen natuurlijk met hun voorraad wat zij willen. Dat kan mij niet schelen. Ik heb echter nog nooit gehoord dat iemand een nummer gekocht had. Evenmin dat er ooit ergens een te koop is geweest. Kom, drinken jullie je borrel nog maar eens uit."

"Maar die Lipton of die Kwatta," drong Lauwers aan, "die moeten dan toch... Er zijn dus geen abonnenten, of hoe was het ook alweer? En 't Wereldtijdschrift wordt niet gevent... Om de waarheid te zeggen, ik snap het niet." En hij keek zijn lange confrater aan als wilde hij zeggen: als jij 't soms snapt, vertel het dan maar.

"Hoeft ook niet, Lauwers. Je zoudt er toch niet mee gebaat zijn. Snap liever nog een borrel, daar heb je tenminste nog wat aan," troostte Boorman.

"Vrienden," vervolgde hij, "vergeet nooit dat het Algemeen Wereldtijdschrift geen intekenaren heeft. De directeur heeft het jullie formeel gezegd, is 't waar of niet? Hij maakt er dus geen geheim van. Wel integendeel, want in naam van de vriendschap die wij vannacht met Chartreuse bezegeld hebben, verzoekt hij u beiden aan de hele wereld te vertellen dat hij van geen abonnenten horen wil. Waar ik zeg de hele wereld, bedoel ik alleen je collega's, maar geen mensen van zaken. En mochten jullie ooit door enige rechter gedagvaard worden om daarvan te getuigen, steekt dan kordaat twee van je ambtenaarsvingers op, sleept de Heiland erbij en zweert tot hij aan zijn kruis van kleur verschiet... Begrepen?"

Zijn stem groeide aan als een naderend geluid en toen hij "begrepen?" zei, bemerkte ik voor het eerst dat ook Lauwers, zijn dikke huid ten spijt, werkelijk geraakt werd, want zijn lichaam schudde onder de klem van 't laatste woord.

"Als jullie weer eens trek hebben in Chartreuse of Kummel," vervolgde Boorman zachter, "en in een lekkere sigaar, komt dan zonder omslag hier aanbellen. Mocht ik niet thuis zijn, loopt Kato dan onderstboven, ga recht naar 't Museum van Inlandse en Uitheemse Voortbrengselen en zoekt je fles maar uit. U denkt er wel om, nietwaar, mijnheer Teixeira de Mattos? Niets is te goed voor die heren."

"Hoe heet jij ook alweer, vriend 116?" vroeg hij. "Dan zal ik Kato waarschuwen. Het onderstboven lopen is dan overbodig."

"Lodewijk Hendrickx," zei de lange man.

"Die voornaam hoeft niet. Dus Hendrickx en Lauwers," herhaalde Boorman.

Hij nam twee gele kaarten van een stapel, schreef op de ene Hendrickx en Lauwers (agenten 116 en 204), op de andere Lauwers en Hendrickx (agenten 204 en 116) en daaronder "Abonnentenkwestie, getuigen", waarna hij de ene onder H en de ander onder L in zijn kaartensysteem opborg.

De fles was nu tot op enkele borrels na ledig. De agenten hadden elkanders helm opgezet en Lauwers, die een eerste komiek was, droeg in sordino een lied voor, dat hij zelf gemaakt had bij gelegenheid van een gouden bruiloft.

Vijftig jaren trouw bijeen
zonder oor- of andere vijgen
te geven of te krijgen,
zonder 't breken van een been.

Hij dikte zijn gedempte zang aan door met zijn lichaam alles in beeld te brengen wat bij de liefde hoort, zoals het jagen van de minnaar, het wederstreven en toegeven van de bruid, de inmenging van de moeder en de tastbare gevolgen van de min, terwijl hij ondertussen nog 't blaffen van een hond nabootste en 't kraaien van een haan. Het kraaien lukte niet erg best, omdat hij niet genoeg geluid dorst geven.

Toen hij zweeg, verzocht Hendrickx nog om de Franse tekst, waarop Lauwers weer begon:

Six cents mois, cinquante années,
cul à cul et nez à nez
sans se battre ou s'embêter,
cela vaut bien qu'ils soient fêtés!

Plotseling zweeg hij en bleef roerloos staan alsof hij luisterde.

"Vooruit!" drong Hendrickx aan, die beweerde dat het leukste nog komen moest.

"Horen jullie niets?" fluisterde Lauwers.

In de nachtelijke stilte klonk werkelijk een gekraak, als van iemand die een trap afkomt, en daarop een menselijke stem, die "Karel!" riep.

De bazuin van 't laatste oordeel had ons niet schielijker kunnen doen opstaan. Boorman verliet de directiekamer en begon in de gang gedempt te praten met een verschijning waarvan de witte japon een ogenblik voor het deurgat fladderde.

Hij stelde enige vragen, waarop de andere een hele

tijd aan 't woord bleef. Het was een gemompel vol gelatenheid, als een gebed, dat eindelijk onderbroken werd door luidere uitroepingen van Boorman.

"De Korthals veertien!" klonk het duidelijk.

Een ogenblik later hoorden wij dat hij akelig lachte en tot viermaal toe "gebalsemd!" riep, waarop hij binnenkwam en de deur sloot.

"Wij zullen maar liever heengaan, nietwaar, mijnheer de directeur?" vroeg Hendrickx, die niets op zijn gemak was, dat zag ik wel.

"Neen, hier blijven," zei Boorman. Met gekruiste armen stond hij voor zich uit te kijken, alsof hij iets zocht.

"Mijnheer De Mattos," sprak hij na een poos met nadruk, "ik word op 't ogenblik vanuit Gent verneukt door een kerel, die Korthals heet en die 't lijk van mijn schoonzuster in zijn bezit heeft. Mijn vrouw is vanochtend alleen vertrokken, om haar een bezoek te gaan brengen, want ik wist niet dat het arme mens de dood zo nabij was, anders was ik medegegaan. Zij kwam echter te laat. En daar zij vanavond thuis wilde zijn, heeft zij het stoffelijk overschot aan die Korthals toevertrouwd, want zij wil dat haar enige zuster hier begraven wordt. Zij heeft hem met alles belast, *alles*, zonder enige prijs te bedingen, zelfs niet nadat de kerel van balsemen gesproken had. Hij is een specialiteit, zegt ze maar. Stel je voor dat iemand mij tienduizend exemplaren van het Wereldtijdschrift bestelt en 't bepalen van de prijs aan mijn goeddunken overlaat. Eerst balsemen en dan per motorlijkkoets Korthals XIV hiernaartoe brengen. Besef jij ten volle wat dat betekent, De Mattos?"

Ik antwoordde dat ik 't gevaarlijke van de toestand duidelijk inzag en dat was ook zo, maar Boorman luisterde niet, want hij stond weer te denken.

"Volgens de wet," overwoog hij luidop, "heeft de eigenaar in ieder geval het recht de aan hem toebehorende zaak van iedere houder terug te vorderen, dus ook van Korthals, in de staat waarin zij zich bevindt. En aan een dergelijke terugvordering moet desverlangd onmiddellijk gevolg gegeven worden."

Terwijl hij over zijn eigen woorden nadacht, klaarde zijn gezicht even op, om dadelijk weer te betrekken.

"Maar de bezitter," vervolgde hij, "heeft het recht tot terugvordering van de noodzakelijke uitgaven, tot behoud en ten nutte der zaak aangewend. En dat ellendige balsemen is wel degelijk te verklaren zo al niet als zijnde ten nutte, dan toch zeker als dienende tot behoud der zaak."

Hij veegde zich het zweet van het voorhoofd en begon mompelend in de kamer op en neer te lopen.

"Weet jij er iets op?" vroeg hij, mij aankijkend.

En zonder op antwoord te wachten:

"Heren, ik ga die baas opbellen om te proberen balseming en transport per Korthals XIV af te bestellen. Indien hij luisteren wil tot ik de kans schoon zie om hem te zeggen dat ik niet akkoord ga met zijn verneukerij, dan ben ik klaar en dan zal hij tekeergaan als de baarlijke droes. Maar de kans is klein. Ik zou tenminste geen antwoord geven. In ieder geval heb ik getuigen nodig, die later kunnen komen bevestigen dat het afbestellen werkelijk in hun bijzijn heeft plaatsgehad."

"Begrijp je wat ik bedoel?" vroeg Boorman heftig, toen hij zag dat de blik van Lauwers even afdwaalde.

"Best, hoor," antwoordde de paddestoel.

"Nu dan," vervolgde Boorman. "Pak aan, De Mattos. Druk dat ding tegen een van je oren aan en luister die vent de ziel uit zijn lijf."

Hij zocht even in het telefoonboek, kwam naast mij zitten, belde de centrale op en sloot de ogen.

"Brussel," zei een neusstem.

"Gent!" riep Boorman, naar het toestel snappend als een hond naar een been.

Er volgde een gegorgel, dan een bruisen als van de zee en daarop een hels gestamp en geratel.

"Een fabriek," zei Boorman zacht, toen ik opschrikte.

Het stampen verzwakte van lieverlede tot een liefelijk geluid, zwol opnieuw aan om dan met een ruk te verstommen. Een stilte trad in, die zo volkomen was, dat ik mijzelf verbleken voelde.

"Geen stroom meer," lispelde Boorman.

Opeens een gegil en gedaver dat in een windvlaag aansnelde en dan wegstierf in de verte.

"Een trein."

Hij wierp even een smartelijke blik op Hendrickx en Lauwers, die daar nog steeds rechtop stonden, zonder iets te verrichten.

"Goed opletten, heren," verzocht hij. "Krijg ik hem aan 't praten, dan zal ik zijn woorden telkens herhalen voor ik antwoord geef, zodat je 't hele gesprek volgen kunt."

Daarop sloot hij de ogen weer.

"Hôtel de France?" vroeg eindelijk een vrouwenstem.

Boorman verroerde niet. Hij zat ineengedoken, de handen aan de oren en de ellebogen op de tafel rustend, als iemand die sluimert.

"Hôtel de France?" vroeg nogmaals diezelfde stem.

En toen opeens:

"Gent hier," dat mij toeklonk zoals "schip in 't zicht" klinken moet na dagenlang zwalkens.

"1728," zei Boorman met nadruk, de ogen opslaand en zijn stoel dichter bij de tafel schuivend als om vaster te zitten. Hij keek met gefronste wenkbrauwen naar het ellendige toestel en hield de tanden op elkaar geklemd onder 't verstrijken van een nieuwe stilte.

"Bent u klaar?" vroeg de stem van "Gent hier" na een hele tijd.

"Neen," zei Boorman. "Zeventienhonderd achtentwintig heeft nog steeds niet geantwoord. Wil u nog eens bellen? En vooral niet verbreken, alsjeblieft."

Ik luisterde weer. Over Vlaanderen hing een doodse stilte.

"Wie is daar?" werd opeens gevraagd, toen ik dacht dat er niets meer komen zou.

"Heb ik de eer met de firma Korthals en Zonen te spreken?" vroeg Boorman terug, zijn vrije hand opstekend als een profeet, om 't noodlot te weren.

De Gentenaar scheen na te denken. Althans, hij antwoordde niet dadelijk en vroeg toen opnieuw "wie is daar?"

Zijn stem klonk weifelend, als van iemand die 's nachts opschrikt en een vraag richt tot de duisternis.

"U spreekt met Boorman uit Brussel, mijnheer. Ik ben u ten zeerste verplicht voor de bijstand die u mijn vrouw wel hebt willen verlenen, indien ik tenminste de eer heb met de heer Korthals te spreken," aaide Boorman met een stem, waarin al de tonen van een orgel zongen.

Er kwam geen antwoord.

"Hallo! Mijnheer Korthals, van de bekende firma Korthals en Zonen?" vroeg hij nogmaals, met een smartelijke trek om de mond.

Niets verroerde. De mens die tweemaal "wie is daar?" gevraagd had, was weg of stond zwijgend aan 't ander eind van de draad.

"Bent u klaar?"

"Juffrouw," smeekte Boorman, "wil u een laatste maal bellen? Het is voor een zaak van het hoogste gewicht. Ik ben een ogenblik in gesprek geweest, doch de aansluiting is plotseling verbroken of anders wil 1728 niet antwoorden. Bent u in dat laatste geval bereid om te getuigen dat ik..."

"Ik zal nog éénmaal bellen."

En kort daarop:

"1728 geeft geen antwoord meer."

Boorman schreeuwde nog een paar radeloze zinnen terug, doch ik hoorde niets anders meer dan een geborrel, dat eindigde in een snik.

"Brussel hier. Klaar met Gent?"

"'t Is goed zo," antwoordde de man, het toestel van zich afduwend.

"Gaat het niet?" vroeg Lauwers. Doch Boorman was verzonken in gedachten en scheen ons allen vergeten te zijn... Hij keek langs de agenten heen naar de wand, als iemand die weet dat geen mens hem helpen kan, en slikte herhaaldelijk.

"Mij dunkt dat het tijd wordt," meende Hendrickx, die weg wilde, zeker omdat de aanblik van Boorman hem hinderde. Ikzelf werd onlekker, want ik had kort tevoren iemand zien sterven die aan 't kaarten was, en daar moest ik nu telkens aan denken.

"Hem in zijn hol gaan opzoeken?" mompelde Boorman. "Er gaat een trein om 5 uur 16. Maar het nest is natuurlijk ledig, ofwel is alleen de vrouw thuis en die weet van niets. Daar moet u met mijn man over spreken, mijnheer. Telegraferen?"

Lusteloos nam hij een velletje papier en schreef: Korthals, begrafenissen, Gent. Afbestel balsemen en vervoer per Korthals XIV. Brief volgt. (Get.) Boorman.

"Wil jij dat nog even aangetekend voor mij verzenden, Lauwers? Je gaat toch langs de telegraaf. Ik ben moe en ga naar bed."

Er stond werkelijk zweet op zijn gezicht en water in zijn ogen, dat hij met zijn zakdoek verwijderde, waarna hij de agenten ieder nog een sigaar gaf.

Toen Lauwers het telegram bij zich wilde steken, nam Boorman het hem weer uit de hand, las het geschrevene nog eens over en verfrommelde het vel tot een balletje, dat hij zwierig in de prullenmand smeet.

"Laat maar. Het komt toch te laat. Onze heer Korthals was bij de ontvangst van uw geacht telegram op reis enzovoorts. En dan een paar dagen nadien een persoonlijke brief vol U Edeles, met de rekening bij wijze van postscriptum. De oude geschiedenis. Trouwens, begin van uitvoering en daartegen kan niets baten, zie je, niets, niets. De Singernaaimachines hebben het met mij ook geprobeerd. Ik wed dat zij morgen hier is."

"Neen, De Mattos," besloot hij, toen de agenten buiten waren, "ik zal betalen. Betalen zal ik, contant en zonder korting te bedingen. Maar ik zal haar wreken. Welterusten. Je kamer is op de tweede verdieping. En morgenochtend om 9 uur op kantoor."

De Korthals XIV en XV

De volgende morgen werd zij werkelijk gebracht, zoals Boorman voorspeld had. Ik was nog geen tien minuten beneden, toen de Korthals XIV voorreed en 'n man in 't zwart zich aanmeldde, die Boorman een omslag overhandigde, waarin behalve de rekening, een briefje zat, dat de houder volmacht verleende om 't bedrag in ontvangst te nemen.

"Tweeduizend vijfhonderd frank. Dat kan er nogal door," zei Boorman met een stalen gezicht. "Ik zal u dadelijk een cheque geven."

"En dit is voor u," voegde hij er bij, de lijkbidder twintig frank in de hand stoppend.

Het bedrag van de fooi verraste de man, dat kon je zien.

"Ik krijg die cheque straks wel, mijnheer," antwoordde hij beleefd, waarna hij Boorman verzocht de grote poort open te maken. Hij zou de wagen in de gang zetten, want de buurvrouwen begonnen al samen te scholen.

"Smeerlappen!" riep een boodschappertje van de telegraaf, toen zo ongevraagd aan 't kijken een einde werd gemaakt.

"Ik ga aan de firma Laporte een paar mensen vragen om bij 't lossen te helpen," zei de lijkbidder. "Over een halfuur ben ik terug."

Toen hij weg was kwam Boorman uit de directiekamer en inspecteerde de Korthals XIV, die er werkelijk goed uitzag. De zijwanden waren versierd met zwarte gordijntjes, waarop zilveren tranen blonken, terwijl de achterwand gebouwd was in de vorm van een dubbele deur, met het oog op het laden en het lossen.

“Waartoe die gordijntjes, vriend?” vroeg Boorman aan een armoedige vent die aan ’t stuur zat en het voorkomen had van iemand, die niet tevreden is met zijn lot.

De man antwoordde niet. Hij scharrelde even onder een deken dat zijn benen bedekte, haalde een schaftzak tevoorschijn en kreeg er een dikke boterham uit. Nadat hij een paar happen naar binnen had gewerkt, wierp hij een blik op Boorman, die nu op zijn hurken zat en onder de wagen probeerde te kijken, en vroeg of hij geen slokje water kon krijgen om eens door te spoelen.

“Haal een fles wijn uit het museum, De Mattos, en een groot glas. Een bierglas,” beval Boorman dadelijk.

“Smaakt het?” vroeg hij een ogenblik later, toen de man een teug nam.

Deze knikte bevestigend, mompelde iets als een dankbetuiging en ging door met eten. Boorman bekeek het wezen nu aandachtiger, betastte zijn geld in zijn broekzak en na de fooi even gewikt te hebben gaf hij de man vijf frank.

“Pak aan,” sprak hij, hem het grote stuk in de hand stoppend, “dat is voor jou. Maar waartoe die gordijntjes, vriend?”

Nu brak de man los.

“Hij heeft u zeker te pakken gehad, mijnheer? Gebalsemd, is ’t niet? Ik heb tenminste gehoord wat een pret ze hadden. Pas nu maar op, want het lossen is niet in de prijs begrepen. En als u hem laat betijen, dan krijgt u dadelijk nog een apart rekeningetje, dat de baas alvast klaar heeft gemaakt en dat die zuursmoel in zijn zak heeft.”

Hij zou ongetwijfeld nog een hele tijd doorgegaan zijn, maar Boorman vroeg weer waartoe die gordijntjes eigenlijk dienden... Hoe hij op die vraag kwam weet ik niet en ik twijfel eraan of hij het zelf wel wist. Maar later heb ik honderdmaal ondervonden dat hij zich, als bij instinct, tot het zwakke punt van zijn klant of van zijn tegenstander aangetrokken voelde.

"Waartoe die gordijntjes dienen, mijnheer? Om de vensters onzichtbaar te maken. Kijk maar," zei de man. Meteen maakte hij een van de betraande gordijntjes los en lichtte het op, zodat een matte ruit zichtbaar werd, waarop in 't midden een rood kruis geschilderd was.

"U begrijpt zeker niet waartoe vensters in een lijkwagen nodig zijn, mijnheer?" vervolgde de man, het gordijn weer dichtmakend.

"Als u er mij maar niet in betrekt, ziet u..."

"Je kan huizen op mij bouwen, vriend," zei mijn patroon.

"Huizen, huizen," mopperde de chauffeur.

Zonder enig antwoord te geven, stopte Boorman hem een tweede vijffrankstuk in de hand.

"Bekijk u dit alvast eens aandachtig," zei de man nu. En hij overhandigde Boorman een velletje dat een prospectus bleek te zijn, opgeluisterd met twee kiekjes van motorwagens. Onder 't ene prentje stond, bij wijze van motto: "De motorlijkkoets Korthals XIV vertrekt uit Gent om het stoffelijk overschot van gravin X... naar Parijs te vervoeren" en onder 't ander: "De motorziekenwagen Korthals XV verlaat Gent om gravin Y... naar Baden-Baden te brengen."

"Wel, mijnheer, wat denkt u ervan? Hebt u 't nog niet in de gaten?"

En daar Boorman en ik ons suf stonden te denken, gaf de man ons de pap in de mond met de woorden:

"Kom nou. Deze die hier voor u staat is...?"

"De Korthals XIV natuurlijk," gaf ik ten antwoord.

"Juist," zei de chauffeur.

Na een hap in zijn boterham maakte hij 't rodekruisvenster met een ruk opnieuw zichtbaar.

"En nu, mijnheer?"

Wij gaven geen antwoord.

"En nu is het de Korthals xv. Hiep, hiep, hoera!" hoonde de man, die aan zijn tweede glas bezig was, dat hij zelf maar had volgeschonken.

"Verduiveld goed gevonden. Ik moet je patroon mijn compliment maken," zei Boorman met een bewonderende blik op de circulaire. Toen bedacht hij zeker dat de chauffeur met recht op een smadelijke instemming rekende:

"Een echt schandaal, vriend, een ongehoorde bedriegerij. Aan de kaak moet jouw Korthals," verklaarde hij pathetisch.

"Als u er mij maar niet in betrekt, ziet u."

Boorman zei nogmaals iets van huizen bouwen en tastte alweer in zijn zak.

"Neen, dat hoeft niet," weerde de man af, die de moed niet had om ten derden male geld aan te nemen. "Als hij een lijk te pakken krijgt, dan gaan die doekjes voor de vensters, een kruis achterop en klaar is de veertien. Moet er een zieke in, dan ga ik aan 't goochelen: kruis en doeken worden in die kast hier gestopt, binnen wordt een hangmatje vastgesjord en de vijftien steekt van wal, alsof hij de veertien nooit gekend had, mijnheer."

Uit zijn "mijnheer" waarvan de slotletter als een trommel roffelde, sprak al de haat die hij in dienstbaarheid van Korthals sedert jaren vergaard had. Hij kneep de wijn uit zijn snor en keek zelf zijn wagen nog eens aan.

"Ik ben al zestien jaar bij hem in dienst, mijnheer, en ik mag zeggen dat ik zijn man van vertrouwen ben. 's Ochtends een lijk en na de middag soms een zieke, mijnheer, of een oude die niet meer lopen kan. En als er niets van dat alles op de markt is, dan maar een piano of zo. Ik heb vier kinderen... maar och, dat doet eigenlijk niets terzake," sloeg hij moedeloos door.

En met een blik die de toekomst tegemoet ging:

"Wat zou het een bons geven, indien het bekend werd!"

Intussen bestudeerde mijn patroon nog steeds halsstarrig de circulaire, als zocht hij iets, en maakte eindelijk de opmerking dat op de ene prent aan de wagen een plaat zat met het nummer 11.714, terwijl op de plaat van het tweede cliché nummer 11.715 voorkwam.

"Ja, dat zie ik nu ook," erkende de chauffeur, "maar wij hebben maar één wagen en ons nummer is 11.714."

"Weet je niet wie de Korthals XV gefotografeerd heeft?" vroeg Boorman.

Jawel, want hij had aan het stuur gezeten met een nieuwe pet op, zoals in de circulaire te zien was. Die van de Hoogpoort was het geweest.

Op dat ogenblik werd er gebeld.

"Zijn naam, vriend, zijn naam!"

De chauffeur stond hopeloos te denken.

Van verontwaardiging over zichzelf had hij de armen gekruist en keek naar de grond.

"Er woont misschien maar één fotograaf?" vroeg Boorman. "Dan is de naam niet bepaald nodig."

Ja, er woonde maar één fotograaf. Er stond een levensgroot portret van de kardinaal van Mechelen voor de winkelruit.

"Wat spreken zij samen?" wilde Boorman nog weten.

Men belde weer, ditmaal iets harder.

"Wie?" vroeg de chauffeur, die zichtbaar ongerust werd.

"Wie? Wie? Korthals en zijn fotograaf, verdomd."

"Ja," zei de man. "Waar zij over spreken? Dat hangt er natuurlijk van af."

"Neen, vent. Wat spreken zij samen... Vlaams of Frans?"

"Frans mijnheer, Frans. Vooral sedert hij deze motorwagen gekocht heeft."

"Maak de poort open!" commandeerde Boorman.

De lijkbidder kwam binnen, vergezeld van drie helpers. Hij zei terloops aan de chauffeur dat hij voor de thuisreis een vrachtje schilderijen gevonden had, waarna zij met zijn vieren de kist uit de wagen namen en Boormans schoonzuster voorlopig opsloegen in 't Museum van Inlandse en Uitheemse Voortbrengselen, onder 't oog van Leopold II, naast de rubber en 't negergodje.

"Parmentier," zei de chauffeur nog gauw, voor de vier in de gang stonden.

De helpers gingen dadelijk heen, terwijl de vertegenwoordiger van Korthals, na enig doelloos gebaar en gekuch, op Boorman afkwam en hem twee kwitanties presenteerde, een voor de hoofdsom en een tweede van vijfenzeventig frank, voor 't lossen.

"Steek die dingetjes maar weer in je zak," zei mijn patroon, na de kwitanties even bekeken te hebben. "Ik zal dat een dezer dagen met mijnheer Korthals wel in orde maken."

De lijkbidder keek verbaasd op en ikzelf begreep niets van die plotselinge ommekeer, want Boorman was werkelijk van plan geweest direct te betalen, daar was ik zeker van.

"U zei over een uur toch," begon de man uit Gent...

"Jawel," onderbrak mijn patroon, "maar ik ben intussen van mening veranderd. En praat er nu niet meer over, want het helpt toch niet. Wat wil je doen? Mede terugnemen? Ga je gang. Maar dan is de dienst niet gepresteerd en vervalt de rekening, die nu volkomen in orde is. En als ik dan wacht? Ja man, het prachtige remboursprincipe is op die waren niet van toepassing, wat wel jammer is voor de patroon, maar ik kan het niet helpen."

"U betaalt dus niet, mijnheer?" vroeg de lijkbidder, die 't nog steeds niet geloven kon en die nu ook naar mij begon te kijken.

Boorman antwoordde nu helemaal niet.

"Mijnheer De Mattos," sprak hij, mij enige brieven, kaarten en drukwerk overhandigend, "dit is de post van deze morgen. Voortaan licht u zelf de bus en maakt de brieven open, dan is dat alvast klaar als ik beneden kom. Hier hebt u een sleutel. Is er een brief bij die enig antwoord vereist, wat zelden voorkomt, dan kunt u dat meteen typen. U stoot maar iets aaneen, dan zal ik het tegen half tien wel even doorkijken. Maar niet te veel brieven schrijven, weinig brieven, zeer weinig, en als 't kan helemaal geen brieven. Daar u zich beklaagd hebt over die duizenden 'salutations distinguées' die u al achter de rug hebt, vind ik het best dat u er eens iets anders op bedenkt. Deze post zullen wij dadelijk samen afhandelen." En hij ging zitten.

"Mijnheer," zei de afgevaardigde van Korthals, "mag ik u doen opmerken..."

"De Mattos," commandeerde Boorman, "maak de poort open, dan kan die man eruit. En de wagen ook."

De Gentenaar ging eindelijk heen, te verwonderd om ruzie te maken. Toen ook de wagen buiten was, bleef hij nog even voor de gevel staan, zette zijn hoed recht, wierp nog een blik op de grote naamplaat en ging eindelijk naast de chauffeur zitten.

"De Mattos," zei mijn patroon, "kijk dadelijk hoe laat er een trein naar Gent gaat. Ik geloof om twee uur. Nu dan, om tien minuten vóór tweeën aan 't station, bij de loketten. Je hebt nog net de tijd om eerst te gaan eten. Jammer dat je nog niet geschoren bent, maar bij die Korthals kan het ook wel met je baard. À propos, het staat wel niet in ons contract, want zoiets wordt nu eenmaal niet beschreven, maar hij moet er morgen af, hoor. En een groot stuk van je snor moet ook weg. En kijk in het telefoonboek onder Parmentier of die soms geen telefoon heeft, want dat zou prachtig zijn."

Wij kwamen precies tegelijk aan het station en ik zag dat mijn stiptheid hem genoegen deed.

"Ik houd niet van mensen die te vroeg komen," zei Boorman toen wij gezeten waren. "En te laat komen gaat helemaal niet, dat spreekt vanzelf. Heeft hij telefoon?"

Ja, de fotograaf was aangesloten. Ik had het nummer genoteerd.

"Ik bof. Zonder de telefoon was het haast niet te doen. Tweeduizend vijfhonderd franco thuis, plus vijfenzeventig voor 't lossen, maakt tweeduizend vijfhonderd vijfenzeventig frank, dus tweeduizend zeshonderd met het drinkgeld van die twee heren. Plus wat de exemplaren mij kosten, zeshonderd frank, totaal generaal drieduizend tweehonderd en geen cent minder, al staat hij op zijn kop. Wat zal die man opkijken! Als wij die foto's maar krijgen! Toch gaan wij Korthals ook zonder foto's opzoeken, hoor! Maar de wetenschap dat je gewapend bent, geeft een kracht die anders moeilijk te bereiken is. Nu is 't ook best mogelijk dat Korthals, nadat het eerste kiekje gemaakt was, op 't idee gekomen is de echte plaat werkelijk door een valse te vervangen. En dan dienen de foto's tot niets. Enfin, wij zullen zien."

Wij namen in Gent een taxi en Boorman gaf als adres rue du Haut-Port, nr. 1 op. Mijn opmerking dat de fotograaf volgens het telefoonboek in nummer vierenzestig woonde, bleef onbeantwoord.

"Laten wij de straat nu even doorlopen om te zien of hij werkelijk de kardinaal uitgestald heeft, want ik zou niet graag bij iemand gaan aanbellen die niets met de wagens van Korthals te maken heeft gehad. In een stadje als Gent moet je oppassen..." En met zwier ging het door de rue du Haut-Port, waar in nummer vierenzestig werkelijk een reusachtig kardinaalsportret voor de vitrine stond.

"Doorlopen," zei Boorman.

"Hierin," gebood hij. En wij gingen een café binnen, op de hoek van de eerste dwarsstraat.

Mijn patroon bestelde twee glaasjes port, dronk het zijne dadelijk uit, verzocht mij hetzelfde te doen en betaalde.

"Ziezo," zei Boorman. "Nu kunnen wij weggaan, zodra je getelefoneerd hebt, zonder opspraak te verwekken. Want als je een groot glas bier neemt en je laat het staan omdat je haast hebt, dan kijken de mensen je na en willen er meer van weten. Bel de fotograaf nu op, zeg dat je Korthals et Fils bent, dat je twee heren naar hem hebt gezonden, aan wie hij een afdruk van de twee negatieven van de motorlijkwagen ter hand mag stellen, en anders niets, tenzij je door zijn gevraag tot verder antwoorden gedwongen wordt. Maar zodra je zeker bent dat hij je begrepen heeft, bel dan af of zeg brrr in de telefoon. Ik zou het zelf wel doen, maar ik ben mijn vreemd accent nog niet geheel kwijt. Het valt mee dat hij Frans spreekt, want de Gentse tongval van Korthals zal wel niet na te bootsen zijn. En schiet nu op. Probeer eerst nog even waar ik bij ben, maar niet te luid. Nu, ik ben de fotograaf, en ik vraag: 'Qui est là?' "

"Korthals et Fils. C'est pour dire que j'ai autorisé un de mes clients à venir prendre chez vous un exemplaire des deux photos de mon corbillard automobile. Il sera chez vous dans un instant. En ik bel af."

"Uitstekend," zei Boorman. "Vooruit nu."

Ik ging de cel binnen, vroeg dertien twintig en kreeg aansluiting met een meisjesstem, die na mijn tirade eenvoudig "bien, monsieur" antwoordde, waarop ik afbelde en verslag ging geven.

Boorman stond dadelijk op en ik volgde hem weer door de rue du Haut-Port tot bij Parmentier, waar wij binnenvielen als kwamen wij alles kopen wat er in voorraad was.

"C'est pour les deux photos du corbillard automobile, mademoiselle," zei Boorman tegen een aardig meisje, dat in een grote doos aan 't rommelen was.

"Je les cherchais justement, monsieur." En zij deed een greep in de doos.

"Pourvu qu'il en reste," zei 't kind. "Mais alors nous pourrions vous les faire, bien entendu. Ah, les voilà. Vous avez de la chance."

"Combien?" vroeg Boorman.

"Six francs, monsieur."

Hij betaalde en wij verlieten de winkel.

Zodra wij de hoek om waren, bekeek Boorman ons koopje en zijn gezicht verhelderde.

"Uitstekend," was zijn enig commentaar, en toen hij mij de afdrukken overhandigde, zag ik dat op de twee foto's waarachtig hetzelfde nummer stond. De man met de boterhammen had de waarheid gezegd.

Korthals woonde gelukkig niet ver, maar hij was niet thuis. Of wij dan maar in zijn bureau wilden komen? vroeg een zenuwachtige jongen, die ons achter de winkel in een kantoortje bracht.

"Laten wij maar gaan zitten," zei mijn patroon, het voorbeeld gevend.

De jongen draaide een tijdlang aan een kopieerpers, blies een sissend liedje op de scherpe kant van een briefkaart en ging toen op een schrijfmachine hangen als om verstoppertje te spelen.

"Daar heb je pa," meldde hij aan, en een ogenblik later deed Korthals zijn intrede, terwijl de jongen zich uit de voeten maakte.

"Mijnheer Korthals zelf?" vroeg Boorman, nadat zij elkanders decoratie hadden aangekeken.

"Jawel, mijnheer, om u te dienen. Met wie heb ik de eer?"

Boorman kruiste de benen.

"Ik ben de directeur-generaal van het Algemeen Wereldtijdschrift voor Financiën, Handel, Nijverheid, Kunsten en Wetenschappen en mijnheer Teixeira de Mattos is mijn secretaris. Doch, gaat u zitten. Op verzoek van diverse medische kringen heeft de directie besloten in een van de eerstvolgende nummers een studie te publiceren over moderne transportmiddelen voor het vervoer van lijken. En ik geloof wel dat ik voor betrouwbare inlichtingen op dat gebied aan 't goed adres ben, nietwaar, mijnheer?"

Bij die vraag, die gesteld werd met een gezicht dat droop van deferentie, raakte Korthals tot driemaal toe verward in het koordje van zijn lorgnet. Nadat hij zich losgeworsteld had, vouwde hij de handen en begon verward te doceren:

"Mijnheer, ik keur uw initiatief volkomen goed, volkomen, vooral ook omdat over die kwestie tot nog toe slechts geschreven werd door mensen die er geen benul van hebben en er feitelijk geheel buiten staan. Geloof maar niet dat de krantenlui zich de moeite geven de mening te vragen van een vakman. Neen, mijnheer, zij schrijven maar raak. Ik kan u vooral goed inlichten over eersteklasse begrafenissen, want dat is mijn specialiteit. Er is in de laatste jaren heel wat getwist over die klassen en u weet natuurlijk dat de socialen voorstanders zijn van kale uitvaarten. Zij kunnen niet velen dat onze geliefden behoorlijk ter aarde worden besteld, zoals alleen een eersteklasse firma dat kan inpikken. Maar als zo'n haantje-de-voorste van ze doodgaat, een die jarenlang zonder boord gelopen en een paar keer in de kast gezeten heeft, dan zijn ze er als de kippen bij met vaandels, kransen en muziek. En dan maar zuur kijken, alsof ze met de hele wereld wat te verrekenen hadden. Ik behoef natuurlijk niet te zeggen dat Korthals en Zonen in hun vak sedert jaren aan de spits staan."

"Kookt die melk niet over?" vroeg de schrille stem van iemand die niet te zien was.

Korthals verliet even het kantoor, zeker om naar de keuken te gaan, keerde mompelend terug en sloot de deur, na een kat te hebben weggetrapt, die hem voor de voeten liep.

"Zo'n huishouden heeft wat in," sprak hij met een gemaakte lach.

Hij kuchte en begon opnieuw:

"Korthals en Zonen staan sedert jaren aan de spits. En wanneer ik dat zeg, ligt het niet in 't minst in mijn bedoeling concurrenten te kleineren."

Hij trok een lade open en haalde er zijn circulaire uit, die hij Boorman aanreikte.

"Dit zijn onze nieuwe motorwagens, de Korthals XIV en XV, chassis Renault. De veertien is gebouwd voor 't vervoer van lijken van de ene stad naar de andere en de vijftien voor het overbrengen van zieken. Vroeger werden onze lieve doden gewoon per spoor verzonden, net als haring. Zij werden gewogen, mijnheer, en moesten op een vrachtbrief, tot eindelijk onze veertien aan die gruwel een einde heeft gemaakt."

"Zie je nu wel, De Mattos, dat wij bij Korthals en Zonen moesten zijn om iets te horen dat de moeite waard is?" vroeg Boorman, mij tot getuige nemend.

En zich naar Korthals toekerend:

"Mijnheer, ik keur uw initiatief volkomen goed, even vol-ko-men als u het mijne. Dat uw streven naar verbetering door de massa niet steeds gewaardeerd wordt is de schuld van een schraapzuchtige kerel, die niet terugschrikt voor misdadig geknoei. Ja, mijnheer, misdadig. Luister liever. Er is een firma, of u 't gelooft of niet, die maar één enkele motorwagen bezit, waarin zij zowel lijken als half-lijken vervoert. Of het vrachtje dood, lam of slechts ziek is, dat kan haar geen bliksem schelen. Alles gaat erin, ook schilderijen en piano's. Die vent is speciaal ingericht op het verspreiden van tyfus en pest en dan nog wel onder de vlag van de zoon Gods. Moest die niet gehangen worden, mijnheer?"

Er lag een verontrustend crescendo in de stem van Boorman. Een tijdlang was Korthals echter blijven liggen zoals hij gaan liggen was om zijn eigen toespraak te houden. Maar toen Boorman die vraag stelde, met dezelfde nadruk waarmede hij mij die eerste avond gezegd had: *ik* ben pas vijftig, *nu*, op *dit* moment, zoals ik hier *zit*, – toen kwam de man in zijn stoel overeind en sloeg de ogen neer, in zijn inktpot.

Boorman liet hem even zitten en ging dan door:

"De vent in kwestie is bovendien een bedrieger. Hij heeft zijn motorwagen eerst als ziekencoupé gefotografeerd en dan nog een tweede kiekje gemaakt na hem geschminkt te hebben met een kruis en met tranen op doek. Hij heeft er alleen niet aan gedacht voor de tweede foto een bordje met een ander nummer te gebruiken. En daarom wordt hij nu door het Wereldtijdschrift gehangen, mijnheer, tenzij..."

"Tenzij wat?" vroeg Korthals zacht.

Mijn patroon haalde zwijgend een rood formulier uit zijn binnenzak, vulde er iets op in, en gaf het aan Korthals.

"Kan het niet minder?" lispelde deze, na het papier te hebben ingekeken.

En daar Boorman zijn zwijgen niet verbrak, bracht hij nog iets uit waarin "schandelijk" voorkwam, maar 't was een onsamenhangende zin, zonder werkwoord, en de zwakheid stond hem op het gezicht. Star op 't rode formulier kijkend, nam hij langzaam een pen in de hand en tekende.

"Geef mijnheer Korthals zijn foto's nu maar," zei Boorman, nadat hij de rode strook had opgeborgen.

En zich tot Korthals wendend:

"U hoeft slechts zeshonderd frank in geld te betalen. Voor 't restant zendt u mij de kwitantie van 't balsemen en het transport van mijn schoonzuster. Mijn naam is Boorman, van Brussel. Tot genoegen, mijnheer."

"Dat is toch weer in orde," zei mijn patroon, toen wij in de trein zaten. "En hij krijgt toch twintigduizend exemplaren van het Wereldtijdschrift met een beschrijving erin van zijn twee motorwagens. Je moet morgen het artikel schrijven, dat is dan tevens een oefening voor toekomstige studies."

Hij haalde de rode strook uit zijn zak en stelde ze mij ter hand.

"Berg die bon op in de speciale bonnetjesknip, De Mattos."

Ik vouwde het papier open en las:

Ik verklaar dat ik het artikel, waarin ik belang stel, gelezen heb en goedkeur.

Gelieve mij van de brochure, waarin het opgenomen wordt, twintigduizend exemplaren te leveren, tegen de prijs van zestien centimes per exemplaar, betaalbaar onmiddellijk na levering.

Ik erken dat mij een afschrift van deze bestelling ter hand werd gesteld.

Opgemaakt in tweevoud te Gent, de 15e september 1922.

De leverancier, BOORMAN

De koper, KORTHALS

In de marge stond nog, in vreselijk kleine drukletters:

Clichés worden berekend tegen 0.50 fr. per vierkante centimeter.

"Laat je nu vanavond scheren," zei Boorman, na mij nog eens bekeken te hebben. "Je baard helemaal weg, maar van je snor kon je in 't midden wel iets laten staan. Kijk, maak er zoiets van."

En toen de trein even stilstond, nam hij een potlood en schetste vrij behendig een behoorlijke kop met een korte stekelige snor.

"Zo ongeveer moet je eruitzien," besloot hij. "En ga naar de 'Galeries Internationales' om een nieuw pak. Hier heb je een kaartje, dan hoef je niet te betalen."

Hij schreef op een van zijn naamkaartjes: "bon pour un costume", en stak het zelf in mijn zak.

"Eerst het kostuum uitzoeken, dan de prijs vragen en dan pas de kaart in betaling geven," zei Boorman nog. "Desnoods vraag je de directeur te spreken. Monsieur Delattre."

Dat scheren is een gebeurtenis geweest, waaraan ik ben blijven denken als aan 't afsterven van mijn vader. 't Is nu tien jaar geleden en wanneer ik 's avonds, zoals een mens wel eens doet, een blik werp op de baaierd die reeds achter mij ligt, dan flikkert nog steeds dat scheren als een baak in mijn herinnering op.

Ik liep zo lang rond tot ik een coiffeurtje vond dat

zijn zaak had opgeslagen in een verlaten straat en waar op dat ogenblik geen enkele klant in huis was. Toen ik voor zijn winkelruit stond en mijn baard in een spiegel zag, kon ik niet nalaten hem nog even glad te strijken. Na een korte strijd ging ik binnen, sloot gauw de deur om een razende bel tot zwijgen te brengen, zette mij neer in een leuningstoel en commandeerde "scheren" als gold het een doodgewone zaak.

De kapper aarzelde toch even en drong aan op een confirmatie, waarop ik nog eens "baard af" zei en mijn ogen dichtdeed. Ik heb dan ook niets gezien, maar alleen de zweethanden van de man gevoeld en 't fluiten gehoord van zijn schaar. De ellendige vent kon over baarden niet zwijgen. Hij had het onder 't knippen niet alleen over de mijne, maar ook over die van sommige klanten en eindelijk over de baard van Leopold II, omdat die zo typisch was. En hij vond het heel gewoon dat ik geen antwoord gaf. Eindelijk voelde ik zijn natte kwast over mijn kaken lopen en toen ik kort daarop de ogen opsloeg, zat ik daar zoals ik hier nu voor je zit. Ik deed mijn snor bewerken volgens 't ontwerp van Boorman en nadat mijn haar, dat in een scheiding lag, geknipt en rechtop gezet was, kon ik betalen.

Ik kwam nog net op tijd in de Galeries Internationales, want zij gingen sluiten, trok een paar kostuums aan en koos een donkerblauw, dat wel een beetje deftig stond, maar 't was mooie stof en 't paste precies. Van mijn oude plunje liet ik een pakje maken, nadat ik de zakken geledigd had, en toen gaf ik met een gevoel van beklemming het naamkaartje van Boorman in betaling. De bediende, die mij tot dusver met veel egards behandeld had, fronste de wenkbrauwen, en ging naar een kassier, die in een hoek op een verhevenheid zat.

Deze bekeek het kaartje nu ook, keerde het om en

haalde zijn schouders op. Ik stond vlak onder een booglamp en er keken nu al vijf of zes bedienden in mijn richting. Een man en een jongen, die ook iets gekocht hadden en die op weg waren naar de uitgang, bleven staan en deden alsof zij belang stelden in een etalage aan mijn rechterhand.

Eindelijk wenkte de kassier dat ik naar hem toe moest komen, wat ik onmiddellijk deed. Ik voelde mij zo lijdzaam en ontzenuwd als een soldaat die kruipen moet voor een meerdere. De man zette een streng gezicht op en vroeg wat of dat betekende.

"Dat betekent niets," gaf ik beleefd ten antwoord.

"Natuurlijk betekent het niets."

"Niets anders dan wat erop staat," verbeterde ik. "Mijnheer Delattre weet ervan." En ik pakte naar mijn baard, maar die was er niet meer.

"Ja, dat zal wel 't beste zijn. Ga ermee naar de directeur," zei de kassier tegen de man die mij het pak had aangetrokken. En ik achter hem aan, door de hele winkel, waar geen einde aan kwam en eindelijk een kamer binnen, waar de directeur gereedstond om weg te gaan.

Hij wierp een blik op Boormans kaart en keek mij aan.

"Nom de Dieu de nom de Dieu! Je ne serai donc jamais quitte avec cette revue du diable," barstte hij los. "D'ailleurs commencez par ôter votre chapeau, monsieur."

De waardigheid waarmede ik mijn hoofd ontblootte stemde hem zachter.

"Voilà ce qu'il me reste encore de votre saleté," vervolgde hij, tegen een grote stapel Wereldtijdschriften trappend, die in een hoek lag.

"Vous pouvez les avoir. Que voulez-vous que j'en fasse, de ce papier de malheur?"

Hij keek de stofferige massa nog eens meewarig aan

en vroeg dan door de telefoon, zeker aan een boekhouder, hoe 't met de rekening van de Revue Mondiale stond.

"Encore neuf cents francs?" herhaalde de directeur. "Êtes-vous bien sûr? Et tous ces costumes et pardessus qu'il est déjà venu prendre! Est-ce que vous n'oubliez pas tout bonnement de les marquer? Enfin, il n'y a rien à faire, rien."

"C'est en règle," zei hij kortweg tegen mijn kornak, die mij nu vrijliet en terugkeerde naar zijn standplaats, terwijl ik in mijn pak onder de booglampen doorschoot, de winkel uit.

"Je ziet er goed uit, De Mattos," verklaarde Boorman de volgende morgen, toen ik hem de post voorlegde. "Ik heb gevreesd dat je baard het winnen zou en dat je niet zoudt terugkomen. Ga eens in 't midden van 't kantoor staan."

Hij schrikte blijkbaar terug voor zijn eigen werk, want ik hoorde hem "Jezus" mompelen.

"De Mattos," sprak hij, toen ik tegenover hem zat, "mijn vrouw en mijn meid wonen boven, zoals je zeker al gezien hebt. Jij hebt boven niets te maken, maar zij hebben daarentegen hier niets te vertellen. Kato heeft alleen toegang tot het museum, waar zij 't nodige weghaalt om de voorraad van 't huishouden aan te vullen, in hoofdzaak vaatwerk en blikjes groenten en zo. Je moet notitie houden van wat er ingebracht wordt door klanten en van wat Kato eruit haalt, dan weet ik altijd wat er in voorraad is. Ik neem wel eens goederen in betaling aan, begrijp je? Of een levensverzekering. Om de situatie precies te kennen, moet je in de eerste plaats een inventaris van 't museum opmaken... Raakt er iets op, dan moet je mij waarschuwen en dan probeer ik een zaak te doen met een firma die in zo'n soort goederen handelt. Verder kijk je de oude bonnetjes eens door en je leest al de nummers van de laatste jaargang. Laat je niet afschrikken, al komt eenzelfde studie telkens weer voor, met geen ander verschil dan dat er sprake is van een andere firma. Lees alles, dan kom je erin."

Hij trok een lade open, die vol papieren rollen zat.

"Dit zijn studies, waarop de mensen, voor wie ik ze

geschreven heb, niet in zijn gegaan. Die moet je eens klasseren, als je tijd hebt. Niet volgens de firmanamen die erin voorkomen, maar wel volgens de artikelen die erin beschreven worden. Bijvoorbeeld: accordéons, aciéries, assurances, bandagistes, banques, brasseurs enzovoort. En nu de post."

Er was een briefkaart gekomen van een onderwijzer uit Poperinge, die een abonnement vroeg.

"Gooi die maar weg," zei Boorman.

Dan was er een brief van een ingenieur uit Luik, die de aandacht vestigde op een technische vergissing, die voorkwam in de beschrijving van een locomotief. Er was een lange algebraïsche berekening bij ingesloten.

Boorman scheurde brief en berekening stuk en gooide ze in de prullenmand, bij de onderwijzer.

Dan was er nog een kaart van een beddenfabrikant, die beweerde betere en goedkopere bedden te vervaardigen dan die van de firma waarover in een van de laatste nummers van het Wereldtijdschrift gesproken werd.

"Daar is misschien een zaak te doen." En hij stak de kaart in zijn zak.

Verder was er nog slechts enig drukwerk, dat Boorman eveneens in de mand smeet.

"Ik geef je een week tijd om je in mijn rommel een beetje in te werken en dan ga je mee de mensen bezoeken, want je moet vooral leren lijmen. Met het lijmen staat of valt het hele Wereldtijdschrift."

Boorman was pas de deur uit, of daar ging de telefoon.

"Algemeen Wereldtijdschrift voor Financiën et cetera?" werd gevraagd.

"Jawel, mijnheer," gaf ik moedig ten antwoord.

"Renault hier. Wil u mijnheer Colman even aan het toestel roepen?"

Ik vroeg of hij soms mijnheer Boorman bedoelde.

"Goed. Boorman dan."

Hij had een onaangename stem, zoals mensen die te rijk zijn of te zeker van hun zaak.

Ik zei dat mijnheer Boorman uitgegaan was en vroeg of ik de boodschap niet kon aannemen.

"Zeker," zei Renault. "Zeg maar aan mijnheer Boorman dat ik die tienduizend exemplaren niet hebben moet. 't Is allemaal wel heel mooi wat hij me verteld heeft, maar toen hij weg was heb ik er nog eens goed over nagedacht en ik zal ze maar niet nemen. Zend u mij dat bonnetje, dat ik getekend heb, eenvoudig met de post terug, alsjeblieft."

"O," zei ik. "U moet de bonnetjes dus niet hebben. Ik bedoel dat u..."

"De bonnetjes," onderbrak Renault grommend. "Er is geen sprake van bonnetjes. Die tienduizend exemplaren van het Wereldtijdschrift voor dinges... voor Financiën geloof ik en... enfin, van dat tijdschrift van mijnheer Boorman dan, *die* wens ik niet te ontvangen. Beschouw die dus als afbesteld. Bonnetjes, bonnetjes. Er is maar één bon en die heb ik voor een paar dagen getekend. Maar dat was bij verrassing. Zend mij die dadelijk terug. Begrepen?"

"Ja, mijnheer," zei ik. En ik voelde dat ik onder 't keffen van Renault een kop kreeg als een boei.

"Goed zo," zei de man nog, en 't was uit.

Verdwaasd bleef ik nog even zitten, tot het bloed weer uit mijn hoofd teruggetrokken was en voelde mij dan diep vernederd, omdat ik tegen die vent, die zo rustig gescholden had, slechts "O" en "ja mijnheer" gezegd had. Nu besefte ik ten volle wat een vod mijn baardperiode, met haar tienduizend salutations distinguées, van mij gemaakt had.

's Namiddags, toen Boorman even kwam kijken, zei ik dat Renault getelefoneerd had over tienduizend exemplaren.

"Die moet hij zeker niet hebben?" zei mijn patroon dadelijk.

"Juist. Hij heeft ze niet nodig. En of u dat bonnetje zonder fout met de post wilt terugzenden?"

"Zeker, zeker. Eenvoudig met de post terugzenden," grinnikte Boorman.

Hij trommelde even op zijn schrijftafel en zei met zachte strengheid:

"De Mattos, je moet oppassen met de telefoon. 't Beste is nog dat je helemaal geen antwoord geeft, dan worden zij 't bellen gauw moe. Men bestelt mij nooit iets per telefoon en als ik opgebeld word, dan kan het alleen maar zijn om te proberen een afgesloten zaak nog gauw ongedaan te maken. En als ze getuigen nemen, zoals ik die nacht met Korthals geprobeerd heb, en je geeft antwoord... Dan is 't nog niet dodelijk, want anders was een aangetekende brief ook goed, maar enfin, je kan nooit weten. Ik zou er helemaal geen telefoon op na houden, maar een Wereldtijdschrift zonder telefoon maakt de mensen achterdochtig. Laat ze voortaan bellen tot zij er genoeg van hebben, en wordt er naderhand nog over gerept, dan krijgen de juffrouwen van de centrale de schuld. Ah, monsieur, cette administration, ne m'en parlez pas. En intussen zijn wij alweer een paar dagen verder, begrijp je?"

"Je moet die dingen niet uit het hoofd leren, hoor," zei Boorman nog, voor hij 't kantoor verliet, want hij zag dat ik de laatste tijdschriften bij elkander gezocht en klaargelegd had. "Lees zomaar een beetje, tot je goed begrijpt dat het hele ding niets om het lijf heeft, maar dan ook niets... En pas op voor de telefoon."

Ik bracht de namiddag verder door met het lezen van het Wereldtijdschrift, waarvan ieder nummer tweeëndertig pagina's groot was en twee of drie beschrijvingen bevatte van particuliere zaken, zoals fabrieken, pensionaten, klinieken, transportondernemingen en dergelijke. De meeste waren ook royaal geïllustreerd met talrijke clichés, waarvan sommige de hele oppervlakte van twee tegenover elkander staande bladzijden in beslag namen.

De volgende morgen ging ik met lezen door en 't viel mij op dat de studies verbazend op elkander geleken, vooral wanneer het over zaken van dezelfde aard ging. In nummer vier van de laatste jaargang stond een beschrijving van een kostschool die bestuurd werd door de heilige "Sœurs de Marie" en toen ik las "la jeune fille est une argile que des mains vertueuses et savantes doivent savoir malléer en une forme idéale", kwam het mij voor dat ik daags tevoren reeds een paar maal hetzelfde gelezen had. Ik sloeg nummer drie weer open en vond een studie over een pensionaat van de "Sœurs du Sacré-Cœur-de-Marie", waarin het heette: "la jeune fille est une argile que des mains savantes et vertueuses peuvent malléer en une forme idéale". En na enig zoeken vond ik in het eerste nummer, dat slechts een maand ouder was, een beschrijving van een dergelijke inrichting, ditmaal een van de heilige "Sœurs de Saint-Vincent-de-Paul", waarin verklaard werd dat "des mains vertueuses et savantes peuvent malléer la jeune fille, la femme de demain, en une forme idéale". Ik lei de nummers 1, 2 en 4 van de lopende jaargang nu naast elkander om beter te kunnen vergelijken en vond bij de "Sœurs de Sainte-Marie":

Cette culture donne à la jeune fille, avec une religion pleine d'élans vers la bonté, des connaissances multiples, un esprit pratique, un savoir-faire et un raisonnement que nécessite impérieusement son avenir social.

Bij de "Sœurs du Sacré-Cœur-de-Marie" heette het:

Cette culture donne à la jeune fille, avec une bonté pleine d'élans vers la religion, un savoir-faire multiple, un esprit pratique, des connaissances et un raisonnement que son avenir social nécessite impérieusement.

Terwijl bij de "Sœurs de Saint-Vincent-de-Paul" gezegd werd:

Cette religion donne à la jeune fille une culture pleine d'élans vers la bonté, de multiples connaissances, un raisonnement pratique, un savoir-faire et un esprit impérieusement nécessités par son avenir social.

Ik wist waarlijk niet welke van de drie teksten ik de mooiste vond en ik was nog een en al bewondering voor Boormans varianten, toen ik bij de "Sœurs de Sainte-Marie" alweer 't volgende aantrof:

La jeune fille façonnée chrétiennement sacre profondément le foyer, où elle apporte des vertus éprouvées, un mélange de respect, de douceur et de tendresse.

Bij de "Sœurs du Sacré-Cœur-de-Marie" vond ik:

La jeune fille chrétiennement façonnée sanctifie profondément le foyer, où elle apporte des vertus à toute épreuve, un mélange de douceur, de tendresse et de respect.

De "Sœurs de Saint-Vincent-de-Paul" hadden zich tevreden moeten stellen met:

Façonnée chrétiennement, la jeune fille sacre le foyer profondément. Elle y apporte des vertus éprouvées, un mélange de tendresse, de respect et de douceur.

Ik ging nu met de grootste belangstelling aan 't snuffelen en vond in nummer drie een beschrijving van een steenhouwerszaak, waarin gezegd werd:

De tous les matériaux de l'architecture, le marbre est certes celui qui offre les plus admirables ressources au prodigieux et inépuisable thème de la décoration.

Terwijl Boorman in nummer vijf, in een studie over een cementkoopman, staande hield dat:

Le ciment est certes, de tous les matériaux de l'architecture, celui qui offre au prodigieux et inépuisable thème de la décoration les plus admirables ressources.

Ik sloeg nu de knip open waarin ik de bon van Korthals geborgen had en vond na enig zoeken de drie bonnetjes, waarbij de "Sœurs de Sainte-Marie", de "Sœurs du Sacré-Cœur-de-Marie" en de "Sœurs de Saint-Vincent-de-Paul", respectievelijk vijfduizend, tienduizend en vijfenzeventigduizend exemplaren van het Wereldtijdschrift besteld hadden.

Terwijl ik die bewijzen van Boormans activiteit vol eerbied stond te bekijken, hield een auto voor het huis stil. Ik deed de poort open en stond voor een heer met een hoge hoed en witte handschoenen, die er aanzienlijk uitzag. Dat het een Engelsman was merkte ik dadelijk, want hij had een sproetig gezicht, geschoren tot op het been, en een adamsappel waarvan ik de blik niet meer kon afwenden toen ik hem eenmaal in de gaten had. Zijn broekspijpen hingen niet, maar stonden overeind op twee vouwen, die als een dubbele ruggengraat het hele gevaarte rechthielden. Met kleren en al kon hij geen vijftig kilo wegen.

De bezoeker tastte in zijn binnenzak en overhandigde mij een kaartje op naam van

J. WILKINSON,
Continental Agent of Cross and Blackwell Ltd.

Hij zei goedemorgen, zonder zijn sigaar uit de mond te nemen, en vroeg of mijnheer Boorman thuis was.

Ik had mij voorgenomen mijn woorden met de uiterste voorzichtigheid te wikken en te wegen, maar moest toch zeggen dat hij er niet was.

Hij scheen even na te denken en vervolgde dan joviaal:

"All right. Does not matter. Ik zal de bestelling voor hem gereed schrijven." En hij ging ons directiekantoor binnen, waarvan de deur openstond.

Nu ja, een bestelling kon in ieder geval geen kwaad, dat begreep ik dan toch al. Trouwens, Wilkinson bewoog zich met de rustige zekerheid van iemand die overal komt, ging zonder omslag aan Boormans bureau zitten en vroeg een velletje papier.

Daar hij van bestellen gesproken had, dacht ik dadelijk aan onze blanco bonnetjes, maar ik wist niet waar Boorman die opborg. Terwijl ik laden doorzocht, keek Wilkinson eens rond in ons hoofdkwartier.

"Wat een tucht er bij die Belgen toch heerst!" merkte hij op. "Dat doet niemand ze na. Zo stil als het hier is... Bij ons is er op alle krantenkantoren een leven als een laatste oordeel."

"Dit zal het doen," riep hij opeens, terwijl ik nog steeds wanhopig aan 't rommelen was.

Hij had de hand gelegd op een blocnote en zat al te schrijven. Na een regel of vier hield hij even op en begon te tellen:

"Vijftigduizend voor Frankrijk en tienduizend voor

België, dat maakt zestigduizend. Voor België is tienduizend voldoende, omdat al uw abonnees de beschrijving toch al te lezen krijgen. Hoeveel zijn er ongeveer?"

Ik had met iemand te doen die niet kleingeestig was, want toen hij mij zag denken, gaf hij mij de raad er maar een slag in te slaan. Nu, misschien dacht hij ook dat het aantal te groot was om het zomaar ineens uit te spreken.

Ik zat zo in 't nauw dat ik weer eens naar mijn baard pakte, maar toen schoot mij gelukkig het gesprek van Boorman met die kleine agent van politie te binnen.

"Het aantal lezers, of liever het aantal exemplaren bedraagt soms meer dan honderdduizend, mijnheer," gaf ik manmoedig ten antwoord; maar Wilkinson was alweer aan 't rekenen.

"Zestigduizend. Waar wordt verder nog Frans gesproken, mijnheer? In Zwitserland een beetje, geloof ik. Nou, vijfduizend, om ook die bergbewoners tot Cross en Blackwell te bekeren, maakt vijfenzestigduizend. Dan een kleine voorraad, laten wij dus zeggen zeventigduizend," zei Wilkinson. En hij schreef door.

"Ziezo," besloot hij, "dat is alweer in orde. O ja, ik moet in de studie nog een paar kleine dingen veranderen, daar waar het gaat over de invloed van onze 'piccalilly' op de spijsvertering. Wil u eventjes een van de redacteuren ontbieden?"

"Een van de redacteuren, mijnheer?" zei ik hem na, om tijd te winnen.

"Iemand van de redactie," herhaalde de man, "met de studie over Cross en Blackwell Ltd, die mijnheer Boorman mij op het kantoor is komen voorlezen."

Ik staarde Wilkinson aan als was hij een luchtverschijnsel.

"All right. Don't trouble... Ik zal wel zelf gaan... Twee kamers verder, is 't niet?" zei de vriendelijke continental agent, die met één oogopslag de naamplaten op al de deuren gelezen moest hebben, want hij was maar even in de gang geweest.

Voor ik iets zeggen of doen kon, stond hij uit zijn zetel op, opende de deur die toegang verleende van de directie- tot de administratiekamer en ontwaarde de grote suite, die als een grafkelder voor zijn voeten lag. Het was een vreselijk gezicht. Niemand, niets. Geen mens, geen meubels, geen geluid. Een grote leegte boven een linoleumvlakte, die zich uitstrekte tot aan 't Museum van Inlandse en Uitheemse Voortbrengselen.

De Engelsman nam zijn hoed af, en stiller sprekend vroeg hij of er iets gebeurd was en of de bedienden uit waren.

Had hij dat niet gezegd, dan had ik er misschien zo iets op gevonden. Maar nu ging het zeker niet. Daar ik echter tot elke prijs aan de beklemming een einde wilde maken, nam ik opeens het besluit een beroep te doen op zijn breedheid van inzichten. Ik dacht dat ik er dat op wagen kon met iemand die dan toch gezegd had: "Sla er maar een slag in."

"Mijnheer Wilkinson," zei ik ernstig, "er zijn hier geen andere bedienden dan ik. Maar dat neemt niet weg dat het Wereldtijdschrift voor Financiën, Handel, Kunsten en Wetenschappen werkelijk... geen slecht tijdschrift is."

Ik was met "mijnheer Wilkinson" begonnen, omdat ik dacht dat het noemen van iemands naam altijd een vertederende uitwerking heeft. Doch het tweede gedeelte, dat bij voorbaat ontkende wat hij nog niet beweerd had, hoorde ik zelf klinken als een gebed der stervenden. Trouwens, hoe ik mij ook inspande om een zakelijke toon aan te slaan, toch onderging ik de invloed van Wilkinsons rouwbedrijf en sprak even gedempt als hijzelf gedaan had bij 't kijken in de leegte.

“Zo... Er zijn hier geen bedienden,” herhaalde de bezoeker met een heel andere stem, die mij een gevoel gaf alsof de mis uit was. En nog iets mompelend dat ik niet verstond, waagde hij zich in de Administratie, van daar tot in de Redactiekamer en dan in de afdeling “Kas”, zonder dat er op zijn tocht enig teken van leven voor hem opdook.

Eindelijk barstte hij los in een schrijnende lachkramp, die onderbroken werd door diverse uitroepingen in zijn moedertaal.

“Dit is dus het hol van die oude rot. En dat daar is zeker zijn museum?” vroeg Wilkinson, met zijn wandelstok wijzend.

Behoedzaam als een ooievaar schreed hij tot bij de tafel met het brok rubber en het negergodje, bleef daar even staan, zette een lorgnet op en las aandachtig de tekst op ’t voetstuk van Leopold II, waarna hij statig zwenkte en onder ’t brommen van “ongehoord, ongehoord” naar de directiekamer terugkeerde.

“De algemene werelddrukkerij is zeker boven?” vroeg hij nog, maar ik gaf geen antwoord.

Hij keek nog eens rond en las op de wand:

Lorsque vous aurez tout dit,
Levez-vous et partez d’ici.

“That is what I am going to do.” En met een grijns nam hij ’t pas door hem beschreven velletje van Boormans schrijftafel, stopte het in zijn zak en zette zijn hoed op.

“Complimenten aan mijnheer Boorman,” sprak hij. “Zeg hem maar dat zijn hele organisatie mij diep getroffen heeft en dat ik over die exemplaren later nog wel eens schrijven zal. En dat ik voor een paar maanden op reis ga.”

Hij liep de gang door, maakte zelf de straatdeur open en ging heen.

Niet zodra was ik alleen, of er kwamen mij allerlei dingen in het hoofd, die ik had moeten zeggen of doen, maar die ik gezegd noch gedaan had. En de schrik sloeg mij om het hart, wanneer ik aan Boorman dacht, aan wie ik alles zou moeten vertellen. En dan te weten dat het zo weinig gescheeld had!

Ik was een ogenblik van plan eenvoudig weg te gaan en niet meer terug te keren, maar nam ten slotte het wijze besluit te wachten op wat komen zou. Immers, indien ik niets vertelde, dan was het niet zeker dat mij door Boorman iets gevraagd zou worden. Ook vond ik dat het onverstandig was op zoek te gaan naar een andere betrekking, voordat ik aan de dijk was gezet.

De volgende morgen zag Boorman er afgetrokken uit. Hij keek rond naar een pen, die vlak voor zijn neus lag en zat een tijdlang voor zich uit te staren met een doosje lucifers in de hand, zonder zijn sigaret op te steken.

Na enig geknutsel belde hij 113-48 op, vroeg naar mijnheer Wilkinson, maar kon niet met hem in gesprek komen.

"Op reis, op reis... Ik zeg dat hij in de rue Royale op zijn kantoor zit," verklaarde hij gedecideerd.

Hij drukte mij nogmaals op het hart dat ik toch vooral moest oppassen met de telefoon en verliet daarop het kantoor.

"Ik begrijp er niets van," zei Boorman na de middag. "Die vent lijkt wel behekst. Want toen ik hem voor 't laatst ben gaan lijmen, was hij zo goed als gaar, en dan nog wel voor minstens vijftigduizend exemplaren. En nu lijkt het wel alsof voor zijn deur de wacht gehouden wordt, speciaal om mij de toegang te versperren. En fluisteren dat ze doen, mijnheer!"

Met wassende aandrift bleef Boorman speuren, alsof hij de waarheid op de hielen zat, en twee dagen nadien barstte de bom. Terwijl hij nog boven was, hoorde ik hem al tekeergaan en zijn gedonderjaag overstemde 't kraken van de trap, toen hij naar beneden kwam. Vreemd genoeg, maar nu ik het hoorde naderen, was ik niet bang meer. Het zou nu toch dadelijk achter de rug zijn. Indien het bij 't sterven net zo gaat, dan is het zo heel erg niet.

"Ze-ven-tig-dui-zend ex-em-pla-ren," scandeerde hij. En iedere trede joeg er een lettergreep uit.

"Zeventigduizend," schreeuwde hij nogmaals, toen hij 't kantoor binnenkwam.

Ik had mijn nieuw hoedje opgezet en stond gereed om op te donderen.

Dat getal deed hem blijkbaar etter en bloed zweten. Zijn onderlip trilde na en zijn halsaders waren gezwollen.

"Je moest je zeventigduizendmaal doodschamen, De Mattos," sprak hij, toen ik geen antwoord gaf en bij wijze van afscheid de kap op de schrijfmachine zette.

"Mijn nieuw pak moet ik zeker teruggeven, mijnheer?" vroeg ik gelaten.

Hij begreep volkomen wat er in mij omging.

"Hang je hoed maar weer aan de kapstok," gebood hij streng. "Ik zal je er niet uittrappen. Het is mijn eigen schuld. 'k Had je hier nooit alleen moeten laten, want Kato staat de bezoekers heel aardig vanuit het venster te woord, zodat ze tenminste niets te zien krijgen. Maar hoe kon je zo stom zijn, De Mattos! Had je hem nog iets anders getoond: de kelder, de zolder, je achterste, wat je maar wil, maar de suite! Lijm dan maar, Boormannetje, lijm jij maar, dag in, dag uit!"

Drie- of viermaal wandelde hij 't kantoor rond, zich inspannend om 't restant van zijn woede naar binnen te werken, bleef toen staan en sloeg met zijn zware vuist op de tafel.

"Luister," waarschuwde hij, "want als het na dezen weer gebeurt, dan moet je er werkelijk uit, zoals je zeker wel begrijpen zult. Komt er nog ooit een bezoeker wanneer ik niet thuis ben, dan zeg je hem: 'Mijnheer Boorman is met zijn hele staf naar Rijsel voor de internationale conferentie.' Niemand heeft toegang tot de suite, niemand. Ze mogen alleen maar in de gang komen, omdat ze dan de vijf deuren kunnen zien en de vijf naamplaten. Het doet er niet toe wat ze vragen of vertellen: mijnheer is met zijn staf enzovoort... Wat voor soort conferentie, daar weet jij niets vanaf. Internationaal is alles wat je ter ore gekomen is. Trouwens, niet laten uitvragen, De Mattos, en vooral geen pootjes geven. Schud de mensen als rupsen van je af, dan pas kruipen ze naar je toe. Als je praat, praat dan uit de hoogte, maar ga in geen geval buiten je conferentie. En dan Rijsel, en niet Luik, Gent of Antwerpen, want sommigen zouden aan 't telefoneren kunnen gaan, of 't misschien wel in hun hoofd krijgen, mij even na te rijden. Rijsel is over de grens, minder bekend en toch niet te ver, zodat zij mij 's avonds weer op de boulevard kunnen ontmoeten zonder stuipen te krijgen. Dus Rijsel, niet? Voor meerdere zekerheid zal ik het voor je opschrijven."

Hij ging naar 't museum, kwam terug met een stuk zeep in de hand en schreef met grote drukletters RIJSEL op de spiegel.

Zijn zeventigduizend exemplaren bleven de hele morgen overal doorheen klinken en pas tegen de middag werd er enige afneming merkbaar, als van koorts die begint te zwichten. Eindelijk vroeg hij mij dan toch hoe de ramp zich had toegedragen.

Ik sloeg de ogen neer en gaf met de dood in 't hart een omstandig verslag van Wilkinsons bezoek. Wat er aan fierheid nog in mij smeulde, kwam geweldig in opstand, toen ik aldus gedwongen werd mijn lamme houding zelf aanschouwelijk te maken. Toch verzweeg ik niets, ook niet dat hij werkelijk een bestelling van zeventigduizend exemplaren had klaargemaakt.

"Dat was dus alleen voor Frankrijk, België en Zwitserland," zei Boorman, die weer begon te koken. "Weet je dan niet dat er ook in Canada Frans gesproken wordt, en in Algerië, Egypte, Turkije en wat weet ik al? Trouwens, de studie kan best in twee talen verschijnen, links het Frans en rechts een Engelse vertaling, vervolgde hij in de onvoltooide tijd, alsof de zaak nog hangend was, in plaats van reddeloos verloren. Dat kan best. In zes talen ook, indien het verlangd wordt. Dat kan mij niet schelen, als die vent maar betaalt."

"En wat is er na 't schrijven van de bestelling dan verder gebeurd?" onderbrak hij zichzelf.

Toen alles verteld was, bleef Boorman zwijgend zitten. Hij trok zijn schouders op en stak de handen naar de vloer uit, als stelde hij zichzelf een wanhopige vraag. En zoals hij daar zat, ineengedoken, met groeven om zijn mond, leek hij nog beter op Beethoven dan die avond toen hij mij met zijn goedkeuring overviel, na 't stukslaan van mijn knuppel.

De volgende morgen hield hij zijn grote toespraak.

"Om blunders te voorkomen als die met Wilkinson, is het nodig, De Mattos, dat je volkomen begrijpt hoe ik met het Wereldtijdschrift aan de kost kom. Als je dat maar eenmaal goed beethebt, dan zal je althans de grofste bokken spoedig vermijden. In de eerste plaats moet je weten wat ik ben en wat jij worden zal, indien je er niet wordt uitgetrapt. Ja, wat ben ik eigenlijk?"

Ik zag dat hij werkelijk nadacht over zijn eigen status.

"'Het Wereldtijdschrift'," verklaarde hij, "is een ingenaaide circulaire met een mooie titel, waarin gezegd wordt dat een bepaalde firma enig is in haar soort, een bepaalde naaimachine beter dan enige andere, of dat een kostschool boven alle andere kostscholen uitblinkt door directie, licht, lucht en hygiëne. Het Wereldtijdschrift is dus *geen* tijdschrift, De Mattos, zoals blijkt uit de tekst van de bonnetjes, waarin spraak is van brochures. Het idee tijdschrift stelt abonnees voorop, waarvan de ontstentenis, indien zij bewezen werd, mij door een of ander rouwende cliënt, zoals Renault, als een strop om de hals zou gedaan worden. Daarom gaan die enkele verzoeken om een abonnement de prullenmand in. Mijn toestand is nu gezonder dan met een dertigtal van die mensen, die betaald zouden hebben om mijn ding iedere maand te ontvangen en die geestdriftig tegen mij zouden getuigen, indien er wat aan te verdienen was. Neen, geen uitgeverszaken. Ik ruil papier tegen geld en ik ben dus eigenlijk koopman in bedrukt papier. De koper krijgt een baal of een hele wagen exemplaren thuis en daarmede is de waar geleverd. Dan volgt direct de factuur en het incasseren. Tot op heden heb ik alles alleen klaargespeeld: het lijmen van de klanten, het schrijven van de studies en 't afsluiten van de zaken, maar nu ben jij belast met het redactiewerk. Je bent dus hoofdredacteur, chef-binnenland, chef-buitenland, overzichtsschrijver, verslaggever, corrector en bovendien incasseerder. Aan dat incasseren zal je plezier beleven want de meesten beseffen pas waar het om gaat wanneer je ze een kwitantie onder de neus houdt. Dan voelen zij zich als bij een wandeling in een bos met een beminnelijke gezel die onder 't kouten een pistool uit zijn gordel trekt. Zolang je liegt en glimlacht zijn ze tevreden, maar de waarheid doet ze rillen. En 't incasseren *is* de waarheid, net als de dood. Dat je ten slotte om hun geld komt, zie je, dat vergeven zij je nooit. Er zijn er nogal die kunnen velen dat je alles zegt wat je van hen denkt, al is dat niet aan te raden, maar je vindt er haast geen die ertegen bestand zijn dat je je eigen ziel voor ze blootlegt, want je ziel is als een dag met een lange schemering: zwarter naargelang je vordert in de richting van de eeuwige nacht. En een blik in die afgrond maakt hen misselijk, als 't zicht van gulpend bloed. Een joviale begroeting, een aardige stem die veel belooft, een paar handschoenen en een eerbiedige buiging: à la bonne heure, meer wordt niet van je verlangd. Onder 't lijmen zal ik het wel eens over 'de redactie' hebben, als zaten onze redacteuren in de kamer hiernaast werkelijk aan dubbele rotten te pennen, en dan mag je niet schrikken, tenminste niet zo dat de mensen het merken. 't Is alles zeer eenvoudig en over een paar maanden ben je erdoorheen, dat zal je zien. En gaat het niet, dan moet de uittrappingsclausule van ons contract in werking treden. Morgenochtend gaan wij er voor het eerst samen op uit. Je krijgt 'n mooie lederen tas onder de arm om de zogenaamde 'documenten' in te bergen. Ieder stuk papier, bedrukt, beschreven en desnoods blanco, dat je machtig wordt bij 't bezoeken van een firma, is een 'document'. Ik praat met de mensen en onder 't lijmen neem, krijg of vraag ik catalogussen, prijscouranten, circulaires en dergelijke, en jij stopt alles zwijgend, maar waardig, in je tas. Af en toe mag je zachtjes 'zeer interessant' zeggen, maar dat is ook alles. Voor de redactie heb je weinig aan die rommel, want ik bezit een vijftigtal typische studies, die ik steeds maar weer laat verschijnen. Ze werden 30 jaar geleden door mijn voorganger geschreven en dat was een Fransman, zodat je er niet al te veel aan knoeien moet. Maar de mensen voelen zich gevleid als je tuk bent op hun papieren, waar gewoonlijk hun fabriek op staat, of hun vader of zo. Ook moeten zij tot na de betaling bewaard worden, omdat het bescheiden zijn die tot op zekere hoogte bewijzen dat de mensen in kwestie ons werkelijk met het schrijven van een studie hebben belast. Onder 't gesprek mag je ook nota's nemen, zoals de datum van oprichting, het aantal werklieden, leerlingen, kamers, piano's, locomotieven, kazen of potten conserf die een firma in dienst heeft, onderwijst, verhuurt, vervaardigt of verkoopt, hoe lang het de vader van de tegenwoordige firmant aan 't hoofd van de zaak heeft uitgehouden, in welk jaar hij ten slotte aan zijn einde kwam en de datum waarop de oude zijn eerste bescheiden roeiboot timmerde, liefst op dezelfde plaats waar nu iedere maand een reuzenstoomboot van stapel loopt, want veel verhuizen is voor een firma geen aanbeveling. Een serieuze zaak moet kleven als een pleister, zuigen als een vampier en haar tent niet om de vijf of tien jaar elders gaan opslaan. Een goed hengelaar zoekt zijn plek uit en blijft dan zitten, wat donder! Heb je nu met trekmieren te doen, die hun verhuizingen niet kunnen verantwoorden, dan zeg je in de studie dat de kerels nergens kunnen blijven omdat de opstal wegens hun reuzenzaken overal dadelijk te klein wordt. Reuzenschepen, reuzenzaken, reuzenzuivelfabrieken, reuzenzeepziederijen, reuzenmetaaldraadgloeilampenfabrieken, vooruit maar, – je bent nu toch eenmaal hoofdredacteur. De firma die je beschrijft is natuurlijk hypermodern, omdat zij zo op en top in alles 'bij' is en toch van de oude stempel wegens de grote degelijkheid. De firmanten zijn te algemeen bekend om over hen uit te weiden, en daarop laat je gerust de onmogelijkste bijzonderheden volgen, want gewoonlijk weet niemand iets van ze af. Je zegt bijvoorbeeld hoe laat Hooikaas junior opstaat, dat hij slechts water drinkt, wat zeer merkwaardig is voor iemand die een uitstekende wijnkelder heeft, dat hij er een zeer bijzondere stijl op na houdt om bevelen aan zijn personeel te geven, en dat de Heer hem begunstigd heeft met een adelaarsblik, die de concurrentie terecht doet beven. Dan een en ander over de producten. O, die heerlijke producten van die reuzenfirma! Zo bijzonder, zie je! Zo afgewerkt. Zo heel anders dan het courante. Het verschil merk je pas in 't gebruik. Jubilarissen mogen niet vergeten worden, want een eersterangsfirma houdt er altijd een stuk of wat van die dingen op na. Je moet dan ook met een hartelijk woord gewagen van de oude Jan of Klaas, die nu reeds tweeënzestig jaren lachend aan de blaasbalg staat en niet weg wil van de plek, waar de firma groot en hijzelf suf geworden is. Die wordt dan door ons gefotografeerd, of hij wil of niet. Een enkel woord over 't gouden horloge 'met inscriptie' en de zielige enveloppe 'met inhoud'. Stel je de kop van Klaas even voor bij 't krijgen van een enveloppe 'zonder inhoud'! Heeft men op 't ogenblik geen jubilaris in voorraad, dan haal je een paar anekdoten aan van een die dood is. Zijn dienstjaren kan je dan gerust een beetje aandikken. Dan de snoezige werkmanswoninkjes met de frisse tuintjes, de keurig nette schaftlokalen met de lekkere soeplucht, de fabrieksfanfare en het koor van dankbare werklieden. Soms een paar vleiende woorden over boekhouder of chef-ingenieur, indien zij wat te vertellen hebben. En dat merk je dadelijk, want dan worden zij geraadpleegd, of komen staan luisteren en mengen zich zomaar in het gesprek. Mocht er onder 't lijmen soms niets verteld worden dat de moeite van 't opschrijven waard is, doe dan toch maar alsof je stenografeert... Maar kom vooral in 't gesprek niet binnenvallen, want een nieuw geluid brengt een hele omwenteling teweeg... Dat breekt de stemming en iedereen zwijgt dan om naar 't orakel te luisteren. En heb je dan niets te vertellen, dan is het vreselijk. Alleen maar, bij wijze van aanvulling, 'zeer interessant, zeer interessant', wanneer er te lang gezwegen wordt, want stilte is gevaarlijk. Stilte onder 't lijmen komt overeen met het adem scheppen van een drenkeling. En wanneer ik het over 'de redactie', 'de administratie' of 'de raad van beheer' heb, kijk mij dan niet aan, zoals je Wilkinson moet aangekeken hebben. Grote goedheid, zeventigduizend exemplaren! Was je toen maar op 't idee gekomen hem..."

Het overige ging verloren in een gemompel als van een eenzaam man, die terugdenkt aan kansen die verkeken zijn.

"De Mattos," zei Boorman, toen hij weer opsteeg uit de diepte, "je moet iedere zaterdag een reisplan opmaken voor de volgende week. Je kijkt in de dagbladen, of je slaat een adresboek op en zoekt een twintigtal firma's uit, waarvan de helft in Brussel en de helft buiten de stad. De laatste dagen van de week gaan wij dan naar Antwerpen, Luik, Gent, Namen, Brugge en zo. Je schrijft de namen in een notitieboekje netjes onder elkander en naast iedere naam geef je met een paar woorden de broodwinning aan. Alle vakken komen voor het Wereldtijdschrift in aanmerking en alles wat je opschrijft is dan ook goed. Maar de grootste advertenties verdienen toch de voorkeur, want dat zijn mensen die vooruit willen en die van mening zijn dat publiciteit de wereld regeert. Kijk, op deze manier."

Onachtzaam liet hij een dik adresboek openvallen en noteerde:

Hôtel Washington. – 1100 chambres. – Electricité. – Salles de bains. – Lifts. – Téléphones 16305, 16306, 16307, 16308, 16309, 16310.

"Je merkt aan alles dat die geschikt zijn voor het Wereldtijdschrift. Die elfhonderd kamers zijn tekenend, want als je nu tellen gaat, dan zijn er hoogstens driehonderd. Toch zouden die lui wel elfhonderd reizigers onder dak brengen, hoor, maar achthonderd zouden bij burgermensen in de buurt gestopt worden. Zij stellen hun advertenties echter zo, dat de lezer zich één enkele doolhof voorstelt, waarin hij zich zonder gids niet wagen kan. En dan die telefoonnummers. Zij hadden net zo goed kunnen drukken 16305 tot en met 16310, maar zoals het er nu staat komt er geen eind aan en je hoort dan ook 't bellen en 't schreeuwen al bij 't aankijken van hun advertentie. Handige bliksems zijn het. En dan die gevellengte op hun cliché, mijnheer! Meer dan de helft van de vensters behoren tot de Galeries Internationales, waar je een kostuum gehaald hebt, maar ze hebben zo geknoeid aan de foto dat de hele straat Hôtel Washington geworden is. Daar doe ik vast een zaak, dat zal je zien."

Compagnie Continentale d'Assurances Générales sur la Vie et de Rentes Viagères. Montant payé à ce jour: 378.356.207.27 fr. Sous le contrôle du Gouvernement Libérien.

"Zeer modern," zei Boorman, "maar moeilijk te lijmen, want die mensen zitten zelf vol lijm. Hun 'Continentale' en hun 'Générales' zijn van dezelfde familie als de 'Financiën, Handel, Nijverheid, Kunsten en Wetenschappen' van ons Algemeen Wereldtijdschrift. En dan die zevenentwintig centimes. Prachtig! Wat de regering van Liberia betreft, die is wel leuk, maar beslist een fout, want ik heb immers maar bij de consul te Antwerpen langs te gaan. Waarom niet 'sous le contrôle du Gouvernement Républicain', want er zijn wel honderd republieken, ofwel 'sous le contrôle du Gouvernement Général'? Dat was nog eens een mooie vondst geweest. Stel je dat even in druk voor: 'Gouvernement Général' of 'Gouvernement Central'. Wij zullen ze continentalen, wacht maar! 't Is anders een heerlijke naam, die altijd even mooi blijft, hoe je hem ook draait en keert. Compagnie Générale d'Assurances Continentales zou net zo goed zijn. Ook wel Assurances sur la Vie Générales et Rentes Continentales Viagères. Of nog beter: Assurances Continentales sur la Vie et Rentes Générales Viagères. En dit dan, De Mattos: Compagnie Viagère Continentale de Rentes et d'Assurances Générales. Ha, ha! Maar Liberia is niet in orde. Indien 'Gouvernement Général' er niet door kon, dan hadden zij toch 'sous le contrôle de divers gouvernements' kunnen drukken, of alleen maar 'contrôle gouvernemental'. Zouden zij soms werkelijk met de regering van Liberia...? Ja, die negers. Maar het lijkt niet waarschijnlijk. Of zou die consul misschien gestopt worden? Ik wed dat ze al hun advertenties na ons bezoek veranderen, zo zullen zij schrikken. Die assurantiemensen zijn anders merkwaardige kerels, die 'k wel lijden mag. Leven en dood zijn meevallers of tegenslagen, naar gelang je een kapitaal hebt gestort om ieder jaar wat te trekken of ieder jaar wat stort om ineens een kapitaal te trekken. In 't eerste geval moet je minstens kuchen en geel zien, en 't laatste mag je in oktober niet zonder winterjas lopen, of je wordt nagezet door een inspecteur, die beweert dat je doende bent zelfmoord te plegen."

Sanatorium Général des Sept Fontaines.
Docteur J. Glorieux, des Hôpitaux de Paris.
Air. – Lumière. – Bains. – Sapinières.
Section spéciale pour aliénés et neurasthéniques.
On n'accepte pas de tuberculeux.

"Schrijf op," zei Boorman, "want die Glorieux moet eraan geloven. Zo'n 'algemeen' sanatorium verdient een plaats in het Algemeen Wereldtijdschrift. Air et Lumière. Ja, natuurlijk, lucht en enig licht vind je overal. Maar of zijn meervoudige baden gewettigd zijn, dat moet ik eerst zien, want je hebt het ondervonden met de Korthals XIV en XV. Teringlijders worden niet opgenomen. Jawel, je zal ze horen tekeergaan, de teringlijders. Maar Glorieux zegt vast dat al dat hoesten van zenuwachtige aard is en volstrekt geen kwaad kan, integendeel. 'Des hôpitaux de Paris' is beter dan het gouvernement van Liberia, al is Liberia nog zo ver. Je kan er niet achter komen, want die Parijse hospitalen antwoorden eenvoudig niet. Toch is het geen kranige advertentie, want hij durft niet eens reppen van cellen en zo, noch van de meest volstrekte geheimhouding, die niettemin gegarandeerd is, daar kan je staat op maken. De lui van de Compagnie Continentale d'Assurances Générales weten het wel, maar particulieren en familieraden zijn minder goed op de hoogte en wel eens bedeesd. 'Discrétion absolue' of iets van dien aard zou een lichtbaak zijn ten dienste van al wie genezing zoekt voor enige broer of zuster die recht heeft op een kindsdeel of voor een oude gek van een vader die hertrouwen wil. Je moet de mensen de pap in de mond geven, dat zeg ik... Wij moeten zijn inrichting een bezoek brengen en er voor de vorm met Glorieux eens in rondlopen. Hij toont ons vast een 'salon bleu' of 'salon rouge' waar zo'n gek even in neergezet wordt als een van zijn vrienden, of iemand van de familie, het in zijn hoofd krijgt hem een bezoek te brengen, want je hebt van die mensen. En als ze daar zo zitten, en je weet niet dat ze vers uit de cel naar boven zijn gebracht, dan kan het er nogal mee door. Als we thuiskomen, zoek je maar eens in de la, want daar zitten drie of vier beschrijvingen van sanatoria in, waarvan je er dan een overtypt, rekening houdend met Glorieux en Sept Fontaines."

Stoffels, Dupuis & Co.
Lits anglais.
Seuls représentants de Collingwood Ltd.
Exigez la marque "Morpheus".

"Wij hebben die Stoffels nog wel geen bezoek gebracht, De Mattos, maar onthoud alvast dat dit je ware ijzeren bedden zijn en dat een ijzeren bed in 't algemeen:

1) gezonder is dan een houten, waarom weet ik niet meer, maar dat vertelt Stoffels ons wel.

2) zindelijker, want ijzer wordt nooit wormstekig, en is ook niet geschikt om door wandluizen als 'Algemeen Sanatorium' gebruikt te worden voor een overwintering.

3) duurzamer, want ijzer is sterker dan hout, daar gaat niets vanaf."

"Kijk, die doet ook in bedden, maar dit zijn houten," zei Boorman. "Schrijf maar weer op:"

Charles Van Ganzen
Meubles anciens et modernes
Spécialité: Chambres à coucher style Louis XV.

"Denk er vast om dat een houten bed:

1) gezonder is dan een ijzeren, omdat ijzer te koud is en reumatiek veroorzaakt.

2) zindelijker, want ijzer roest.

3) duurzamer, want die gietijzeren langsliggers zijn broos als glas.

Die stijl Louis XV is uitstekend. Maar niet verwarren met Korthals XV, want dat is mij al overkomen. Zo'n stijl is een prachtig thema, waarmede je best een paar bladzijden vullen kunt. Je begint bijvoorbeeld: 'De tous les matériaux de l'architecture, le bois est certes celui qui offre les plus admirables ressources au prodigieux et inépuisable thème de la décoration.' Zoek maar eens in de la, onder 'marmer' en 'cement', daar vind je wel iets."

Boorman sloeg weer een bundel bladen om, en alsof het noemen van Korthals hem tevoorschijn had geroepen, werd een grote advertentie zichtbaar, in een brede zwarte lijst, als een doodsbrief:

Korthals et Fils, Gand.
Transport de cadavres
par l'automobile spéciale Korthals XIV
et de malades
par l'automobile spéciale Korthals XV.
Embaumements.
Médailles d'or. – Membre du Jury.

"Ik had hem eigenlijk best een paar duizend exemplaren méér kunnen doen slikken," zei Boorman, met een blik op de advertentie.

Hij keek nu de laatste bladen van 't adresboek in, waar allerlei vennootschappen, consortiums, alleenstaande kooplieden en industriëlen op speciale rode velletjes als haring op elkaar gepakt stonden. Daar waren er van een hele, een halve, een kwart, een achtste en zelfs van een nietig zestiende van een pagina, waarop dan toch nog iemand zijn best deed om zich naar voren te werken. Een koffiebrander had zijn heil gezocht in een onderstboven gedrukte advertentie. Een pianofabrikant had een hele pagina gehuurd, waarop in 't midden niets anders stond dan "pianos Dupré", in de vorm van een pretentieuze handtekening, terwijl de rest blanco was gelaten. Een van zijn concurrenten stond vlak naast hem en had er een mop op gevonden:

Automobilistes!
Achetez tous une auto...-piano Mignon!

Dan had je een kleermaker die onderaan stond en slechts één regel in beslag nam, maar dan wel op twintig bladzijden, en een hoedenfabrikant die zijn tekst omringd had met een lijfwacht van vraagtekens. Alles spartelde, alles snakte naar lucht. Het was een gewriemel als van een wanhopige menigte, waarboven duizend armen tot redding zijn uitgestoken. Zij boden een ontzettend schouwspel, door hun massa en door de dichtheid van hun gelederen.

Opeens kwam er enige opluchting in de vorm van een advertentie in kleurendruk, die twee meisjes voorstelde, waarvan d'ene "Pilules de l'abbé Robert" nam, terwijl d'andere nederig erkende dat zij zulks had nagelaten. Die de pillen nam was als uit één stuk gegoten en de onderdelen dienden slechts om 't geheel te schragen. Bij de tweede daarentegen waren borsten, billen, buik en krop als aan een kapstok opgehangen.

Eindelijk kwam het reisbureau "Orient", dat een vel voor zijn rekening had genomen, waarvan de eerste bladzijde uitsluitend diende om de aandacht te vestigen op de keerzijde, waar de advertentie stond.

"Schrijf dat reisbureau maar op," zei Boorman.

Bureau de voyages "Orient".
Voyages de plaisir en Orient, Suisse, Italie,
Norvège, Espagne, Maroc, etc.
Voyages autour du monde.
Voyages d'agrément et d'études.
Confort moderne. Hôtels de premier ordre.
Guides expérimentés.
Les voyages forment la jeunesse!

"Sluwe lui, doorkneed in publiciteit, maar toch zal ik het met ze proberen, omdat het nu de geschikte tijd is wegens de in aantocht zijnde vakantie. Confort moderne. Af en toe krijg je in de stad een plukje van die Orientmensen te zien, in een of andere janplezier. Die midden-in zitten horen de stem van de gids wel, maar kunnen niets onderscheiden en die aan de buitenkant worden beregend, of snakken naar drinken als de zon schijnt. In aller ogen staat te lezen hoe ze naar huis verlangen, maar dat gaat niet, zie je, want de hele tocht is vooruitbetaald en zij moeten mee, weken- of maandenlang, tot het bittere einde. Wanneer zij zich bij Orient aanbieden om over een vakantietochtje te praten, dan krijgen de stakkerds heerlijke platen in kleurendruk te zien, met bergen als zilver, meren van louter azuur en zonsondergangen om van te huilen. Hoe verder het land, des te mooier de prent, want aan lange reizen wordt het meest verdiend. Een gezelschap van honderd vijftig mensen, dat voor een plezierreis van dertig dagen uitgezonden wordt, levert een extraatje van duizend frank op, indien Orient erin slaagt één ei per dag en per man uit te sparen. Misschien zet ik zelf nog wel eens zo'n reisbureau op."

"Hier zo. Dat sympathieke jodenpaar mag zeker niet vergeten worden."

Mayer & Strauss.
Ameublements et articles de ménage.
Vêtements à louer.
Crédit à tous! – Tout à crédit!

"Heerlijke mensen zijn dat. Zij lusten natuurlijk alles, maar azen bij voorkeur op paartjes die op trouwen staan of die pas getrouwd zijn en nog geen meubels hebben. Vooral zijn ze gesteld op ambtenaars en mensen met een vaste betrekking, omdat er dan een salaris loopt, waarop zij beslag kunnen leggen. Zijn de jongelui nog niet verenigd, zodat hij 't nog vertikken kan, dan brengen zij 't meisje aan 't verstand dat niets een jongen zo degelijk bindt als een gesloten koop, die in ieder geval betaald moet worden, want gaat hij *niet* mee naar de burgemeester, wat moet hij dan met die meubelen beginnen? Zij solferen die mensen dan eerst een slaapkamer en een salonnetje op, waarvoor zij slechts drie frank in de week moeten betalen. Dan een volledige uitrusting voor een keuken: fornuis, gaskomfoor, pannen en vaatwerk, voor één enkele frank per week, en wat geeft het nu of je vier dan wel vijf frank betaalt? Dat voel je niet eens. Dan een piano, twee frankjes per week, dus zeven in plaats van vijf, een naaimachine voor vijftig centimes maakt zeveneneenhalf tegen zeven en een grammofoon voor vijfentwintig centimes, slechts twaalfeneenhalve cent, jongedame, dus voor zeven frank en vijfenzeventig centimes kunnen zij in zee gaan, en dan nog wel met muziek, maar die moeten dan ook jaren-, jarenlang betaald worden, van eeuwigheid tot amen. En als je een paar keer niet betaalt, dan haalt Mayer zijn rommel terug, behoudt de reeds gestorte termijnen voor sleet en moeite en verkoopt alles opnieuw aan een ander paar, dat getrouwd wil zijn. Zij geven iedere maand een fooi aan een bediende van de burgerlijke stand en krijgen op die manier naam en adres van al wie op het stadhuis de eerste lettergreep van 'trouwen' durft uitspreken. Soms blijft het niet bij meubelen, want Mayer levert ook het bruidskleed en 't zwarte pak voor de jongen. Hij kijkt ook naar beneden, want onder 't volk gebeurt dat wel, en sleept er dan dadelijk een wieg, een kinderstoel en kanten luiers bij. In 't Museum van Inlandse en Uitheemse Voortbrengselen staat nog een bed dat afkomstig is van een van Mayers concurrenten, die ik te pakken heb gehad. Hij heette Weinstein en had eens een pelsmantel van veertienhonderd frank aan een mosselvrouw verkocht, die het ding weer had moeten afstaan, omdat zij 't betalen slechts vier jaar had volgehouden. Er werd beslag op gelegd op de rug van 't mens, toen zij een danszaal wilde binnengaan en wat zij ook riep, dat zij vier jaren lang betaald had, het mocht niet baten. Zij klampte zich vast aan haar pelsmantel als aan een enig kind en moest een hele straat meegesleept worden voor men erin slaagde het ding van de vrouw te scheiden... Ik kwam daar toevallig langs en vroeg wat er aan de hand was, waarop haar dochter me alles vertelde, want de mosselvrouw zelf kon geen woord meer uitbrengen. 'Regardez ma mère, monsieur. Ce sont ces juifs de la rue Sainte-Cathérine,' zei 't meisje, terwijl de moeder zichzelf stond aan te kijken. Ik heb dan direct een bezoek gebracht aan Weinstein en die heeft een bon getekend, want hij vertrouwde mij niet."

"Hier," zei Boorman. "Dat schoenfabriekje moet ook op de lijst, omdat hij zijn advertentie met een vogelvlucht illustreert. Die is nog sterker dan het Hôtel Washington. Zie je dat woud van schoorstenen, die alle tot aan de wolken reiken? Nu, ik ken toevallig zijn krocht. Een enkel schoorsteentje van niks zit eraan en al d'andere behoren tot een aanpalende gasfabriek, evenals die zee van loodsen die zich uitstrekt tot aan de horizon. Dat is weer een die gelijmd moet worden met reuzenschoenen, reuzenleer en reuzenstatistieken. Je schrijft bijvoorbeeld, dat door aanrijging van al de schoenen, die Laroche, Claessens & Co sedert hun oprichting vervaardigd hebben, een reuzenketting verkregen zou worden, lang genoeg om Parijs met Wladiwostok te verbinden; dat die schoenen, indien ze opeengestapeld werden, een reuzenzuil zouden vormen met een grondvlak van een vierkante meter en niet minder dan tienduizend meter hoog, dus duizend meter hoger dan de hoogste top van de Himalaya, en ten slotte dat het leder van diezelfde schoenen, indien het ijzer was, voldoende zou zijn om er twintig schepen van dertigduizend ton uit te maken. Wij zullen die fameuze vogelvlucht de broek afstrijken met kiekjes van kantoren en werkplaatsen zoals Laroche er nog nooit heeft durven dromen. Eerst het kantoor. Zijn tweeëneenhalve klerk moeten op de voorgrond zitten en mogen opkijken, en verderop vullen wij aan met stiksters, verpaksters en dergelijke, ieder met een pen of een brievenknip in de hand, en allen naar de grond starend, opdat je ze niet zoudt herkennen. Dan de werkplaatsen. Hiervoor halen wij onder schafttijd een paar honderd mensen van de gasfabriek, laden hun ieder een ledige kist op de schouder, doen ze in één rij lopen, en maken een cliché met het onderschrift: 'het werk van één dag wordt naar Zuid-Afrika verzonden'."

"Die leukerd van een behanger is de laatste," besloot Boorman. "Schrijf op:"

Jean Lamborelle Ainé.
Tapisserie de luxe.
La maison n'a pas de succursales.

"Doorgrond jij die man zijn stijl, De Mattos? De geurigheid van dat Ainé? Door het toevoegen van Senior,

Junior, Père et Fils, of Frère et Sœur, of ook wel door de naam van hun vrouw achter zich aan te slepen, verheffen die mensen zich tot een adelstand, waar alle beursgangers hun hoed voor afnemen. Zoals een ander pocht op zijn filialen in Londen, Parijs en Amsterdam, zo snijdt Lamborelle op met zijn gebrek aan filialen, en de man heeft gelijk... Een filantroop mag immers opsnijden met het geld dat hij niet meer heeft? En een koopman die zijn vak verstaat voelt zich *altijd* de meerdere van zijn concurrenten, het doet er niet toe of zijn zaak de grootste dan wel de kleinste van het land is. *Zijn* zaak overtreft al de andere omdat zij is zoals zij is, en wanneer Lamborelle uitbazuint dat hij er geen filialen op na houdt, dan betekent zulks dat hij, Lamborelle, met al dat filialengeknoei niets te doen wil hebben, dat geld verdienen voor hem eigenlijk bijzaak is, als hij maar kunstwerken mag voortbrengen, dat hij zijn vak in ere houdt en veeleer werkt voor de geslachten die nog geboren moeten worden, terwijl mensen met filialen altijd rekening houden met extra-kortingen en commissieloon voor allerlei verdachte tussenpersonen, tot alles in staat zijn en desnoods buitengevels zouden behangen. De studie zal gauw genoeg klaar zijn. Je begint bijvoorbeeld met iets als dit: 'De tous les matériaux de l'architecture, le papier est certes celui qui offre les plus admirables ressources au prodigieux et inépuisable thème de la décoration.' In de la vind je wel iets. Onder marmer of cement, geloof ik."

"Zet er die bank óók nog bij, De Mattos."

Banque Nationale et Internationale. Toutes transactions en général: commerciales, industrielles, intercommunales et régionales. Opérations de bourse, de change et autres. Epargne. Encaissements. Escompte. Réescompte. Arbitrage.

“Je begint met een huis te huren, De Mattos. Niet zomaar een huis in zomaar een straat, maar een ‘algemeen’ huis in een of andere ‘continentale’ straat, met een zegeboog van een poort. Binnen verander je al het schamele metselwerk in marmer en je richt een brandkast op als een altaar. Dan ontbiedt je Jean Lamborelle Ainé die geen filialen heeft en Charles Van Ganzen. Jean dost de muren uit en Charles moet alles vullen met meubles anciens et modernes en met een dozijn portretten van ons geliefd vorstenpaar. Over ’t geheel een flinke laag verguldsel en voor het nog is opgedroogd nodig je de pers uit en zorgt dat die zich flink bezuipt. De verslagen kan je zelf vooruit klaarmaken en iedere reporter smeert er dan wel een begin en een slotzinnetje bij. Eindelijk geef je een dikke aalmoes aan de oorlogsblinden, want met gewone blinden heb je minder succes, en je koopt in al de dagbladen een tennisveld van een advertentie die aan ’t hele vaderland vertelt wat je allemaal doen kan en dan wacht je maar. Het wordt dan vanzelf een heerlijke hutspot van rekening-couranten, cheques, bankbiljetten, aandelen en coupons, telegrammen, auto’s, leningen met en zonder premies, mijnontginningen, gegalonneerde boodschappers en ’t graf van de onbekende soldaat. Dat alles kookt gezellig en wordt afgeschuimd door een paar directeurs die fluisteren en glimlachend de beurs belopen. Zijn zij met hun tweeën, dan doet de kale energiek en de harige als een aartsvader. Wij moeten daar gul en luidruchtig aankomen en dadelijk erkennen ‘que de tous les matériaux de l’architecture...’ ik bedoel ‘que de tous les rouages économiques la banque est certes celui qui offre au prodigieux et inépuisable thème du développement national les plus admirables ressources’. Want de opvolging van onze ‘tous’, ‘certes’, ‘prodigieux’, ‘inépuisable’ en ‘admirable’, slaat in als de bliksem, het doet er niet toe wat je ertussen inlast: marmer, cement, papier of maarschalk Foch. Probeer maar eens: 'de tous les maréchaux de la grande guerre, le maréchal Foch est certes celui qui offre au prodigieux et inépuisable thème de la gloire nationale les plus admirables ressources.' Daarop zeggen wij confidentieel dat men zich op het ministerie ongerust begint te maken. Waarover, dat komt er niet op aan. Dat weten zij op die bank misschien wel. En dat ons Wereldtijdschrift een onderzoek heeft ingesteld. Als wij zóver zijn krijgen wij sigaren en port en worden de deuren dichtgedaan. En per slot van rekening klopt de directeur op mijn buik, zegt dat ik een beste kerel ben en snoert mij de bek met een flinke bestelling."

"Dat alles komt van de ijdelheid, De Mattos. Ieder wil nummer één zijn of ten minste doorgaan voor nummer één. De meesten gaan er nog liever voor door dan zij erop gesteld zijn het werkelijk te wezen. Jezus Christus, die gepraat heeft als had hij de wijsheid in pacht, heeft daar niets aan veranderd. En daar de massa van die duivel bezeten is, richten de sluwe jongens van de negotie er zich op in. Ieder van hen slaat ergens zijn tent op, steekt een bord uit als een regenboog en brengt de grammofoon van de publiciteit aan 't zingen. Alles schittert, alles is goed, alles is beter dan elders. Af en toe gaat er wel een naar de kelder, maar met een slag van zijn staart komt hij weer aan de oppervlakte, zolang er enige veerkracht in zit. En van die pientere broederschap moet ik het nu hebben. Ik ga van d'een naar d'ander, als reuzendirecteur van het reuzentijdschrift. Sommigen luisteren niet, verdiept als zij zijn in cijfers en overwegingen, een hoogst enkele wordt kwaad omdat hij mijn tijdschrift doorgrondt. Nog anderen zitten te krap. Maar altijd vind je er weer die het doen, als je maar lang genoeg blijft zoeken. *Zij* verkopen wel. Waarom zouden *wij* niet verkopen? Je praat er maar op los, zonder te luisteren naar wat zij zelf te vertellen hebben. Immers, hun confidenties hebben wij niet nodig, maar wel hun bestellingen. Zijn zij 't met ons eens, des te beter. En zijn zij 't niet met ons eens, dan kunnen wij het niet helpen. Ontboezemingen geven dan toch niets en 't is dus maar 't beste niet te verstaan wat zij zeggen. 't Is trouwens onzinnig, om over geld te twisten wanneer d'ene het heeft en d'andere het hebben wil, want beiden hebben immers gelijk? Bedelaars begrijpen dat wel... Die vragen geld, en vraag je nu terug, naar hun vrouw en kinderen, dan vragen zij nog eens geld, niet tot zij merken dat je 't al of niet met ze eens bent, maar wel tot zij 't hebben of tot zij weten dat je 't niet geeft. En dan maar gauw een ander aangeklampt. Je doet zo iemand meer plezier met dadelijk en beslist 'neen' te zeggen dan met tranen te storten aan zijn borst. Je moet met alles tevreden zijn, want kleine dingen bestaan in zaken niet. Een zaak is een zaak en steeds een overwinning voor een van de partijen. 't Bedrag is meer toeval dan iets anders. Hoe ver een klant springt hangt af van de aanloop die hij neemt. Maar begin altijd met een grote zaak voor te slaan, en laat de mensen het dan met zichzelf uitvechten. Laat echter niet blijken dat je 't zelf een grote zaak vindt, want dan word je allicht geminacht. Spreek je daarentegen even luchtig van een flink bedrag als van een nietigheid, dan gaan ze je de loef afsteken met een totaal gebrek aan consideratie voor al Gods mooie geld, al moet het ook uit hun zak komen. Toon ook niet dat je blij bent als ze hun pen opnemen om te tekenen, want zij zijn slecht. Doe liever alsof het je hindert want sommigen zijn in staat je een bestelling te geven, in de hoop dat je aan de uitvoering ervan helemaal dood mag gaan. Tracht zelf te geloven wat je vertelt, dan vooral werkt je betoog overtuigend. En de overtuiging, zie je, die moet je er trachten in te krijgen, want dan gaan de mensen soms over tot daden, waar zij een uur later voor zouden terugschrikken. Ik heb eens een bankdirecteur het heilig vuur ingeblazen, zonder dat ik het zelf gemerkt had, want zijn gezicht was te suf om er iets op te lezen. En toen opeens brak het los. Hij sprong overeind, sloeg op de tafel en bestelde mij een miljoen exemplaren met een beschrijving van zijn bank. Ieder Belgisch gezin moest er een krijgen, beweerde hij. Hij leek wel een kruisvaarder, in 't zicht van Jeruzalem. En daar ik aarzelde, want ik durfde het niet aan met mijn drukkertje van niks, kwam hij met een schok weer tot zichzelf en deed mij er uitzetten. Hou vooral moed, ook al loopt het je wekenlang tegen. Betrouw niet op God, De Mattos. Wees beleefd tegen je klanten, want het zijn je vijanden, vergeet het niet. Zij laten slechts los wat je ze ontwringt en behouden alles waar je niet voor opkomt met je leven."

Charles Van Ganzen

Des namiddags bracht Boorman een zwartlederen tas mede, die hij mij onder de arm stopte, waarna ik met jas aan en hoed op, nog eens in 't midden van de directiekamer moest gaan postvatten.

"Ik begin al aan je te wennen, De Mattos," verzekerde hij geruststellend.

Boorman schreef nog een paar adressen op en nam mij mede de stad in. Wij zouden eerst Jean Lamborelle een bezoek brengen, en bleef er ons nog tijd genoeg over, dan zouden wij ook het Bureau de Voyages Orient nog gauw even aan de tand gaan voelen.

Bij 't omslaan van een hoek liep ik Verhaegen tegen het lijf. Je herinnert je Verhaegen van de Liberale Jonge Wacht nog wel, is 't niet? De man die zo spotten kon, en die beweerde dat hij de laatste pastoor in België met eigen handen zou opknopen. Die was het. Een paar weken tevoren had ik nog met hem gebiljart. Zijn plotselinge verschijning trof mij als de bliksem en ik bleef staan, want aan ontkomen viel niet te denken. Welnu, hij vroeg verschoning, groette alsof ik de burgemeester was en verzwond in de menigte.

"Kijk, hier woont waarachtig Charles Van Ganzen, meubles anciens et modernes. Spécialité de chambres à coucher Louis XV. Laten wij even kijken of die niet bijt," zei Boorman, en wij traden binnen.

Het was een ruime winkel met een grote voorraad bedden, waartussen een half dozijn winkeljuffrouwen op kopers zaten te wachten. Een van haar stond op en kwam naar ons toe, glimlachend als een madonna.

"Mijnheer?"

Boorman zei dat hij mijnheer Van Ganzen verlangde te spreken, en gaf de juffrouw een kaartje, waarop Ch.A.F.D. Boorman stond, en daaronder "Directeur-Generaal van het Museum van Inlandse en Uitheemse Voortbrengselen". Daarop schoof hij een stoel naar mij toe, ging zelf zitten, kruiste zijn benen en keek naar een Louis xv-bed.

De juffrouw wist blijkbaar niet wat zij met het keurige naamkaartje beginnen zou, keerde dan aarzelend terug, draaide om ons heen als een muis om de val, bleef eindelijk staan en vroeg met een weifelend stemmetje naar het doel van ons bezoek.

Boorman nam zijn hoed af, gebruikte die als een waaier, stak een hand in zijn broekzak en zweeg, alsof de juffrouw niets gevraagd had.

"Mag ik zo vrij zijn naar het doel van uw bezoek te informeren, mijnheer?" waagde het meisje ten tweeden male.

Het gezicht van mijn patroon kreeg een uitdrukking van moeheid en verrassing. Dan, als met inspanning van al zijn krachten, keek hij opnieuw de juffrouw aan.

"Het doel van mijn bezoek is mijnheer Van Ganzen te spreken, jongedame."

En Boorman wendde zijn blik af om naar het plafond te kijken, een marstempo op zijn hoed tokkelend.

Ditmaal droop de jongedame met haar visitekaartje af, raadpleegde onderweg een oudere juffrouw, die misschien wat meer ondervinding had en verdween eindelijk achter in de winkel door een deur, die zeker toegang verleende tot de kantoren.

Ik had tot dusver niets begrepen van wat mij later, door de praktijk, zo vreselijk duidelijk is geworden, doch ik voelde niettemin dat zich in de winkel een spanning condenseerde zoals in die klerenzaak, toen ik eindelijk had moeten bekennen dat ik het nieuwe pak niet met geld betalen zou, maar met een naamkaartje.

"Ik geloof dat ze eigenlijk wilde weten *waarom* u mijnheer Van Ganzen verlangt te spreken, mijnheer," waagde ik fluisterend.

"Zeker, jongen," antwoordde Boorman zacht. "Maar ik kan toch niet antwoorden dat ik kom om Van Ganzen te lijmen, dat het er mij om te doen is hem een pak exemplaren van het Wereldtijdschrift te verkopen, hem dus papier aan de hand te doen tegen zijn goeie geld, of voor een deel tegen een paar van die bedden, want bruikbare of verhandelbare koopwaar neem ik ook wel in betaling aan, zoals je weet, of behoorde te weten. Neen, jongen, dat gaat niet. Kijk, daar komt al een gezant, die door Van Ganzen afgevaardigd is om nog eens naar 't doel van ons bezoek te vragen."

Een jong kereltje, in een stofjas, kwam als de bliksem tussen de bedden doorgeslingerd en vroeg werkelijk, reeds van op een afstand, naar het doel van Boormans bezoek.

Mijn patroon liet het mannetje naderbij komen, geeuwde zwierig en vroeg toen met opgetrokken wenkbrauwen of hij heus de eer had met mijnheer Charles Van Ganzen te spreken.

Er zat zoveel verwondering en achterdocht in Boormans wedervraag, dat de jongen een geweldige kleur kreeg.

"Neen, mijnheer. Ik ben slechts een bediende van mijnheer Van Ganzen, maar mijn patroon heeft mij opdracht gegeven u te vragen wat eigenlijk het doel van uw bezoek is."

"Ik verlang *eigenlijk* niets anders dan mijnheer Van Ganzen te spreken, jongen," antwoordde Boorman gemoedelijk.

Meteen stak hij een sigaar op en reikte de stofjas zijn koker aan.

"Rookt u?"

Het mannetje zette een gezicht op als een jonge meid die iets weigert, nam toch een sigaar, dankte Boorman voor de gift, maar vroeg niettemin schuchter, "over welk onderwerp mijnheer eigenlijk verlangde te spreken".

"Eigenlijk over zaken, jongen," zei Boorman. "En schiet nu wat op, want ik heb niet veel tijd."

Het gezantje verwijderde zich moedeloos, zei toch met een kranig knipoogje "voor zaken" tegen de juffrouw, die eerst geprobeerd had en verdween door de deur, waaruit hij tevoorschijn was gesprongen.

Het viel mij op dat vier van de winkeljuffrouwen intussen samengeschoold waren. Zij staken de koppen bijeen en keken fluisterend in de richting van de kantoordeur, als verwachtten zij dat er iets gebeuren zou.

"Nog een die naar het doel komt hengelen," waarschuwde Boorman, toen een man op jaren verscheen, die de deur voorzichtig achter zich dichtdeed, zijn neus nog gauw snoot als om geheel slagvaardig te zijn en met de keel schrapend op ons afkwam.

"Trommel met je voeten iets op de vloer, alsof je 't op de zenuwen krijgt," beval Boorman, zonder mij aan te kijken.

Dadelijk bracht ik mijn voeten in beweging op de maat van de Marseillaise.

"Mijnheer Van Ganzen?" vroeg Boorman voordat de man, die op een paar meter afstand behoedzaam voor anker was gegaan, een woord had kunnen uitbrengen.

"Ik ben de boekhouder, mijnheer," luidde het antwoord. "Mijnheer Van Ganzen heeft het zeer druk en zou willen weten met welk doel..."

"Lo siento tanto mas que hubiera celebrado mucho el aprovechar esta ocasion para activar nuestras relaciones," onderbrak mijn patroon.

"Wat zegt mijnheer?" vroeg de boekhouder, zich tot mij wendend.

"Zeg aan Van Ganzen dat ik over een uur naar Rijsel vertrek, en dat ik heus niet langer wachten kan. Indien hij mij spreken wil, dan moet hij dadelijk komen."

Met deze woorden brak Boorman 't onderhoud af. Hij stond op en wandelde tot bij een van de vitrines, de rug toekerend aan de winkel, waarvan ik nu, moederziel alleen, het centrum bezet hield.

Het werd doodstil in de meubelzaak. De juffrouwen, die zeker wisten dat de voorraad tussenpersonen uitgeput was, staakten haar gefluister en na een laatste blik op de kantoordeur, trokken zij zich terug tussen de Louis XV-bedden, waar zij bescheiden op haar krukken gingen zitten, ieder op de plaats die haar voor 't wachten op de klanten was voorgeschreven.

"Ik wed dat Van Ganzen ditmaal zelf komt," voorspelde mijn patroon, die even langs kwam wandelen.

"Zal hij niet boos zijn omdat wij zo hebben aangedrongen?" vroeg ik, want ik vreesde dat Van Ganzen politie zou laten roepen om ons eruit te drijven.

"Misschien wel," erkende Boorman. "Sommigen winden zich vreselijk op maar dat hindert niet. Indien hij onhandelbaar is, dan gaan wij weg en komen misschien later wel eens terug, als hij beter gehumeurd is. Maar komen moet hij, want met klerken en zo komen wij niet verder."

Ditmaal duurde het wachten niet lang, want pas was de boekhouder uit het gezicht, of we hoorden deuren slaan en de wassende stem van een tierend man, die in aantocht was, waarop een ventje verscheen, in zijn hemdsmouwen en de handen in zijn broekzakken.

"Dat is hij," zei Boorman zacht. "Alleen mijnheer zelf mag hier zijn jas en zelfs zijn broek uittrekken. De anderen moeten zweten en zwijgen."

"Waar is hij, verdomd?" schreeuwde Van Ganzen tegen 't meisje dat eerst met ons in contact was gekomen. Voor deze enig antwoord kon geven, had Van Ganzen ons al in de gaten en kwam morrend naderbij.

"Heb ik de eer met...," begon Boorman weer, precies zoals hij met de anderen gedaan had.

"Jawel," beet Van Ganzen 't zinnetje af.

"Aangename kennismaking," zei Boorman.

"Maak het in godsnaam kort," waarschuwde het Louis XV-mannetje, dat een en al zenuwen was en zichtbaar kookte.

"Mag ik u mijn secretaris voorstellen?" En Boorman wees mij zwierig aan, waarop ik mij onmiddellijk aan zijn zijde kwam scharen.

In de kerkelijke stilte hoorde ik, heel in de verte, de kantoordeur piepen en toen ik over Van Ganzen heen keek, bemerkte ik dat de kantoorjongen zijn hoofd behoedzaam in de winkel stak. Ziende dat zijn patroon hem de rug toekeerde, stak hij zijn sigaar op, blies een wolk uit als een locomotief, stuurde mij een knipoogje toe, en trok zijn hoofd weer binnen.

Bij Boormans brutale voorstelling wierp Van Ganzen een hatelijke blik op mijn nieuw pak. Even kwam er een wilde flikkering in zijn ogen, doch hij vermande zich door zijn prachtige beddenvoorraad aan te kijken, baggerde in zijn broekzakken en vroeg opnieuw wat Boorman nu eigenlijk verlangde.

"Mijnheer Van Ganzen," zei mijn patroon vertrouwelijk, "het is u ongetwijfeld bekend dat het Ministerie van Nijverheid ten zeerste verontrust is door de nakende crisis in de meubelfabricatie. Langzaam maar zeker worden de klassieke houten bedden door de ijzeren opgeslurpt, wat vooral jammer is, omdat houten in ons eigen landje vervaardigd worden, terwijl de ijzeren afkomstig zijn uit Engeland, dat niet alleen de zeeën beheerst, maar ons bovendien die ijzeren prullen aanlijmt, die roesten, reumatiek veroorzaken, en waar stijl, geur noch zaligheid aan is. Zij houden er hier een bende handlangers op na, zoals Stoffels, Dupuis en Co., kerels die voor niets staan en tot alles bereid zijn."

"Stoffels, Dupuis en Co. zijn zeer nette lui, correct in zaken en alleszins betrouwbaar," onderbrak Van Ganzen.

"Zeker," erkende Boorman, "zeer nette lui zijn het, dat weet ik best."

"U sprak toch van kerels, dunkt mij," zei het meubelfabrikantje scherp.

"Flinke kerels, mijnheer," bevestigde mijn patroon onverstoorbaar. "Kranige kerels, bedoel ik."

"Die tot alles bereid zijn," grinnikte Van Ganzen.

"Tot alles wat correct is," wees Boorman terecht. "Maar nu houden al die ijzerenbedfirma's staande dat haar bedden sterker zijn dan houten en bovendien goedkoper en zindelijker!" vulde hij smadelijk aan.

"Daarin hebben zij gelijk," meende Van Ganzen, "want het is volkomen waar."

"O ja," stemde Boorman in, "zeker is het waar, en juist omdat het waar is rijdt het ons zo lelijk in de wielen. Gelukkig is een houten bed sierlijker, fraaier en smaakvoller dan zo'n ijzeren kooi."

"Dat is een kwestie van smaak," zei Van Ganzen hoofdschuddend. "Ikzelf slaap in een ijzeren bed en ik wil van geen houten meer weten, heus niet!"

"Zeer merkwaardig," meende mijn patroon, "vooral omdat u zelf al die meesterstukken van stijl voortbrengt." En hij wees met zijn stok de omringende Louis xv-bedden aan.

Nu liet Van Ganzen zijn stugheid geheel varen en begon hartelijk te lachen.

"Die meesterstukken, mijnheer de directeur van..."

Hij zweeg even om een blik te werpen op 't visitekaartje.

"...van het Museum van Inlandse en Uitheemse Voortbrengselen," vervolgde hij gemoedelijk. "Die meesterstukken, zegt u? God beware mij. Rommel is het, mijnheer, gemeen fabriekswerk, dat bij duizenden gemaakt wordt. Alles machinaal. In die Mechelsche fabrieken gaat het hout er hier in en daar komen de bedden eruit. Louis XV of een andere Louis, wat u maar wilt. Het gaat daar net als in de bekende slachterijen van Chicago."

"Kom, kom," zei Boorman vaderlijk. "U bent al te bescheiden en zult ten slotte nog beweren dat u niet in staat bent een behoorlijk Louis XV-bed te vervaardigen."

"Och, mijnheer," en Van Ganzens stem klonk nu bijna vriendelijk, "wat zal ik u zeggen? Die Louis XV-bedden zijn niet na te bootsen. Al doe je 't nog zo goed, een vakman merkt toch dadelijk dat er een luchtje aan is. De mensen uit die tijd werkten anders, niet beter, maar anders, ziet u. Die echte Louis XV-bedden zijn wel mooi, maar onpraktisch en ook niet comfortabel. Ik zou nooit iemand de raad geven zich zo'n bed op de hals te halen. Lodewijk XV is dood en zijn bedden moeten in museums begraven worden, onder de hoede van slapende wachters, in een ouderwets pak. Maar deze goedkope spullen vinden nog wel aftrek..."

Boorman, die zeker voelde dat hij snel wegzonk in de diepte, stak Van Ganzen opeens de hand toe bij wijze van afscheid.

"Mijnheer," verklaarde hij gedecideerd, "het doet me genoegen dat u belang stelt in de kwestie die mij zo nauw aan het hart gaat en waarover men zich in de afdeling Nijverheid van het ministerie het hoofd zo warm maakt. Als de zaak rijp en voor uitvoering vatbaar is, kom ik u vast nog eens opzoeken, hoor."

"Welzeker," stemde Van Ganzen toe, "u kunt gerust nog eens een praatje met mij komen voeren, maar dan na vijven, anders heb ik het te druk. Maar aan publiciteit doe ik op 't ogenblik niet," besloot hij met een blik op mijn lederen tas.

Hij geleidde ons tot aan de deur, waar mijn patroon nog een kranig "tot genoegen" uitbracht.

"Zeg u aan 't ministerie dat zij zich niet ongerust hoeven te maken en doe ze de complimenten," zond Van Ganzen ons nog na.

Hij bleef even in zijn deurpost staan, als om te zien of wij niet bij zijn buurman binnengingen en verdween eindelijk in zijn winkel.

Ik liep zwijgend naast mijn baas, want ik voelde de nederlaag als een persoonlijke belediging. Toen ik twintig jaar was, heb ik in een weiland eens een vriend uitgedaagd om te worstelen, alleen maar om aan een meisje te tonen, dat ik de sterkste was, maar ik werd verslagen waar zij bij stond, en moest goedvinden op mijn rug te liggen met dat gehate lichaam boven op mij. En wat ik toen gewaarwerd, welde ook nu in mij op.

"Er is met die man op 't ogenblik niets te beginnen," zei Boorman. "Die Van Ganzen behoort tot een zeldzaam geslacht, dat slechts te lijmen is met eenvoud en oprechtheid; maar toen wij kwamen wist ik dat niet, en ik kon onmogelijk zo opeens van 't ene uiterste in 't andere vallen, zonder gevaar te lopen Van Ganzen voorgoed te bederven... Later loop jij nog wel eens bij hem aan, maar nu ik hem eenmaal beroerd heb, moet hij minstens een jaar lang bezinken. Ik begrijp alleen niet hoe die adresboekmensen een advertentie van hem losgekregen hebben."

De firma Lauwereyssen

"Laten wij maar eens aanlopen bij die behanger die er geen filialen op na houdt," zei Boorman, zonder in 't minst blijk te geven van enige ontmoediging. "Hoe heet hij ook alweer?"

Nadat ik naam en adres in mijn lijstje opgezocht had, liep mijn patroon de rue de Flandre in, die naar de voorstad leidde waar Jean Lamborelle zijn behangerstent had opgeslagen. Halverwege bleef Boorman plotseling staan en keek met gespannen aandacht naar een verweerd uithangbord, dat op de gevel van een vervallen huis gespijkerd was, en waarop nog te lezen stond:

Pierre Lauwereyssen,
Forgeron.
Fabriqve d'ascencevrs.

Een van de e's was zo goed als onzichtbaar en de u was in de vorm van een v geschilderd, zoals bij onze vaderen gebruikelijk was. Boven het uithangbord stonden een paar vensters open, waaruit de bonte vanen wapperden van een grote was en eronder gaapte een gang, die zeker naar de werkplaats leidde.

"Wat-is-me-dat?" mompelde Boorman. "Laten wij even gaan kijken." En hij liep de gang in, waar vijf of zes honden bezig waren elkaar te overstelpen met betuigingen van sympathie. De beesten schenen daar thuis te zijn, want zij hadden de ziltige muren waarop schimmel en mos stond, rijkelijk besproeid, en lieten ons pas door, toen mijn patroon gebruikmaakte van zijn wandelstok.

"Zouden wij niet terugkeren, mijnheer?" vroeg ik. "Het ruikt hier zo, vindt u niet? Hier kan toch bezwaarlijk iemand wonen die geschikt is om..."

"Eerst kennismaken met Lauwereyssen," zei Boorman gedecideerd.

Na een honderd stappen draaide de gang naar links en liep uit op een grote poort, waarachter Lauwereyssen blijkbaar het smidsvak uitoefende, want wij hoorden 't krassen van vijlen en 't dreunen van hamers op een aambeeld.

"Jaag die verdomde beesten weg," beval mijn patroon, terwijl hijzelf de krukdeur bewerkte.

Ik zag nu dat de honden ons gevolgd waren als om te zien wat wij kwamen uitvoeren, en toen Boorman de poort deed rammelen, begon de hele troep te blaffen. Het was duidelijk dat zij Lauwereyssen wilden waarschuwen op zijn hoede te zijn.

Na een paar vruchteloze pogingen kregen wij de poort open en traden binnen.

Het was een smokerige loods met glazen dak. In een hoek stonden een paar smeden, die een leven maakten als een laatste oordeel; in 't midden lag een voorraad hoek- en plaatijzer op de vloer, terwijl zes of zeven bankwerkers, draaiers en monteurs zich tegen de muren een plaats hadden uitgekozen. Toen wij plechtig aantraden en Boorman aanstalten maakte om de centrale stapel te beklimmen, verstomde plotseling het geraas en tien gezichten keerden zich naar ons toe.

Wij werkten onszelf behoedzaam over het ijzer heen en stonden nu voor een houten schot, met een deur en twee kleine vensters, waardoor een schrijftafel met kopieerpers zichtbaar was, en diverse andere voorwerpen die op kantoren in gebruik zijn.

Terwijl mijn patroon even naar binnen loerde, kwam een oudachtig man achter zijn werkbank uit, stapte op

Boorman toe, nam zijn pet af en zei gemoedelijk, "dat ze dadelijk zou komen".

Het was een vervallen mannetje, enigszins gekromd en met vermoeide ogen. Zijn ouderdom kon ik niet schatten, want zijn gezicht zag te zwart.

"Vriend," zei Boorman, "ik zou meester Lauwereyssen willen spreken. Geef hem dit kaartje en zorg jij eens dat hij dadelijk hier komt." En hij stopte de man een naamkaartje en een royale fooi in de hand.

De monteur stak beide dingen aarzelend in zijn zak en keek door zijn bril tegen Boorman op, als had hij gaarne nog iets gezegd. De beschroomdheid snoerde hem echter de mond, want hij draaide zijn pet om, vertrok zijn gezicht en bewoog de lippen, doch bracht generlei geluid uit.

"Piet!" riep van op een afstand een basstem, "zou ik er geen U-ijzertje tegenaan klinken, liever dan die slappe bulb-hoek?"

"Ik kom direct," antwoordde de man met de bril.

"Jawel," zei Boorman, "maar roep eerst meester Lauwereyssen, alsjeblieft."

"Mijnheer," zei het mannetje verontschuldigend, "*ik* ben Lauwereyssen. Gaat u maar in 't kantoor en wacht even. Mijn zuster zal zo meteen beneden komen."

"Aangename kennismaking," was alles wat Boorman kon uitbrengen.

Lauwereyssen deed de kantoordeur open, gebruikmakend van zijn schootsvel, om de deurknop niet zwart te maken, zette zijn pet weer op en ging naar de man toe die geroepen had, om het probleem van 't U-ijzer en de bulb-hoek te helpen oplossen.

Wij gingen binnen.

"Ik kom dadelijk, mijnheer!" verzekerde een vrouwenstem die van boven kwam.

"Ga zitten," zei mijn patroon, het voorbeeld gevend.

"Als je zit ben je moeilijker buiten te krijgen, want iemand die rechtop staat, moet alleen zijn benen nog maar in beweging brengen om in aftocht te zijn."

Ik keek nu eens rond.

De schrijftafel van de firma Lauwereyssen bestond uit twee schragen, die met planken waren belegd, waarop een ontzaglijke voorraad boeken, facturen, brieven en technische blauwdrukken op en over elkander lagen, alles volkomen ordeloos, en als bij manden aangebracht en uitgeschud. Een paar stapels waren met een flinke stoflaag bedekt en blijkbaar sedert lang niet meer aangeraakt, terwijl nergens brievenknippen te bekennen waren, noch enig ander voorwerp, dat dienen kon om oude papieren in op te bergen. Voor de tafel stond een leuningstoel, met hoge rug, zoals mijn grootmoeder gebruikte. Door de zitting was een van de veren zichtbaar en door de rug kwam op een paar plaatsen het zeegras kijken. Achter de stoel vertoonde zich een wenteltrap die naar een bovenkamer voerde, waarin zich een levend wezen ophield, te oordelen naar 't gestommel dat doordrong tot beneden in 't kantoor.

"Wat een boel!" fluisterde Boorman vol bewondering. "En toch zit hier enig geld, want zij werken met tienen. Mijn kop af als wij hier met ledige handen buitengaan."

En na mij even aangekeken te hebben:

"Je maakt geen slecht figuur. Maar je moet een lintje in je knoopsgat dragen. En houd je hoofd recht. Denk erom dat je zwijgt of tenminste niets anders zegt dan 'zeer interessant', indien er stilte mocht intreden. Daar komt ze."

"Hier ben ik," sprak de stem van boven, en daarop begon de nederdaling van wat een dikke vrouw bleek te zijn, die aan iets leed. Ik zag haar boven voor de trap staan als voor een afgrond. Zij keek niet naar ons, maar in de diepte, als dacht zij een plan uit. Toen zwenkte zij, zodat zij met de rug naar de ruimte gekeerd stond, pakte krampachtig de leuning beet, en kwam in beweging. Trap voor trap kwam zij lager, steeds met het linkerbeen, terwijl zij het rechter telkens behoedzaam zakken liet, tot op de trede die door 't linker bereikt was. Na een paar keer halt te hebben gemaakt, om adem te scheppen, geraakte zij eindelijk beneden. Nu zwenkte zij nog eens, zodat wij ze van voren te zien kregen, en na een laatste, goed berekende schrede, bereikte zij de zetel, waarin zij zich behoedzaam neerliet met een grimas, die optrok als een nevel, nadat zij een ogenblik stil had gezeten.

Zij kon vijftig, misschien zestig jaar oud zijn, was zeer zwaarlijvig, en had een jak aan, waarvan slechts de helft der knopen gesloten waren. Haar rok scheen niet goed vast te zitten, want zij haalde in haar lenden een band aan, nam een snuifje en zei toen vriendelijk: "Dag heren."

Vond Boorman zijn gebruikelijke inleiding niet geschikt voor dit speciale geval? Ik verwachtte ministeries en departementen, maar hij zweeg en zat dik als een kip, met diepe rimpels in zijn voorhoofd.

"Ik raak het nooit meer kwijt," vervolgde zij, zonder op enig antwoord te wachten.

Na een bekommerde blik op de mestvaalt, vóór haar op de tafel, bukte zij moeizaam, stroopte haar linkerkous af en vertoonde een hobbelig, gezwollen been als van een drenkeling, dat met een bruin goedje was ingesmeerd. Met haar duimen drukte zij een paar deuken in het vlees, als om te voelen of het gaar was en begon ingetogen haar kuit te wrijven. Ze zei niet: "komt u maar eens voelen, heren", maar nodigde Boorman eindelijk toch uit om naderbij te komen, want hij moest er zich, of hij wilde of niet, met eigen ogen van overtuigen, dat het geen gekheid was met dat been.

"Neem mij niet kwalijk," zei 't mens. "Ik had het boven wel gedaan, maar ik kon u niet langer laten wachten. Zaken gaan voor, nietwaar heren?"

"Hier zit het," verklaarde zij. "Hier, hier. En daar ook," vervolgde zij, haar enkel betastend.

Boorman stond op, kwam naderbij en na de zieke stam met evenveel bezorgdheid te hebben aangekeken als gold het een van zijn eigen ledematen, vroeg hij of ze dan niet dokterde.

"Dokteren, mijnheer," antwoordde 't mens, "ik heb er mij bijna dood aan gedokterd, maar dat is uit, en nu ben ik, goddank, mijn eigen dokter. Dit is nu weer wonderzalf uit de abdij van Negenbergen, waar die madonna staat die flerecijn geneest. Ik zou er eigenlijk zelf naartoe moeten gaan, maar kan ik hier weg? 't Zal mij benieuwen, of dit helpen zal."

Boorman begreep zeker hoe gevaarlijk het was een dergelijk mens zo plotseling met zijn tijdschrift te lijf te gaan. Een enkel woord of gebaar kon voldoende zijn om argwaan te wekken in een ziel waarvan de eenvoud blijkbaar nog niet geknakt was, ziekte en tegenspoed ten spijt. Hij zei dus nog maar iets over haar been en, zeker veronderstellend dat zij godvruchtig was omdat zij abdijzalf gebruikte, voegde hij eraan toe dat zij de moed niet mocht laten zinken, maar bouwen moest op dezelfde God waartegen hij mij zo uitdrukkelijk gewaarschuwd had.

Zij had haar kous intussen weer opgestroopt.

"'s Ochtends druk, 's middags geluk en 's avonds min, dat brengt de spinnenkop in... En 't is bijna middag," zei 't mens met een hemelse glimlach. En van een van de stapels nam zij behoedzaam een stofferig boek, waaraan een spin hing te turnen. Zij werkte zichzelf overeind, maakte de deur open en zette het beest in de smederij.

"Ik heb een zwak voor dieren," verklaarde zij schuchter en toch gedecideerd. "Hebt u mijn honden niet gezien, toen u binnenkwam? Ze zitten nu vast in de gang op een kluifje te wachten."

Boorman zei dat hij de lieve dieren inderdaad ontmoet had, en vroeg toen maar wat eigenlijk de specialiteit van de firma Lauwereyssen was.

"Keukenliften, mijnheer," zei de dikke vrouw. "In tijden van slapte neem ik alle smeedwerk aan, maar keukenliften zijn onze specialiteit."

Er trad een stilte in. Na een korte strijd vermande ik mij, en liet plotseling een "zeer interessant" los, waarvan ik zelf schrikte.

"Mevrouw," verklaarde Boorman daarop dadelijk, "ik was eigenlijk gekomen om u inlichtingen te vragen omtrent de toestand van het smidsvak in Brussel en voorsteden, vooral in verband met het hoge werkloon, de vakbonden en de duurte van de grond, waardoor de meeste fabrieken de wijk moeten nemen uit het centrum, waar uitbreiding zo goed als onmogelijk is. Het Departement van Nijverheid maakt zich, niet ten onrechte, hierover zeer ongerust, en daar ik uw firma dikwijls heb horen roemen wegens haar grote degelijkheid, ben ik op 't idee gekomen u in dezen te raadplegen. Ik heb namelijk op mij genomen, de wantoestand in kwestie grondig te onderzoeken en mijn bevindingen dan saam te vatten in een studie, waarvan het eerste hoofdstuk over enkele weken in het licht gegeven wordt. U moet weten dat ik directeur ben van het Algemeen Wereldtijdschrift voor Financiën, Handel, Nijverheid, Kunsten en Wetenschappen en tevens van het Museum van Inlandse en Uitheemse Voortbrengselen, die u natuurlijk beide bekend zijn. Mijnheer hier is mijn secretaris."

Toen Boorman zei dat het tijdschrift en 't museum haar natuurlijk bekend waren, kreeg het mens een kleur.

"Neem me niet kwalijk, mijnheer, maar ik ken het Wereldtijdschrift niet en 't museum evenmin. Ik behoorde ze te kennen, dat spreekt vanzelf, maar als u wist in wat voor een toestand ik hier werk, dan zou mijn onwetendheid u zeker verklaarbaar voorkomen. Toen u binnenkwam hebt u met mijn broer gesproken, is 't niet?"

Ja, Boorman had werkelijk het genoegen gehad met meester Lauwereyssen kennis te maken, net als met de lieve dieren.

"Mijn broer, mijnheer, trekt zich van de zaken weinig aan. Ik heb zo goed als niets aan hem, behalve dan dat hij hard medewerkt als gewoon monteur, maar een patroon zou er immers op uit moeten gaan, vooral omdat ik hier met dat been zit."

Daar werd de deur van de werkplaats opengemaakt en meester Lauwereyssen kwam binnen, om iets te vragen. Hij praatte echter zo zacht, dat ik niets verstaan kon.

"Je hebt altijd wat nieuws aan de hand," mopperde zijn zuster. Zij ploeterde daarop in een hoop papieren rollen, keek er drie of vier even in, en vouwde eindelijk een blauwdruk open.

"Hier heb je de uitslag, Pieter."

Meteen kreeg zij een passer en een duimstok uit haar rommel, nam een paar maten, en begon op de tafel iets uit te rekenen.

"Dupont wil een bulb-hoek gebruiken," zei meester Lauwereyssen nog.

"Negenenvijftig... maal zeven... gedeeld door drie komma vier," zei 't mens kordaat. "Dupont is mal. Kijk maar. Geen kwestie van een bulb-hoek. Dat U-ijzer geeft een viervoudige zekerheid en dat is voldoende.

Dupont, Dupont. Die deed beter zich niet zo te bedrinken."

Meester Lauwereyssen vond zeker dat hij het daar voorlopig mee doen kon, want hij trok zich terug zoals hij gekomen was, aarzelend en een beetje gebogen. Hij was nauwelijks in de werkplaats of 't hameren en 't vijlen verstomde en 't gerucht van een wassende twist drong tot ons door. Ik onderscheidde eerst twee stemmen, toen veel door elkaar als op een politieke meeting. Mijn patroon wilde iets zeggen, maar moeder Lauwereyssen legde hem met een gebaar het zwijgen op.

"Hoort u dat, mijnheer?" vroeg het mens zachtjes, na een tijdlang met een afkeurend hoofdschudden geluisterd te hebben. "Dat gaat op die manier soms een halfuur door, eerst over dat U-ijzer en dan over de kapitalisten. Roept het niet om wraak?"

"U schijnt een beslagen technicus te zijn, mevrouw," zei Boorman bewonderend.

"Welneen, mijnheer. Van die weerstanden en zo bestaan tabellen, waar je 't maar in na te kijken hebt. Maar toch weet ik er door de praktijk wel iets van. Ik moet trouwens wel, want mijn broer... Och, hij heeft er eigenlijk nooit veel aan gedaan, maar sedert hij op zijn hoofd is gevallen, gaat het helemaal niet meer."

Na even gedubd te hebben, vervolgde zij ernstig:

"Het doet mij genoegen te horen dat onze liftjes nog op prijs gesteld worden, want ik wist het waarachtig zelf niet, alhoewel ik mijn best doe om de dingen stevig te maken en goed af te werken. Ja heus, ik wist het zelf niet, mijnheer, want ik kom bijna nooit buiten met dat been, zodat wij hier soms op bestellingen zitten te wachten, terwijl andere constructeurs de klanten voortdurend op de hielen zitten. Het doet mij werkelijk genoegen zoiets te horen van een vooraanstaande officiële persoonlijkheid, zoals u bent." – En uit haar dik gelaat sprak duidelijk hoe zalig zij te moede was.

Zij dacht even na.

"Ja, mijnheer, het wordt tijd dat het ministerie de zaak in handen neemt, want wij maken hier een moeilijke tijd door. U had het zo-even over hun vakbonden. Nu dan, die vakbonden..."

Zij stond op om de deur van de werkplaats, die op een kier was blijven staan, goed dicht te maken.

"Die vakbonden jagen ons de dood op 't lijf, mijnheer. U hebt onze mensen gezien, toen u binnenkwam, nietwaar, en zeker niets aan ze gemerkt? Ja, 't is zaterdag en ze zijn nu goedgehumeurd, omdat ze morgen niet werken. Maar nu zoudt u ze maandag moeten zien, als ze maandag tenminste komen, want ze durven ook wegblijven tot dinsdag en soms nog langer. En dan moet een mens nog zwijgen, of ze slaan de boel stuk."

"Wat mevrouw ons vertelt is van het hoogste gewicht, mijnheer De Mattos. Dus, alles noteren. Ga door, mevrouw."

"Soms kijken zij elkander aan," fluisterde 't mens, "zonder dat mijn broer of ik snappen wat er aan de hand is, en als bij afspraak wordt het gereedschap neergegooid en gaan de heren vloekend aan 't staken. En wat je dan ook praat, het baat niet. Zij eisen verkorting van werktijd en verhoging van loon, zonder zich af te vragen of wij het betalen kunnen. En zo brutaal als ze dan zijn! En ik zit dan met..."

Zij zweeg weer even en luisterde.

"Met dat been, natuurlijk," zei Boorman.

"Ik dacht dat er iemand stond te luisteren," vervolgde zij. "Zoals u zegt, mijnheer, met dat ongelukkige been. Anders ging ik waarachtig zelf aan de draaibank staan. Pas twee maanden geleden zat ik mij boven te kammen, toen ik hoorde dat de poppen aan 't dansen gingen. Zij scholden mijn broer voor schijthuis en bloedzuiger. Hij een bloedzuiger, mijnheer! De sukkelaar is de goedheid zelf, dat ziet u toch wel. Ik hoorde hoe hij de kerels aansprak met 'kom, kom', en 'wees nu bedaard', en hoe hij ze Frans en Jozef noemde, om ze te paaien, maar dat was olie op het vuur. Ze vloekten dat je 't buiten horen kon."

Ze hield op, want er kwam een leerjongen binnen, die zei dat er schuurpapier nodig was.

"Haal eerst een bon bij mijnheer," gebood het mens.

"Een bon voor zo'n paar vellen schuurpapier?" vroeg de jongen smalend.

"Ja, een bon voor zo'n paar vellen schuurpapier."

Het ventje verwijderde zich met een grijns en kwam een ogenblik later met het gevraagde terug, waarop mevrouw Lauwereyssen hem uit de kas enig geld ter hand stelde. De kas was een zeer grote, ouderwetse portemonnee, die zij vanonder haar japon tevoorschijn haalde. Toen de jongen weg was, borg zij 't ding weer op en legde 't bonnetje op de mestvaalt.

"Hoe ik toen beneden gekomen ben weet ik niet, maar ze waren nog aan 't schelden toen ik al in de werkplaats stond. Ik zei dat het schande was zo tekeer te gaan tegen een man als mijn broer, die altijd gereed is om hen van dienst te zijn, en die jaarlijks vijftig frank betaalt als erelid van hun spaarvereniging, waarvan het kasgeld geregeld wordt opgedronken, zodra het honderd frank bedraagt. Ik doelde vooral op Dupont, diezelfde die zo de Jan uithangt en die een bulb-hoek wil gebruiken, wanneer het voorgeschreven profiel een viervoudige zekerheid geeft. U moet weten dat die kerel reeds twintig jaar bij ons werkt, en dat wij hem altijd goed behandeld hebben. Toen hij getrouwd is, heeft mijn broer hem nog geld voorgeschoten om meubelen te kopen. In de hoop dat hij de anderen tot bedaren zou brengen, keek ik hem aan, terwijl ik sprak. En weet u wat hij mij toeriep, mijnheer?"

Zij keek ons beiden ondervragend aan en nadat Boorman met een levendige beweging van zijn wenkbrauwen te kennen had gegeven dat hij gretig luisterde:

"'t Is erg hoor," waarschuwde zij.

"De naakte waarheid, mevrouw. Vooruit maar."

"Welnu dan, ouwe hoer, mijnheer," zei 't mens, een kleur krijgend en toch niet zonder enige koketterie. "Nu vraag ik u toch! U begrijpt dat er met hen niet te redeneren viel. Zij hadden trouwens hun jassen al aangetrokken, en als zij eenmaal zover zijn, dan zijn die heren van mening dat zij niet terug kunnen, of 't zou er de schijn van hebben alsof zij geslagen waren. Trouwens, zij vinden het prettig, mijnheer, en al wisten zij vooruit dat het geen baat zou brengen, dan deden zij het toch nog af en toe, want 't is telkens een gelegenheid om ongestraft aan de zwier te gaan. Zij zeggen thuis dat er staking is uitgeroepen en dan heeft de vrouw niets te vertellen. Een ogenblik later zaten zij dan ook aan de overkant van de straat, bij dikke Jeanne, te zuipen, als ik het zo lelijk zeggen mag. Hebt u ze niet gezien, bij 't binnenkomen? Ze zit anders gewoonlijk voor 't venster, want ze weet dat haar klanten dan niet voorbij durven gaan. Enfin, een mens waar iedereen bij 't binnenkomen in knijpt, en die hen onder 't tappen maar steeds gelijk geeft. Zo jongens, zijn jullie aan 't staken? Je hebt gelijk. Wat drinken de jongens? Zo, jongens, staken jullie niet meer? Je hebt gelijk. Wat zullen de jongens gebruiken? Ik ben er waarachtig ziek van geweest, mijnheer. En 't mooiste van de grap is wel dat ik Dupont weder in dienst heb moeten nemen, want ze hadden zich met hem solidair verklaard. Zij hebben twee bondsleden op mij afgezonden, mensen van hun metaalbewerkersbond of hoe het dan ook heten mag. U had ze moeten zien, mijnheer. Noch vlees noch vis. Zij hadden een hoed op en een boordje aan, maar ze stonken naar drank en voerden een taaltje om van te ijzen. Toen ik zei wat die kerel zich vermeten had mij toe te voegen, toen lachten zij en beweerden dat zoiets in een werkmansmond niets te betekenen had. De een verklaarde dat 'gezel Dupont' met oude hoer slechts bedoeld had dat ik wel eens zanik. En de andere klopte mij brutaalweg op de schouder en gaf mij de raad eieren voor mijn geld te kiezen. Drie weken lang heb ik nog weerstand geboden, maar toen moest ik wel toegeven, want ik had twaalf liftjes in de maak voor de aannemer van het Hôtel de l'Europe, met een strafclausule van vijftig frank per dag voor te late levering. En nu zitten we nog steeds met die Dupont en komen nooit meer van hem af."

Zij praatte hoe langer hoe zachter, wierp af en toe een blik in de werkplaats, en bracht de laatste zinnen in een gelispel uit, dat haast niet te verstaan was.

Nadat Boorman haar een poos had laten dromen, vroeg hij of de firma niet te klagen had over slapte.

"Dat gaat wel, mijnheer," verzekerde zij. "Wij hebben tegenwoordig nogal werk, maar er wordt te weinig aan verdiend. Wij hebben een staande machine die te veel stoom verbruikt, en die riemtransmissie naar de werkplaats is veel te sleets en zou geëlektrificeerd moeten worden. Maar ik kan niet, ik kan waarachtig niet meer met dat been, en dan al die last. Was mijn broer maar wat flinker, dan zou ik het nog wel aandurven. Maar u begrijpt, mijnheer, ze noemen hem Piet in plaats van meester. Ik zou onze zaak wel willen overdoen of ze omzetten in een vennootschap, indien ik een paar flinke mensen met kapitaal kon vinden. Als het goed aangepakt wordt, dan is hier veel geld te verdienen," verzekerde zij met een overtuiging die aanstekelijk werkte.

Boorman stond op.

"Mevrouw Lauwereyssen," sprak hij met nadruk, "ik dank u voor uw zeer interessante inlichtingen. Op het omzetten van uw zaak, in een naamloze vennootschap of zo, kom ik eventueel later misschien wel eens terug, want ik heb veel vrienden."

"O ja, mijnheer, denk daar nog eens over. Ik zou u zeer dankbaar zijn en uw vrienden zouden een goede zaak doen, daar kunt u staat op maken. Maar u moet er zelf ook wat aan verdienen, hoor. Zoudt u ons de eer niet willen aandoen het ambt van commissaris te aanvaarden?"

"Wij zullen zien," lachte Boorman tegemoetkomend. "Maar eerst moet mijn studie in 't licht. Ik zal zo vrij zijn u over een paar dagen het eerste hoofdstuk te komen voorlezen. U kunt zelfs een voorraad exemplaren krijgen van het nummer van het Wereldtijdschrift waarin spraak zal zijn van de firma Lauwereyssen. Bent u iedere ochtend te spreken, mevrouw?"

"Natuurlijk wél, mijnheer," antwoordde 't mens. "Waar zou ik heengaan met dat been?"

O God, daar had je 't weer. Telkens dat been.

"Goed," zei Boorman. "Dus tot maandag."

"Hoe gauwer hoe liever," verzekerde zij. "En nu krijgen mijn vrienden hun dagelijks kluifje, want ze komen van heinde en verre en zitten hun tijd af te wachten. Dag, heren!"

Na een laatste groet verlieten wij 't kantoor en nadat meester Lauwereyssen ons tot aan de poort had gebracht, werkten wij ons tussen de lieve dieren door en bereikten de straat, waar ons van aan de overkant een groet werd toegezonden door dikke Jeanne, die waarachtig voor haar venster zat.

De bestelling

Toen ik na de middag op kantoor kwam, zat Boorman al aan zijn bureau, en ik zag dadelijk dat hij goedgehumeurd was.

"Wij moeten direct de studie voor Lauwereyssen schrijven," verklaarde hij, "want dat wordt een zaak, een fameuze zaak, dat zal je zien. Jammer dat het morgen zondag is en dat wij tot maandag moeten wachten om erheen te gaan. In achtenveertig uur gaat er soms heel wat om in zo'n hoofd. Ze voelen iets en gaan zitten denken als iemand die zijn geweten onderzoekt. En opeens heb je daar het dwaallicht van de twijfel dat uit de nevelen opstaat. Het glimt en danst, het wil niet blijven, maar het wil niet weg. Ze kunnen er niet afkomen, ook niet als je ze helpt. Honderden malen heb ik patiënten bijgestaan in hun strijd, met al de kracht die ik putte uit de kans om een zaak af te sluiten, maar tevergeefs. De twijfel bleef ons steeds de baas. Als hij eenmaal opdoemt, blijft hij spoken tussen jou en je klant en je gaat dan beiden naar hem slaan, hoe langer hoe wilder, tot alles wat je opgebouwd had in duigen valt. Dan krijg je de bittere beleefdheid, de laffe hartelijkheid, die 't scheiden voorafgaan, en een ogenblik later sta je om de hoek je ledige handen te bekijken. Nu, vooruit maar, De Mattos. Vooruit, jongen. Geef maar hoog en breed op van prima keukenliften, degelijke afwerking, voorhistorische betrouwbaarheid, knappe leiding van mevrouw Lauwereyssen, menslievendheid van haar broer, en meer van dien aard. Onder 'marbreries' vind je in de lade een studie waaruit je een en ander kan overnemen.

Ze begint met: 'De tous les matériaux de l'architecture, le marbre est certes celui qui offre les plus admirables ressources au prodigieux et inépuisable thème de la décoration.' Vervang marbre maar door *fer*, want die zin valt overal in de smaak, en wat erop volgt ook. Alleen zit er aan die liftjes weinig decoratie, geloof ik. Kijk dan maar liever onder piano's. Die korte getypte studie. Juist, dat is ze. Nu, daar kan je een en ander uit overschrijven. Maar je vervangt De Peuter telkens door Lauwereyssen en piano's door keukenliften. Van prachtige klank spreek je natuurlijk niet en 't massief ebbenhout laat je ook weg. Maar de lange zinnen kan je ongerept laten. Ik zal ze rood onderstrepen. Wij moeten echter voor moeder Lauwereyssen een inleiding en een slot maken, en alles moet over een uur klaar zijn, want ik moet om vier uur naar de club om te kegelen. Schrijf maar even op."

Hij begon in de directiekamer op en neer te lopen.

"Eerst de titel. Zet maar: 'Moderne keukenliften van Belgische fabricage'. Of liever: 'Het uitwijken der fabrieken in verband met de duurte van de grond in 't centrum van Brussel'. Nou, laat 'modern' staan, want dat maakt altijd opgang, vooral bij ouderwetse mensen. Dus: 'Het uitwijken der moderne fabrieken' enzovoort. En nu ga je aan de gang: 'De vreemdeling die door 't centrum van Brussel slentert en die, verdoofd door de drukte en de herrie, ergens bij de Beurs op een bank gaat uitrusten, vermoedt zeker niet dat er vlakbij nog een fabriek in werking is, die niet moet onderdoen voor die van het Waalse land of van het Ruhrgebied. Hij verbeeldt zich nu eenmaal dat het centrum van die weelderige stad alleen uit hotels, koffiehuizen, patisserieën en parfumeriewinkels bestaat en dat er geen plaats meer is voor volgelingen van Pluto, voor mensen met zwarte gezichten, die met vuur en ijzer spelen. Lezer, die vreemdeling heeft het mis. Wel zijn de meeste constructeurs uit het centrum verjaagd door de belastingen en hebben met hun zwart volkje de wijk moeten nemen naar een of ander veilig oord, waar je voor een appel en een ei nog eens een lekker stuk grond kunt kopen, maar toch zijn niet allen heengegaan... Eén althans heeft standgehouden, en wel een die een nadere kennismaking overwaard is. Kent gij de rue de Flandre, lezer? Zoek daar dan maar eens naar een fabriek, een echte moderne smederij, waar nog gevijld, geboord en gedraaid wordt en waar de beukende voorhamers donder en bliksem in 't leven roepen. Gij staat daar zo beteuterd, lezer. Niets gevonden? Kom dan maar mee. Ziet ge dat uithangbord? Pieter Lauwereyssen, Meestersmid. Loop die gang gerust door, want er liggen voetangels noch klemmen. En breng de volgende keer een kluifje mee voor de beschermelingen van mevr. Lauwereyssen, want die beesten beelden zich in dat zo'n lezer even goedhartig is als 't vrouwtje. O, Vereniging voor Dierenbescherming, wees mij genadig, en zend nu geen fanfarecorps naar de rue de Flandre, want zij zou het mij nooit vergeven, indien zij wist dat ik schuld had aan 't ruchtbaar maken van haar barmhartigheid.

Zowat veertig jaar geleden begon meester Lauwereyssen, die tot dusver het smidsvak slechts in 't algemeen beoefend had, zich toe te leggen op het vervaardigen van keukenliften, een specialiteit die geleidelijk door hem tot de hoogste trap van volmaking opgevoerd werd.' "

"Nu volgt de studie over die pianofabriek, en dan een slot. Schrijf maar op: 'Lezer, gij hebt nu een hoekje van Brussel bezocht, waarvan gij het bestaan niet vermoed had, en gij zijt ons dankbaar, niet? Want geen gids ter wereld, ook niet het reisbureau Orient, dat anders van aardige hoekjes wel wat af weet, had u er ooit heengebracht. En vertel nu maar gerust aan vrienden en kennissen, aan alle aannemers, architecten en hotelhouders, dat daar, en niet elders, in alle stilte en zonder reclame, de beste keukenliften vervaardigd worden.' "

's Maandagsochtends las Boorman de studie vluchtig over, haalde er nog een paar piano's uit, deed mij de velletjes opbergen in mijn tas, en nam mij mede naar een donkere straat bij de Beurs, waar Piepers woonde.

"Loop die trap op, tot je helemaal boven bent," zei Boorman. "Zes hoog. Klop aan de eerste deur links, en zeg aan Piepers dat hij beneden komt met zijn toestel en twaalf platen. Als hij zich niet genoeg haast, beloof hem dan een borrel."

Ik werd opengedaan door een man die pas uit bed kwam, want hij stond op zijn sokken en trok zijn bretels vaster aan. Zware zakken hingen hem onder de ogen en hij was magerder dan enig ander man die ik ooit tevoren gezien had, Wilkinson niet uitgezonderd.

"Kom binnen," geeuwde Piepers, "ik ben zo klaar."

Boormans fotograaf bewoonde een grote zolder met één enkel dakvenster en dan nog wel van rood glas, waardoor alles eruitzag als bloed: Piepers zelf, zijn bed, zijn kleerkast en al zijn verdere rommel. Op een tafel stond een keteltje en een spirituslamp, een droogrek voor negatieven en enig vaatwerk, dat nog afgewassen moest worden, terwijl de muren bedekt waren met afdrukken van talrijke clichés.

"Dat ellendige afwassen," mompelde Piepers, met een moedeloze blik op zijn stilleven.

Hij slurpte een laatste kliekje koffie op, deed een boordje en een das aan, daarna zijn schoenen en sleepte eindelijk een zwaar toestel met drievoet uit een hoek tevoorschijn. Hij keek het ding aan en geeuwde weer.

" 't Is pas kwart over negen. Hij moet een dikke aan de lijn hebben. U bent zeker zijn bediende?" vroeg hij, mij van terzij aankijkend.

Voor 't eerst van mijn leven deed dat "bediende" mij onbehaaglijk aan.

"Pardon," wees ik terecht, "ik ben secretaris en hoofdredacteur van het Wereldtijdschrift."

En pas had ik dat gezegd of ik besefte in welke mate Boormans lijmen in mijn magere persoonlijkheid reeds had ingevreten.

Piepers stak nu zijn hoofd door een draagriem, als een vaandrig, en lichtte gedecideerd zijn toestel van de grond, zodat zijn linkerschouder onder de vracht dadelijk een eind wegzakte.

"Dat geeft géén viervoudige zekerheid," merkte ik op. "U moet er bij Lauwereyssen een U-ijzertje tegenaan laten klinken."

"Waar tegenaan?" vroeg Piepers.

"Tegen uw sleutelbeen," zei ik, want ik wilde dat "bediende" maar dadelijk vereffenen.

Mevrouw Lauwereyssen werd in haar zetel verrast, terwijl zij doende was een ruige apostel te verbinden, die op drie poten stond.

"Dag, heren," groette zij onder het zwachtelen. "Er scheelt iets aan zijn poot. Ik geloof dat onze halfwas er een stuk ijzer tegenaan gegooid heeft, omdat ik hem dat bonnetje voor schuurpapier heb doen halen, want die slungel deed al te bekommerd, toen ik hem naar de apotheker zond om vaseline en een zwachtel. Zo'n onschuldig beest! Zo, dat is alweer in orde. Pieter, laat hem even uit."

En meester Lauwereyssen nam de hond in ontvangst, die zich inspande om zijn poot van 't verdachte doekje te bevrijden.

"En uw studie, mijnheer? Hebben mijn arme liftjes u werkelijk kunnen bezielen?" vroeg zij vriendelijk.

"Sta mij toe dat ik eerst en vooral naar de toestand van uw been informeer, mevrouw, want ik heb waarachtig gedroomd dat er enige beterschap was ingetreden," sprak Boorman deelnemend.

Die woorden deden het dikke mens stralen van genoegen.

"O, mijnheer, hoe aardig van u! U houdt mij toch niet voor de gek, hoop ik? Nu, ik moet erkennen dat uw bezoek mij geen ongeluk heeft bijgebracht, hoor, want sedert gisteren kan ik iets beter lopen, dunkt mij." En zij betastte lachend het kranke lid, als om te voelen of de beterschap aanhield.

"Mijnheer is mijn fotograaf," zei Boorman met zijn duim over zijn schouder naar Piepers wijzend, die zijn wapens had afgelegd. "Ik heb hem doen medekomen omdat de studie geïllustreerd moet worden. Mijn secretaris zal nu eerst de tekst voorlezen, want het is niet onmogelijk dat u hier of daar iets wenst te veranderen. Ik zal u maar vast waarschuwen dat het stuk niet van technische aard is, mevrouw. Technische dingen zijn te droog en in onze tijd haast niet meer te verteren. Het is veeleer een intermezzo, dat ingelast zal worden tussen twee drogere hoofdstukken en dat voor doel heeft van hoog tot laag de aandacht op uw verdienstelijk streven naar volmaking in de liftenfabricage te vestigen. Lang genoeg hebben wij ons koest gehouden en lijdzaam toegekeken, terwijl gewetenloze concurrenten, meest onbeholpen nieuwelingen in 't vak, in ministeries en zo het vet van de soep schepten en dan nog een praats maakten als werd hun onrecht aangedaan. Maar nu is 't genoeg. Schitterend treedt de waarheid naar voren en geen boze macht die haar nog stuiten kan. En eens temeer zal het Wereldtijdschrift voor Financiën, Handel, Nijverheid, Kunsten en Wetenschappen een baanbreker geweest zijn. Vooruit, mijnheer De Mattos."

Terwijl Boorman sprak, had ik de studie uit mijn tas gehaald en de volgorde der velletjes nog eens nagekeken, zodat ik, bij 't eerste signaal van mijn patroon, dadelijk inviel.

"Het uitwijken der moderne fabrieken in verband met de duurte van de grond in 't centrum van Brussel."

"Zo is het precies," lispelde mevrouw Lauwereyssen.

"De vreemdeling die door 't centrum van Brussel slentert en die, verdoofd door de drukte en de herrie, ergens bij de Beurs op een bank gaat uitrusten, vermoedt zeker niet dat vlakbij nog een fabriek in werking is, die niet moet onderdoen voor die van het Waalse land of van het Ruhrgebied."

Ik had gehoord dat mijn stem, bij 't lezen van de titel, weifelend en enigszins gedempt had geklonken. In mijn rug voelde ik de kilte van de machtige schaduw die Boorman in 't kantoor wierp en voor mij glom de aureool van moeder Lauwereyssen, die, met die broer en dat been op sleeptouw, jaar in jaar uit, tegen de storm bleef optornen. Echter, naargelang ik vorderde, werd mijn stem vaster, want ik besefte dat ik voor mijn brood las, en ik galmde "Ruhrgebied" uit, alsof ik er jaren gewoond had.

"Neem mij niet kwalijk dat ik u even onderbreek, mijnheer," sprak opeens de belanghebbende, met een blos als een meisje, "maar doelt u hier op onze smederij?"

"Zeker, mevrouw," bevestigde Boorman, "u hebt er toch niets tegen, hoop ik?"

"Maar, mijnheer," zei de vrouw schuchter, "u kunt onze werkplaats, dunkt mij, toch niet vergelijken met die grote fabrieken, zoals dinges..."

"Kom, kom, geen praatjes," onderbrak Boorman streng. "Overdreven bescheidenheid. Misplaatste bescheidenheid, zou ik haast zeggen. Er wordt hier goed werk geleverd, van 't allerbeste werk, is 't niet?"

"Jawel," beaamde 't mens, dat met een strakke blik

haar lange loopbaan overzag en tevens die van haar been, "onze liftjes worden goed afgewerkt, dat is wel waar..."

"Nou, daar heb je 't al," lachte Boorman. "Onze vergelijking slaat alleen op de kwaliteit van 't werk en niet op het aantal werklieden, noch op het kapitaal. Vooruit, mijnheer De Mattos!"

En ik begon weer.

"Hij verbeeldt zich nu eenmaal dat het centrum van die weelderige stad alleen uit hotels, koffiehuizen, patisserieën en parfumeriewinkels bestaat, en dat er geen plaats meer is voor volgelingen van Pluto, voor mensen met zwarte gezichten, die met vuur en ijzer spelen. Lezer, die vreemdeling heeft het mis. Wel zijn de meeste constructeurs uit het centrum verjaagd door de belastingen en hebben met hun zwart volkje de wijk moeten nemen naar een of ander oord, waar ge voor een appel en een ei nog een lekker stuk grond kunt kopen, maar toch zijn niet allen heengegaan. Eén althans heeft standgehouden, en wel een die een nadere kennismaking overwaard is. Kent gij de rue de Flandre, lezer?"

"Maar, mijnheer," waagde mevrouw Lauwereyssen, "wat zal men op het... hoe zei u ook weer... op het Departement van Nijverheid wel denken? Onze zaak is daar totaal onbekend, en nu opeens zo'n beschrijving in een Wereldtijdschrift!"

"Wat zij zullen denken, mevrouw? Dat weet ik niet. Maar ik weet wel dat ze vreselijk in de war zullen zitten. Zij zullen merken dat wij haar op de tanden hebben en vastbesloten zijn voortaan van ons af te spreken, wat u jaren geleden reeds had moeten doen. Vooruit, mijnheer De Mattos."

Ik sloeg weder aan:

"Zoek daar maar eens een fabriek, een echte moderne smederij, waar nog gevijld, geboord en gedraaid wordt en waar de beukende voorhamers donder en bliksem in 't leven roepen. Gij staat daar zo beteuterd, lezer. Niets gevonden? Kom dan maar mee. Ziet gij dat uithangbord...? Pieter Lauwereyssen, Meestersmid."

"Grote goedheid, met naam en al!" zei 't mens weer, met een hand voor de mond.

"Ja," bevestigde Boorman, "met naam en al."

En hij gebood mij door te zingen.

"Loop die gang gerust door, want er liggen voetangels noch klemmen. En breng de volgende keer een kluifje mee voor de beschermelingen van mevrouw Lauwereyssen, want die beesten beelden zich in dat zo'n lezer even goedhartig is als 't vrouwtje. O, Vereniging voor Dierenbescherming, wees mij genadig, en zend nu geen fanfarecorps naar de rue de Flandre, want zij zou het mij nooit vergeven, indien zij wist dat ik schuld had aan 't ruchtbaar maken van haar barmhartigheid."

"Maar, mijnheer," wierp zij zwakjes tegen, "zoiets kan toch niet gedrukt worden, dunkt mij..."

Ik zweeg en keek op.

De toespeling op haar straathonden had de dikke vrouw in beroering gebracht. Zij liet nu haar kuit met vrede, omklemde de leuning van haar stoel en neeg voorover, naar mij toe, opdat geen woord van hetgeen volgen moest haar zou ontgaan. Het eerbetoon dat zo onverwachts over haar uitgestort werd, bracht haar blijkbaar een geur als van bloemen en wierook en 't was haar aan te zien dat zij zich voelde opleven als een versleten mens, die, na jarenlange plichtbetrachting, eindelijk door vrienden of buren eens gehuldigd wordt.

"Doorlezen," klonk het achter mijn rug.

"Zowat veertig jaar geleden begon meester Lauwereyssen, die tot dusver het smidsvak slechts in 't algemeen beoefend had, zich toe te leggen op het vervaardigen van keukenliften, een specialiteit die geleidelijk door hem tot de hoogste trap van volmaking opgevoerd werd, zodat wij in geweten kunnen verklaren dat de werkplaats van Pieter Lauwereyssen op 't ogenblik niet alleen een van de oudste, maar tevens degelijkste keukenliftenfabriek van ons land is. Hijzelf is een wroeter en staat nog de ganse dag bij zijn mensen in de werkplaats, zodat niets aan zijn vorsende blik ontsnapt. Het werk gaat hier niet af op bazen die maar raak doen, zoals dat in de meeste fabrieken het geval is. Neen, lezer, er wordt hier geen nagel geklonken, geen sluitring gemonteerd, zonder dat meester Lauwereyssen gewikt, gewogen en goedgekeurd heeft. Met dat al een gouden hart, een ware vader voor zijn nederige helpers..."

"Ja, waarachtig," lispelde 't mens, dat goedkeurend zat te knikken, "een gouden hart heeft hij. Spijtig genoeg dat die schobbejakken er zoveel misbruik van maken. Was hij maar wat harder!"

"...die dan ook beseffen," viel ik in, "dat Lauwereyssens fabriek een waar industrieel paradijs is. Wie er eenmaal werkt gaat niet meer weg, zodat dezelfde mensen reeds jarenlang dezelfde taak verrichten en zich geleidelijk hebben opgewerkt tot een weergaloze bedrevenheid. Het mag dan ook gezegd worden dat Lauwereyssens piano's..."

"Keukenliften," verbeterde Boorman kortaf.

"...dat Lauwereyssens keukenliften," hervatte ik als de bliksem, "voor generlei verbetering meer vatbaar zijn. Ligging en indeling van de fabriek zijn alleszins merkwaardig. Men gelieve te bedenken dat de grond, hier in 't centrum, ontzaglijk duur is en dat daarom van iedere vierkante voet partij getrokken moest worden. Links staan de smeden en draaiers, rechts de bankwerkers en monteurs, terwijl de kantoren en de technische afdeling, die onder de leiding van mevrouw Lauwereyssen staan, in een afzonderlijk gebouwtje zijn ondergebracht."

“Maar, mijnheer,” zei ’t mens, dat geheel bedwelmd scheen en nog slechts slapjes tegenspartelde, “om nu ook *mijn* naam zomaar te vermelden, dat is nu toch een beetje...”

“Lezer,” vervolgde ik, “gij hebt nu een hoekje van Brussel bezocht, waarvan gij ’t bestaan niet vermoed had, en ge zijt ons dankbaar, niet? Want geen gids ter wereld, ook niet het reisbureau Orient, dat anders van aardige hoekjes wel wat af weet, had er u ooit heengebracht. En vertel nu maar aan vrienden en kennissen, aan alle aannemers en architecten, dat daar, en niet elders, in alle stilte en zonder reclame, de beste keukenliften vervaardigd worden.”

Ik bracht de slotakkoorden aandoenlijk en zangerig uit, met lange rustpunten bij de komma’s en fortes op “daar”, “elders” en “beste”. Na “vervaardigd worden” viel een stilte in, die mij koud maakte, iets als ’t zwijgen in de kerk onder de nuttiging.

De eerste die geluid gaf was mevrouw Lauwereyssen. Zij scharrelde overeind, maakte de deur van de werkplaats open, en gilde de naam van haar broer met een kracht die de man dadelijk van zijn werkbank haalde.

“Je moet even luisteren, Pieter, want ik ga iets voorlezen,” verklaarde zij geheimzinnig.

Meteen nam zij mij de beschreven velletjes uit de hand en maakte haar bril schoon, terwijl de meestersmid zijn schamel hoofd ontblootte en zeer handig een pruim uit zijn mond haalde, die hem onder ’t spreken had kunnen hinderen.

“Een althans heeft standgehouden... Neen, dat is ’t begin niet,” zei mevrouw Lauwereyssen, die overmand werd door de losse velletjes.

“Zal ik u even helpen, mevrouw?” En Boorman maakte zich meester van de studie, rangschikte de blaadjes, stelde ze mij weder ter hand en gebood mij ’t hele ding, ter ere van de meestersmid, ten tweeden male voor te dragen.

"Pas op voor de piano," fluisterde hij.

Aangezien ik de tekst nu bijna uit het hoofd kende, las ik de studie ditmaal niet alleen zonder één enkele piano, maar met evenveel pathos als droeg ik de "Overwintering der Hollanders op Nova Zembla" voor. Je zag de vreemdeling slenteren, de honden kluiven en de constructiewinkels in een jammerlijke optocht het centrum verlaten om de Vaal over te trekken.

"Nou, Pieter, hoe vind je dat?" vroeg mevrouw Lauwereyssen, nadat ik met de overtuiging van een profeet, nog eens beweerd had dat daar, en niet elders, in alle stilte en zonder reclame de beste keukenliften vervaardigd werden.

De meestersmid wierp een moedeloze blik op de technische mestvaalt, keek van daar naar Boorman en eindelijk naar zijn eigen figuur, dat hij probeerde op te luisteren door aan zijn verwaaide snor te draaien.

Zijn mangel aan geestdrift ergerde zijn zuster geweldig, dat kon je zien.

"Is het niet gewoon prachtig, Pieter?" vroeg zij. "Zeg dan toch eens iets, man. Jij bent toch de hoofdfiguur."

De toegesprokene deed zich blijkbaar geweld aan om er wat op te vinden en na zijn broek te hebben opgetrokken, gaf hij bescheiden als zijn mening te kennen, dat er bij de Beurs geen banken stonden.

Er volgde een ontzettend moment. 's Mans verklaring bleef in 't kantoor hangen als een donderwolk, hoe vernietigend zijn zuster hem ook aankeek, en ik verwachtte dat er iets barsten zou, iets dat de paradijslucht zou verpesten, die onder 't voorlezen uit onze heerlijke studie was opgestegen. In al haar afschuwelijkheid stond de waarheid in ons midden.

"Maar Pieter toch," klonk het eindelijk zacht verwijtend, uit de mond van de technische afdeling, "wat komt er dat nu op aan?" En zij wierp ons een blik toe, waarin te lezen stond dat hij wel een broer van haar was, maar dat zij 't niet helpen kon.

"Mijnheer Lauwereyssen moet dadelijk zijn zin krijgen," sprak Boorman vaderlijk. "Verander de bank in een terras, mijnheer De Mattos. Mevrouw, onze chef-redacteur heeft het woord bank gebruikt omdat bank het meest klassiek en dichterlijk is, wanneer er uitgerust moet worden. Maar een terras is praktisch net zo goed, misschien nog beter want daar kan men niet alleen uitrusten, maar tevens een biertje drinken."

Eerst lachte de lelijke fotograaf, die tot dusver zijn tijd volkomen geluidloos had zitten afwachten en dadelijk daarop werd de atmosfeer verder gereinigd door een hartelijke lach van moeder Lauwereyssen zelf.

Ik oordeelde het wenselijk nu ook op mijn beurt iets te doen, en bootste zo goed mogelijk de grimas na, die door mijn politieke vriend gemaakt werd telkens als hij zijn toehoorders wilde doen denken dat hij lachte. Je weet wel, die man waar ik in de nacht van mijn kennismaking met Boorman achteraan had gelopen. Ons trio bracht mijn patroon een verdiende hulde: Piepers met zijn verstikt gegiechel, mevrouw met haar vol geluid en ik met mijn lachtrek naar hem toegekeerd. Alleen meester Lauwereyssen lachte niet, maar wierp af en toe een blik in de werkplaats, als vreesde hij dat zijn mensen er iets zouden merken.

Toen Boorman dacht dat de meestersmid voldoende geïsoleerd was, vroeg hij of hij verder op de redactie nog iets aan te merken had.

"Och," zei de man, "'t kan mij weinig schelen, maar ik zou liever niet zeggen dat zij zwarte gezichten hebben, want als zij 't ooit te lezen krijgen, dan zal je wat zien." En hij keek zijn zuster aan alsof hij haar reeds bij voorbaat betekende dat zij 't dan maar moest opknappen.

"Mijnheer doelt zeker op de passage waarin het heet dat de meeste constructeurs met hun zwart volkje de wijk hebben moeten nemen enzovoorts?" vroeg ik zo bescheiden mogelijk.

"Juist, mijnheer," zei de dankbare smid. "Maar ik dacht dat er zwarte gezichten stond, in plaats van zwart volk. Ze zullen beweren dat wij ze voor negers schelden, begrijpt u?"

"Mijnheer De Mattos," sprak Boorman terechtwijzend, alsof ik het tegendeel had gezegd, "de opmerking van meester Lauwereyssen is volkomen gegrond. Zwart volkje is wel iets heel anders dan zwart volk, want die 'je' maakt er een compliment van, maar ze zouden het niet begrijpen. Laten wij geen paarlen voor de zwijnen gooien en verander dat 'zwarte' in een 'werkzaam' volkje. Of laten we zeggen in een 'kranig' volkje, want werkzaam is te slaafs, terwijl kranig insluit dat zij er flink uitzien, bang zijn voor niemand en dikke spierballen hebben, dikkere spierballen dan de werklieden van enig ander land."

Ik corrigeerde dadelijk mijn tekst en dacht dat de onzalige smid nu definitief ingedijkt was. Maar ik had het mis, want toen mijn patroon hem manmoedig de vraag stelde of hem soms nog iets anders was opgevallen, toen zei de vent waarachtig weer dat er al heel wat de werkplaats verlaten hadden.

"Liftjes, meester Lauwereyssen?" vroeg Boorman. "De studie kan natuurlijk aangevuld worden met allerlei statistische gegevens," stelde hij gerust.

"Neen, mijnheer, werklieden," zei de smid.

Boorman keek ons aan, of soms iemand 't orakel verklaren kon.

"Wat bedoelt eigenlijk uw geachte broeder, mevrouw?" vroeg hij, sprekend als van een doofstomme of voor zijn minst van iemand die de landstaal niet machtig was.

“Wel ja,” zei de smid, nederig, maar volkomen bedaard, “er staat toch in dat wie hier eenmaal werkt nooit meer weggaat. Nu, dat is niet waar.”

En zich tot zijn zus wendend:

“Je weet immers wel dat die rooie Wauters pas drie maanden geleden opgedonderd is. En ’t zou mij verwonderen indien onze halfwas de volgende week nog terugkwam, want hij steekt zijn tong naar je uit, en loopt iets te zingen van schuurpapier en bonnetjes. Mij dunkt dus...”

“’t Is goed, Pieter, ga jij maar weer aan je werk,” onderbrak hem mevrouw Lauwereyssen, die zich doodschaamde onder Boormans blik.

De meestersmid liet zich niet bidden, maar maakte zich dadelijk op, met pet en pruim, om het vege lijf achter zijn werkbank in veiligheid te brengen.

“Neem het hem niet kwalijk, mijnheer,” verontschuldigde zijn zuster, “maar hij begrijpt die dingen niet zo. Dat ellendige been begint weer te steken. Ik zal op hoop van zegen nog een laatste potje wonderzalf van de abdij gebruiken en als dat opgesmeerd is, dan weet ik er waarachtig niets meer op.”

Na haar kuit even bevoeld te hebben, vervolgde zij:

“Het stuk is prachtig. Mooier dan enige mij bekende studie of beschrijving, en ik moet u dan ook mijn compliment maken, mijnheer. Nu mijn arme broer ook eens wat gezegd heeft, zult u beter begrijpen in wat voor toestand ik mij hier bevind. En toch moet de winkel lopen, ziet u.”

Terwijl zij praatte had Piepers, op een wenk van Boorman, zijn toestel weer over zijn schouder gehangen en was de werkplaats ingegaan, ’t wanhopige mens bij ons beiden achterlatend.

“Mevrouw,” sprak Boorman nu, “het doet mij genoegen dat de studie u bevalt en eerlijk gezegd, vind ik het zelf ook een mooie brok, die in de handelswereld en in de onderscheidene departementen ongetwijfeld opgang maken zal. Wij zullen een zeker aantal exemplaren van het nummer waarin het wordt opgenomen voor u meedrukken en die kunt u krijgen tegen de kostende prijs. Bij ieder exemplaar krijgt u een band van het Wereldtijdschrift, zodat de dingetjes onder onze vlag de wereld ingaan, ook al worden zij door u verzonden. De geadresseerde vermoedt natuurlijk niet dat het nummer door u op hem is losgelaten en hij veronderstelt dat onze administratie komt kloppen om een abonnement of een advertentie. U hebt het bijvoorbeeld op een aannemer voorzien, die een groot gebouw moet optrekken waarin liftjes te gebruiken zijn. Nu, dan schiet u te gepasten tijde eenvoudig een exemplaartje onder onze band op hem af. En terwijl de goeie man er zich suf over denkt, aan wie hij de bestelling geven zal... pats! daar valt me die prachtige beschrijving van uw modelsmederij als een bom te midden van de bestekken en begrotingen van uw radeloze concurrenten."

Hij trok zijn stoel dichter bij de mestvaalt, zodat hij nu naast haar kwam te zitten, klopte haar hartelijk op de schouder en kreeg een kaart uit zijn zak, die hij op de schrijftafel nederlegde, nadat hij eerst een stapeltje rommel had opgeruimd.

"Zet uw bril nu maar eens op, mevrouw, want het is waarachtig de moeite waard."

Het mens gehoorzaamde gretig en las:

SPECIAAL TARIEF
voor exemplaren van het
WERELDTIJDSCHRIFT
voor Financiën, Handel, Nijverheid, Kunsten
en Wetenschappen.

500.000 exemplaren (of meer)	frs.	0.08	p. exemp.
250.000	–	0.09	–
100.000	–	0.10	–
75.000	–	0.11	–
50.000	–	0.12	–
40.000	–	0.13	–
30.000	–	0.14	–
20.000	–	0.16	–
15.000	–	0.18	–
10.000	–	0.20	–
8.000	–	0.23	–
5.000	–	0.30	–
4.000	–	0.35	–
3.000	–	0.40	–
2.000	–	0.50	–
1.000	–	0.70	–
500	–	0.95	–

"Zoals u ziet, mevrouw, kunt u zoveel exemplaren krijgen als u wilt. Het zetwerk is dan toch gemaakt en als de drukker eenmaal aan 't trekken is, dan komt het er op een paar riem papier niet aan."

Zijn stem was toonloos geworden en ik onderschepte opeens een blik als van een kat op een vogel.

"Wordt nu vooral niet te lekker, hoor," vervolgde Boorman, "en neem er niet te veel. Mij dunkt dat u aan honderdduizend exemplaren wel genoeg zult hebben, vindt u ook niet, mevrouw?"

Het mens keek de cijferladder nog steeds aan. Reeds een paar keer was haar vinger tot in de buurt van 500 afgedaald, doch telkens door de steeds hoger wordende prijzen automatisch weer naar boven gejaagd. Haar poot scharrelde nu rond tussen 50.000 en 500 en kwam eindelijk in de buurt van 20.000 tot rust.

"Honderdduizend exemplaren, mijnheer de directeur, wat zou ik met zo'n voorraad in godsnaam beginnen?" vroeg zij angstig.

"Ja," zei Boorman, "voor mijn part hoeft u er heus zoveel niet te nemen. Hoe minder hoe liever, zou ik haast zeggen. Maar in uw eigen belang zie 'k mij verplicht u de raad te geven de kans te baat te nemen, mevrouw. Laten wij even kijken. Hoeveel aannemers zijn er wel in ons land? Nemen wij zesduizend. En minstens evenveel architecten. Plus zowat vijfduizend gemeentehuizen, waar uw liftjes dossiers kunnen vervoeren, maakt zeventienduizend. Dan een tienduizend hotels, samen zevenentwintigduizend. Nemen wij nu verder aan dat er slechts dertigduizend particulieren zijn die huizen bewonen welke voor 't gebruik van uw liftjes in aanmerking komen, dan krijgt u al een totaal van zevenenvijftigduizend. Dan het buitenland: Frankrijk, met zijn reusachtig aantal hotels, Nederland, dat zo op comfort gesteld is, Zwitserland, mevrouw! Dit alles in de veronderstelling dat u niet bij de pakken wilt blijven zitten doch werkelijk verlangend zijt uw smederij tot een wereldzaak op te werken. Met uw honderdduizend exemplaartjes kunt u op zijn best een paar jaar toekomen. Voordat ze getrokken worden zal ik de datum uit het zetwerk doen wegnemen, zodat uw voorraad nooit verouderen zal. En dan, hoe meer u er bestelt, hoe minder ze kosten. Nu, wat denkt u ervan? Hebt u aan honderdduizend stuks genoeg?"

"Natuurlijk wel, mijnheer. U moet bedenken dat ik niet jong meer ben en dat ik gaarne de smederij zou overdoen, zoals u weet."

"Mij dunkt," lachte Boorman, "dat uw tijdschriften in dat geval een van de mooiste posten van uw inventaris zullen zijn."

Er werd even gezwegen.

"Honderdduizend exemplaren," mompelde 't mens,

"wat een geld zouden die niet kosten!" En nogmaals daalde zij angstig de ladder af, vluchtend voor de grotere getallen, waar al die nullen aan vastzaten. Onderaan schrikte zij echter weer terug voor de wassende eenheidsprijzen en kroop daarom maar opnieuw naar de lagere prijzen toe, zodat zij ten slotte toch weer boven bij de grote getallen terechtkwam.

"Tien centimes," zei Boorman. "En omdat u mij in vertrouwen verteld hebt van uw strijd en uw kommer, en dan van uw broer en van dat been, krijgt u ze voor negenenhalve centime, want ik ben met u begaan. Maar u moet mij op uw woord van eer beloven er aan niemand iets van te zeggen, want voor geen geld ter wereld zou ik willen dat er iets van uitlekte op een van de departementen, of bij de Board of Directors of the United States General Press Corporation."

Onder 't praten had hij twee rode bonnetjes uit zijn zak gehaald en op beiden honderdduizend, negenenhalve centime en de datum ingevuld. Hij stopte 't mens daarop zijn vulpen in de hand en wees haar de stippellijn onder "de koper" aan, waar zij tekende.

"Over 't omzetten van uw zaak in een naamloze vennootschap hoop ik u spoedig eventueel nog nader te kunnen berichten," verzekerde hij.

"Maar negenduizend vijfhonderd frank is voor ons een heel bedrag, mijnheer, dat wij bezwaarlijk ineens kunnen betalen," verzekerde mevrouw Lauwereyssen.

"Kom, kom" lachte Boorman, "dat weet ik wel beter... Ik merk immers aan alles dat de firma Lauwereyssen er warmpjes in zit. Trouwens klagers geen nood, pochers geen brood."

"Nu ja," overwoog het mens, niet zonder een zekere fierheid, "als het moest zou ik er wel wat op vinden, want ik heb al andere karweien afgedaan. Maar wij hebben op 't ogenblik nogal wat geld in materiaal zitten en zijn dikwijls gedwongen krediet te geven aan onze klanten, begrijpt u?"

"Betaal dan maar de helft bij de levering, en verder in zes maandelijkse termijnen," stemde mijn patroon toe.

En na de betalingsconditiën op de bonnetjes genoteerd te hebben:

"De studie wordt natuurlijk keurig geïllustreerd en ik neem de foto's voor mijn rekening. Clichés volgens gebruikelijk tarief. Piepers is waarachtig al aan 't werk! Gaat u niet mee kijken, mevrouw?"

Hij stopte een der bestelkaarten in zijn zak, stond op en maakte de deur van de smederij open.

Meester Lauwereyssen had postgevat in 't midden van de werkplaats, met een moker op de schouder, en omringd door zijn hele personeel, zijnde negen knechts en de halfwas. Als pauwen zo trots stonden zij daar roerloos, het hoofd in de nek, de handen op de heupen en star in de richting van Piepers kijkend, die onder zijn doek zat, en van wie alleen de magere benen nog zichtbaar waren. Een dikke monteur stroopte nog gauw even zijn mouwen op, stak dan zijn handen opnieuw in zijn zijde en spande zich geweldig in om zijn spierballen op zijn voordeligst te doen uitkomen. 't Was ongetwijfeld een van de zaligste ogenblikken van hun leven en het was hun aan te zien dat ze bereid waren te poseren tot de jongste dag, zonder te mopperen. Zij dorsten hun ogen niet meer dichtknijpen, al zat er nog geen plaat in het toestel, en de arme halfwas, die door de ouderen naar achter was verwezen, deed zijn uiterste best om op zijn tenen te blijven staan, want hij was iets korter dan de anderen. Alleen Lauwereyssen zelf, die nochtans met zijn voorhamer in 't centrum stond en aldus de spil van 't geheel vormde, hield zich minder kranig dan zijn mensen en was er niet in geslaagd de moedeloosheid geheel van zijn gezicht te wissen. Met zijn afgematte ogen en hangende knevel stond het mannetje daar, knikkend onder zijn zware moker, als een nieuwe Christus onder zijn kruis.

"Kijk toch niet zo zuur, Pieter, en hou je hoofd recht," riep zijn zus, die ongetwijfeld de tegenstelling tussen baas en werkvolk bij 't binnenkomen als een belediging had gevoeld.

"Wat zou men in de departementen wel denken," fluisterde ze Boorman toe. "En dan, 't zou voldoende zijn om de klanten af te schrikken, want hij kijkt als op een begrafenis."

Lauwereyssen lei de zware hamer op zijn andere schouder, streek zijn knevel op, vermande zich en slaagde er eindelijk in een gezicht te zetten, dat nog wel niet zo feestelijk was als dat van de anderen, maar dat er nu toch mee door kon.

Piepers had zich intussen vanonder zijn doek uitgewerkt en wierp een laatste blik op het ensemble.

Nu de studie voorgelezen was, voelde ik mijzelf een grote nul. En de nabijheid van die zwarte mensen, die hard werkten voor hun brood, hinderde mij geweldig. Om mij een air te geven, liep ik dus statig op de fotograaf toe en vroeg hem losjes of het marcheerde.

" 't Fotograferen neem ik voor mijn rekening," voegde Piepers mij zachtjes toe. "U zoudt intussen uw laatste piano's kunnen uitzoeken, vindt u dat zelf ook niet?"

En zich zonder overgang tot mevrouw Lauwereyssen wendend:

"Wij konden mijnheer wel een hoed opzetten," stelde hij voor, "dan zou iedereen dadelijk zien wie de baas is."

"Zeker," keurde de zuster goed, "hij moet een hoed opzetten. En nog wel zijn *hoge* hoed. Ga hem halen, Pieter! Hij zit in die kartonnen hoedendoos, achter mijn bed."

“Och kom,” verzette zich de meestersmid, “maak nu niet zo’n omhaal. Of ik een pet op heb dan wel een hoed, wat komt er dat nu op aan?”

“Niet op aan?” herhaalde zijn zuster, die zeker aan de honderdduizend exemplaren en de maandelijkse termijnen dacht, waar Pieter nog niets vanaf wist. “Als ik je nu zeg dat *alles* op het spel staat. Kom, Pieter, maak voort. Verkleed je maar helemaal, want een hoed staat niet met je werkpak!”

“Heeft hij soms geen decoratie?” vroeg Boorman, toen de smid langskwam.

“Zeker wel,” zei mevrouw Lauwereyssen. “Hoe gek dat ik daar niet eerder aan gedacht heb. Hij heeft een ridderkruis gekregen toen hij vijfentwintig jaar smid was.”

En Pieter naroepend:

“Vergeet je decoratie niet! Ze ligt in de bovenste la van de wastafel.”

Intussen stond Lauwereyssens lijfwacht nog zo goed als onbeweeglijk en ik zag dat de dikke monteur met de uiterste voorzichtigheid een van zijn benen plooide en gauw even zijn enkel krabde zonder uit zijn verticale houding te vallen.

De smid had spoed gemaakt, want na een paar minuten kwam hij de wenteltrap af en vertoonde zich in zijn zwart pak, met zijn hoge hoed op en een Belgisch lint in zijn knoopsgat. Zijn gelaatsuitdrukking was dezelfde gebleven, maar ’t was nu toch een heel andere man.

Piepers deed hem zijn oude plaats weer innemen en daar de moker nu niet paste bij de staatsierok, haalde hij een papieren rol van de mestvaalt, stopte hem die in de hand en gaf een stevige werkman de zware hamer op.

En toen, terwijl zij hun adem inhielden, werden zij na een laatste hocus-pocus van Piepers gefotografeerd, onder ’t kloppen van hun elf harten.

"Nu de smeden," zei Boorman, waarop Piepers dezelfde bende bij de blaasbalg en om het aambeeld opstelde en ze ten tweeden male kiekte, ditmaal bij magnesiumlicht, waarvan de helse schijn de mensen zichtbaar ontroerde.

"Dat vuurwerk krijgt u ook gratis," verklaarde Boorman. En hij dreef het volk naar de draaibank toe, waar een derde foto werd gemaakt.

"Nu de monteurs."

Om niet steeds dezelfde gezichten te vertonen, werden zij ditmaal met hun ruggen naar het toestel geplaatst, waarna Piepers in een ommezien klaar was met nummer vier.

Daarna werd de werkplaats gefotografeerd zonder de mensen, toen de verticale stoommachine die de drijfkracht leverde, toen een oud diploma van een lokale tentoonstelling, dat Piepers ontdekt had, toen een keukenliftje dat zo goed als klaar was, toen de meestersmid moederziel alleen op een stoel, en daarna de technische afdeling, zijnde 't hok van mevrouw Lauwereyssen met de mestvaalt en de zetel.

"Nu de chef van de technische afdeling," zei Boorman. En hij maakte een buiging voor mevrouw Lauwereyssen.

Toen haar zo opeens werd aangezegd dat haar beurt gekomen was, keerde 't mens zich met een hemelse glimlach naar ons toe.

"*Mij* in het Wereldtijdschrift opnemen, mijnheer. Dat meent u zeker niet?" fluisterde zij.

Doch toen de schrale Piepers haar met zacht geweld in de oude stoel duwde, maakte zij de opmerking, dat zij dan eerst toch een beetje toilet moest maken. Nu, daar viel niets tegen in te brengen, want het was haar aan te zien dat zij de hele dag in haar stofferig hok zat en bijna voortdurend met zalf en zwachtels goochelde.

Na 't vermaken van haar been, veegde zij haar handen gewoonlijk aan haar jak af en daar het stof van haar vreselijke schrijftafel in 't vet bleef vastzitten, was haar bovenlijf met een grijze korst bedekt, waaronder hier en daar geen grond meer te bekennen was.

Zij strompelde de trap op en bleef boven een tijdlang stommelen, maar toen zij dan eindelijk beneden kwam, kon ik mij nauwelijks weerhouden haar toe te juichen, want zij had de meestersmid met zijn hoge hoed en zijn staatsiefrak de loef afgestoken. Zij zat in een zwartzijden kleed met gitten franje en droeg om de hals een antieke gouden ketting met groot medaillon. Bij nadere beschouwing zag ik dat zij zich met zorg gekapt had, want om haar oren bengelden krullen, die er niet geweest waren toen zij de trap was opgegaan.

"Zie ik er nu beter uit?" vroeg zij aan Boorman, niet zonder behaagzucht.

"Veel te mooi voor een technicus," verzekerde mijn patroon, die meteen de mestvaalt begon op te ruimen.

"Zorg dat mijn papieren niet door elkaar raken, mijnheer, anders word ik er nooit meer uit wijs," zei 't mens angstig.

Stapels facturen, wissels, brieven, tekeningen, zwachtels en ledige zalfpotjes werden nu zorgvuldig opgetild en onder haar toezicht op stoelen en in een hoek gelegd, tot het ding ten slotte weer enigermate op een schrijftafel begon te lijken. Daarop moest de technicus zijn zetel in. De blauwdruk van een keukenlift werd voor haar opengespreid en men gaf haar in de ene hand een passer en in de andere een duimstok. Piepers adjusteerde haar hoofd en slaagde erin haar gelaat die scherpe, strenge uitdrukking te doen aannemen, die aan portretten van beroemdheden eigen is. Daar het hok slechts weinig licht ontving, moest het mens anderhalve minuut poseren en dat deed zij zonder een vin te verroeren. Toen de kap al op de lens zat, staarde zij nog steeds, als onder hypnose, op haar duimstok, en werd pas gewekt toen Piepers zijn rammelend toestel van de grond lichtte.

"Nog eens ten voeten uit?" vroeg de fotograaf onverstoorbaar. "Ik heb nog een plaat."

"Vooruit dan maar," stemde Boorman toe.

Ze gaven haar nu ook maar een rol in de hand, net als haar broer, waarna 't vrouwmens in een staande pose immobiel gemaakt werd.

Toen Piepers zei dat alles klaar was stak Boorman haar een hand toe.

"Tot genoegen, mevrouw. U krijgt spoedig een drukproef en daar kunt u dan naar hartelust in schrappen of aan toevoegen, zonder prijsverhoging."

Mevrouw Lauwereyssen scheen in te zien dat dit het einde van de pret was en nu, bij 't scheiden van de markt, deed zij een poging om 't overdoen van haar zaak en de levering van de Wereldtijdschriften te consolideren.

"En 't omzetten in een naamloze vennootschap, mijnheer? Welk plan hebt u gemaakt?" vroeg zij opeens.

Zij scheen bij 't tekenen van 't bonnetje niet eens gehoord te hebben dat hij hoopte haar over die kwestie "misschien spoedig eventueel nog nader te kunnen berichten".

Boorman knoopte zijn jas dicht, als om het bonnetje te beschutten en ging met de rug tegen de deur staan.

"Het beste zou zijn," meende hij, "dat de op te richten naamloze vennootschap uw zaak kocht voor een door u te bepalen som. Het aandelenkapitaal zou iets minder moeten bedragen dan het dubbele van uw verkoopprijs en behalve de verkoopsom zoudt u de helft plus één van de volgestorte aandelen aan toonder ontvangen. Op die manier blijft u de baas, want met dat éne aandeel hebt u de meerderheid op de vergadering van aandeelhouders, draagt u 't voorzitterschap van de raad van beheer aan uzelf op en de directie aan uw broeder..."

"En u wordt onze commissaris," onderbrak mevrouw Lauwereyssen.

Dat scheen zij zich niet uit het hoofd te willen zetten, want tijdens ons eerste bezoek had zij het daar ook al over gehad.

"U moet natuurlijk een bevriende notaris onder de arm nemen," vervolgde Boorman, het aanbod ontwijkend, "want de oprichting, de betaling van uw fabriek en de verdeling van de aandeelbewijzen moeten op 't zelfde ogenblik hun beslag krijgen. Immers, uw geldschieters moeten het hele kapitaal fourneren en toch krijgen zij slechts een bewijs voor iets minder dan de helft van 't kapitaal."

Hij was los en onbevangen van stapel gelopen, maar praatte nu reeds vrij langzaam en keek rond als zocht hij niet alleen een slot, maar ook een uitweg, en 't kwam mij voor dat het ergste nog gebeuren kon.

Hij kon immers niet *blijven* spreken, dat stond vast. En als het mens zich dan eens losrukte en aan 't schreeuwen ging, dan kwamen die elf kerels met hun mokers en zo. En dan zou Boorman zijn jas wel opengaan. In strijd met de instructies, die luidden dat ik alleen af en toe "zeer interessant" mocht zeggen, brak ik plotseling de toespraak af.

"Mijnheer de directeur," zei ik verontschuldigend, "ik heb het project nog niet verder kunnen uitwerken. De beschrijving van deze fabriek en die van de firma Korthals hebben al mijn tijd in beslag genomen."

Boorman bedreigde mij met de vinger, als vond hij dat ik een stoute jongen was, beval mij 't project onverwijld weder ter hand te nemen en zette zijn hoed op.

En na een stevige handdruk, die beloofde voor de toekomst, ondernamen wij de aftocht, staken de voorraad plaatijzer over en bereikten ongehinderd de poort, die in de gang met de lieve dieren uitkwam.

"Denk erom dat ik beslag op u leg als commissaris," riep het helse wijf ons nog na, waarop Boorman iets terugschreeuwde van "misschien", "later", "vrijblijvend" en "eventueel", en de poort achter ons dichtsloeg.

Redactiewerk

Wij liepen zwijgend huiswaarts. Een zijdelingse blik op Boorman liet mij volkomen in het duister wat zijn gedachtegang betrof, maar ikzelf herkauwde voortdurend mijn verstomming over 't gebeurde met de familie Lauwereyssen.

"Hoe heet je ook weer, De Mattos?" vroeg mijn patroon, toen wij veilig 't kantoor bereikt hadden.

Ik vreesde een ogenblik dat hij mij met een getuigschriftje aan de dijk ging zetten, omdat ik mij niet aan 't voorgeschreven "zeer interessant" gehouden had en ik zei dan ook kortaf "Frans Laarmans", zonder er enige flauwiteit aan toe te voegen.

"Jammer dat het zo vulgair is," zei Boorman. "Ik kan het ook niet helpen, maar voortaan zal je Laarmans heten, De Mattos. Eerlijkheid boven geld en goed, want je kan niet weten of je nooit door een of andere Lauwereyssen als getuige tegen mij gedagvaard wordt, en dan met die twee namen... Je hebt nooit De Mattos geheten, begrepen? Laarmans is de naam waar je mee door zee moet en dat God je er genadig mee weze. Maar verder blijf je zoals je bent, dus baardeloos en behoorlijk geschoren."

Ik zei hem dat ik borg stond voor een kale kin en vroeg of hij soms vreesde dat Lauwereyssen iets tegen hem ondernemen zou.

Boorman schudde het hoofd.

"Ik vrees juist dat Lauwereyssen helemaal niets doen zal. Betalen ook niet. Je tegenstander ligt daar, maar hij heeft je centen in zijn zak. Als hij zich stilhoudt moet *ik* de meestersmid dan niet doen dagvaarden? En komen wij in dat geval niet spiernaakt voor zo'n kerel te staan, die nauwelijks luistert, die op 't zicht van 't bonnetje uitspreekt dat hij betalen moet, maar die zijn oren spitsen zou, indien men niet wijs werd uit Laarmans en De Mattos? Ik vraag mij af hoe wij de levering zullen inpikken, want al is het een vod van zestien pagina's, toch zal je aardig opkijken als je de honderdduizend bij elkaar zult zien en ik kan niet geloven dat de smid ze goedschiks in ontvangst zal nemen. Weet je wel, Laarmans, dat die smid door zijn zuster onderschat wordt? Die man is mij mee-, ik bedoel, tegengevallen. Hij heeft meer gezond verstand dan de technische afdeling, daar kan je zeker van zijn. Nu moet eerst en vooral de bestelling naar de drukker, want die heeft misschien niet genoeg papier en moet daar dan direct voor zorgen. Schrijf op: 'Mijnheer A. De Jans, drukker te Lokeren, Oost-Vlaanderen. Hiermede bestel ik u honderdtwintigduizend tien exemplaren van nummer zeven van dit jaar', in letters en in cijfers, Laarmans, 'te verzenden als volgt: twintigduizend per spoor aan Korthals et Fils, entrepreneurs de funérailles, Chaussée d'Anvers, 10, à Gand, honderdduizend per spoor aan P. Lauwereyssen, forgeron, rue de Flandre, 62, à Bruxelles, en tien per post aan onze redactie. De honderdduizend en de twintigduizend stuks te leveren zonder datum, onder band en verpakt in kisten van vijfhonderd, zoals gewoonlijk. Ik sluit hierbij de tekst in van het eerste artikel en zie een proef in drievoud per omgaand tegemoet. Met twaalf clichés, ieder driekwart pagina groot, moet deze tekst veertien pagina's vullen.' Hij moet dat weten, Laarmans, om het lettertype te kunnen bepalen. 'De tekst voor de overige twee pagina's volgt spoedig, alsook de twaalf clichés. Vriendelijke groeten.' Die brief moet dadelijk op de post, Laarmans, maar met de studie van Korthals kan tot morgen gewacht, want het wordt laat. Tegen dertig frank per duizend, kosten de twintigduizend stuks van Korthals mij zeshonderd frank; wij konden hem wel voorstellen zeshonderd frank minder te betalen, dus slechts tweeduizend zeshonderd, in de plaats van drieduizend tweehonderd en dan zou hij helemaal geen exemplaren in ontvangst hoeven te nemen. Misschien heeft hij dat liever. Maar per brief vertrouw ik het niet en ik vertik het om ervoor naar Gent te reizen. Neen, laat de bestelling aan De Jans maar doorgaan. Toch is het jammer voor die Korthals, want hij raakt ze nooit kwijt, en zal nog jarenlang zijn hart opvreten, telkens als hij ze ziet liggen. En twintigduizend Wereldtijdschriften, die *zie* je liggen, geloof dat maar. De Galeries Internationales, waar je dat nieuwe kostuum vandaan hebt, zitten ook sedert twee jaar met twintigduizend stuks, waarvoor ik betaling in goederen geaccepteerd heb. En wat ze ook verzenden, het baat niet. Zij zien hun stapel niet kleiner worden en telkens als ik er een jas of een pak ga halen, word ik bij hun voorraad gebracht. Alsof ik van dat papier iets anders maken kon."

Toen ik de volgende morgen binnenkwam, zat Boorman al te denken.

"Hoe zullen wij in 's hemelsnaam twee pagina's vullen met die Korthals XIV en XV?" vroeg hij dadelijk. "Ik heb al studies geschreven over mijnen, pensionaten, banken en fabrieken, maar nu zo'n blote lijkkoets. Twee pagina's, enkel tekst, De Mattos, ik bedoel Laarmans, want wij hebben geen clichés. Zie jij geen begin? Een goed begin is 't halve werk."

Ik stelde voor in de eerste plaats te boekstaven dat de firma Korthals et Fils zich niet langer bedient van ouderwetse lijkkoetsen, die ons doen denken aan de diligences van onze vaderen, maar wel van een speciaal gebouwde moderne motorwagen. Dat was in ieder geval een feit, want wij hadden zelf met de Korthals XIV kennisgemaakt.

"Ja, dat is een feit," zei Boorman, "maar geen begin. Dat is het slot. Als we dat gezegd hebben, dan zijn wij uitgekakt, want meer weet ik van Korthals niet te vertellen. Of wij moesten het over zijn balsemen hebben. Trouwens, die diligences zijn wel aardig, maar zulk een vergelijking mist het plechtige, dat deze studie kenmerken moet. Neen, Laarmans. Schrijf maar eens op: 'Eert de Doden'. Dat is de titel. 'De katholieke godsdienst, die in het sterven niets anders ziet dan de dageraad van het eeuwige leven, heeft wijselijk voorgeschreven dat de teraardebestelling de grootste plechtigheid moet zijn waarmede de kinderen Gods op aarde vereerd worden. Ons geloof omringt het stoffelijk overschot van de mens, bij zijn uitvaart, met een praalvertoon, dat wel verschilt volgens stand en loopbaan van de afgestorvene, maar toch steeds een verheven uitdrukking is van eerbied voor wie pas uit dit leven is gescheiden, en van ontzag voor de wilsbeschikkingen van de Schepper. Het treffend ceremonieel, dat het toevertrouwen aan de schoot der moederaarde voorafgaat, het prangend Dies Iræ...' Je moet eens nakijken, Laarmans, of het Dies Iræ bij een lijkdienst gezongen wordt, anders zetten wij iets anders, Requiem of zo."

En daar ik zoekend het kantoor rondkeek:

"In 't adresboek vind je dat niet, Laarmans. Je moet in een kerkboek kijken en anders vraag je 't aan een pastoor. Of liever aan een koster, want die weet dat even goed, en aan een pastoor kan je onder 't vragen geen sigaar geven. 'Het prangend Dies Iræ', dus, of eventueel 'Requiem' of 'Kyrië-Eleïson' dat moet je dan nog zien, maar 'prangend' moet je aanhouden, – 'ontrukt de wenenden aan hun aardse smart en roept hun toe dat de dode leeft en dat de levenden sterven moeten. De klove tussen die daar ligt en die eromheen staan wordt gedempt door de majesteit van de elevatie. Geen leed zo groot, of het wordt geheeld door het manna van het vertrouwen op de eindeloze goedheid en rechtschapenheid Gods.' Maar hoe komen wij bij Korthals? 'Het geleiden van een dierbaar familielid naar zijn laatste rustplaats moet niet alleen met liefde, maar tevens met de uiterste zorg volbracht worden, onder inachtneming van het volledig ceremonieel dat door de kerkelijke wet en door eeuwenoude gebruiken geheiligd is. Maar juist dan, wanneer kalmte en nauwgezetheid het meest nodig zijn, ontbreekt het ons dikwijls volkomen aan tegenwoordigheid van geest. Wij gaan geheel op in onze smart, onze gedachtegang brengt ons telkens weer bij de sponde waar het wezen rust dat aan onze aardse liefde is ontrukt en wij voelen ons niet in staat te denken aan de talloze nietigheden, waarvan toch geen enkele mag worden nagelaten.'"

Boorman staakte zijn dictaat want er werd gebeld, zodat ik opstond en de grote poort ging openmaken.

Het was meester Lauwereyssen in zijn mooi pak, met hoge hoed en decoratie, ongeveer zoals wij hem gekiekt hadden.

Ik noemde hartelijk zijn naam onder 't groeten, waarop hij zich in de gang waagde, waar de deuren van onze suite op uitgaven, en op mijn vraag, aan welk gelukkig toeval wij 't genoegen van zijn bezoek te danken hadden, vroeg hij terug of die heer er niet was.

Het gebeurde met Wilkinson had mij schuw gemaakt, zodat ik hem verzocht een ogenblik te wachten. Ik zou dan telefoneren en hem spoedig bescheid geven.

"Zeker een van de twee Lauwereyssens?" vroeg Boorman.

"De meestersmid zelf," zei ik zacht. "Hij vraagt of u thuis bent."

"Direct laten binnenkomen," meende Boorman,

"want officieel weten wij nog niet dat zij de exemplaren liever niet zouden krijgen."

Ik ging de smid dus halen en bracht hem in het kantoor, waar hij geestdriftig onthaald werd, want Boorman stond dadelijk op, drukte de man hartelijk de hand, duwde hem in onze beste zetel en hield hem de kist sigaren onder de neus.

"Mijnheer," zei de smid, "ik dank u, maar ik was eigenlijk gekomen..."

"Eerst een sigaar, meester Lauwereyssen," eiste Boorman. "Ik zie immers wel dat u gekomen bent en 't doet mij plezier ook, geloof dat maar. Steek op, want ze zijn lekker. Nog een restje van een betaling in goederen, maar met liftjes gaat dat niet."

De meestersmid aarzelde nog even. Hij vreesde zeker dat die sigaar hem dwars zou zitten bij 't afleggen van zijn belijdenis, maar hij kwam er niet op, te zeggen dat hij niet rookte.

"Laat u niet bidden, flauwe vent," zei mijn patroon, "want ik kan niet converseren met iemand die de vredespijp afstoot."

Hij knipte zelf het puntje af, gaf de smid de sigaar in de hand en streek een lucifer aan.

"Hoe maakt het uw zuster?" vroeg hij, toen onze bezoeker pafte. "Is haar been vandaag iets beter?"

"Och, mijnheer," zei de smid, "ze zit daar al jaren mee. Vandaag wat slechter, morgen weer beter, maar genezen doet dat toch niet. Ik had u willen vragen..."

"Neem ook een sigaar, mijnheer Laarmans," zei Boorman.

"Weet u wat *ik* ervan denk? Dat zij moest uitscheiden met al die zalf en een tijdlang buiten gaan uitrusten."

"Dat kan niet, wegens het werk," meende Lauwereyssen hoofdschuddend.

"Dan moet zij in ieder geval een specialiteit raadplegen," verklaarde Boorman gedecideerd.

"Ik zal het haar zeggen," beloofde de smid. "Mijnheer," begon hij weer, "ik was gekomen..."

"Om exemplaren bij te bestellen," giste Boorman. "Dat is te laat, meester Lauwereyssen. Hoe gaarne ik u en uw zuster ook van dienst zou zijn, toch zou ik er u voor geen geld ter wereld duizend meer kunnen bezorgen dan de bestelde hoeveelheid, want het papier is geleverd en de oplaag onherroepelijk bepaald."

De smid verbleekte lichtjes en glimlachte bitter. En na even voor zich uitgekeken te hebben:

"Dan is het zeker ook te laat om er... wat minder te leveren," vroeg hij.

Geen had hem op de tong gelegen, maar hij had het ingeslikt.

Net toen Boorman zou antwoorden werd er voor de tweede maal gebeld en even later maakte ik de poort open voor Piepers, die dadelijk vroeg "of ik ze gevonden had". Vermoedend dat hij de piano's bedoelde, gaf ik geen antwoord, en vroeg op mijn beurt wat hij kwam uitvoeren, er bijvoegend "dat mijnheer Boorman doende was met iemand te confereren".

"Zeg hem maar eventjes dat ik de afdrukken van die smederij in mijn zak heb," raadde de lelijke vent, "dan komt hij wel kijken, dat zal je zien."

Hij had gelijk, want de baas verzocht mij Piepers dadelijk binnen te laten.

"Wat toevallig dat de fotograaf juist *nu* komt," zei Boorman tegen de smid, "u kunt nu de foto's nog zien voor u naar huis gaat, mijnheer Lauwereyssen."

Piepers stelde hem een enveloppe ter hand, waaruit Boorman gretig de proeven haalde.

"Hier is uw zuster, meester Lauwereyssen. Kijk hoe prachtig zij erop staat. En wat een uitdrukking van wilskracht, mijnheer! Een wonder dat ze zo lang heeft kunnen poseren. En hier ten voeten uit. Ook mooi. Haast nog mooier dan de zittende, zou ik zeggen. En hier heb je 't diploma. Kijk toch, hoe scherp. De tekst komt duidelijker uit dan op 't origineel! En hier is meester Lauwereyssen zelf. Uitstekend geslaagd! U staat er zelfs beter op dan u er op 't ogenblik uitziet. Ik maak u mijn compliment, mijnheer Piepers, en dank voor de vlugge afwerking."

Piepers ging heen en Boorman liet de laatste foto's rondgaan. De smid bekeek zichzelf met iets als verachting op zijn gezicht, reikte mij dan zijn portret aan, en legde zijn handen moedeloos op zijn knieën.

"Mijn zuster heeft over de zaak nog eens nagedacht," verklaarde hij na een korte mijmering, "en zij zou gaarne wat minder exemplaren ontvangen, als het kon."

"'t Is wel jammer," zei Boorman, "dat zij dat gisteren niet dadelijk gezegd heeft, dan had ik alles nog kunnen arrangeren, terwijl ik nu het onmogelijke heb moeten doen om haar 't gevraagde te bezorgen, wat mij dan toch gelukt is. Maar ik kan er nu niets meer aan veranderen, mijnheer Lauwereyssen."

"Natuurlijk niet," beaamde de smid. "Aan die dingen is nooit iets te veranderen. Ik heb haar vanmorgen gezegd dat mijn bezoek tot niets zou dienen, maar ik *moest* gaan, begrijpt u, want zij slaapt er niet van. Maar of zij nu beter zal slapen, daar twijfel ik aan. En daar moest ik mij voor kleden, en een halve morgen verzuimen," besloot hij met een zwartgallige blik op zijn jas.

Hij maakte zich los uit zijn zetel, zette zijn hoge hoed op met een beweging als had hij meer dan genoeg van dat hoofddeksel, en na een stille groet verliet hij 't kantoor.

Op een wenk van Boorman deed ik hem uitgeleide tot aan de poort, die ik voor hem openmaakte, met al de eerbied die zijn smart mij afdwong. Ik keek hem op de stoep nog eens aan, en wij begrepen elkander volkomen. Het kwam mij voor dat hij nog iets wilde zeggen, maar hij haalde alleen zijn schouders op en ging heen.

"Wat moeten wij nu doen?" vroeg Boorman, toen ik binnenkwam. "De hand aan onszelve slaan? Zijn wij een inrichting van liefdadigheid? Wat moesten Mayer en Strauss doen, toen die mosselvrouw niet meer betaalde? De pelsmantel afschrijven op winst en verlies? Waarom dan niet hun winkel gesloten? Neen, Laarmans, wij moeten de Wereldtijdschriften leveren of afstand doen van alles en in een klooster gaan. Honderdduizend is veel, zeer veel, nog veel meer dan zij vermoeden, dat geef ik toe. Want het is wel gauw uitgesproken, maar als je ze dan voor je ziet liggen, dan is het nog iets heel anders. En toch moet ik ze leveren, omdat de bon getekend is. En jij zal iedere maand de termijnen gaan ontvangen. Dat zal een goede school voor je zijn, want het is hard. Iedere maand wordt het harder en je kan urenlang om de hoek in twijfel staan, of je binnen zal gaan of niet. Tot het dan eindelijk weer tot je is doorgedrongen, dat het je plicht is. En plicht *kan* hard zijn, Laarmans. Denk maar eens aan die arme deurwaarders en aan de beul. En lees nu de laatste zin van de Korthalsstudie nog eens op."

"'Wij gaan geheel op in onze smart, onze gedachtegang brengt ons telkens weer bij de sponde waar het wezen rust dat aan onze aardse liefde ontrukt is en wij voelen ons niet in staat te denken aan de talloze nietigheden, waarvan toch geen enkele mag worden nagelaten.'"

"Die woorden zijn goed," zei Boorman, "vind je dat ook niet? Zij passen bij allerlei omstandigheden. Daar heb je nu Lauwereyssen. Die *gaat* geheel op in zijn smart en er is niet eens iemand dood, en zijn gedachtegang brengt hem telkens weer bij die honderdduizend exemplaren. En ikzelf voel mij waarachtig niet in staat te denken aan de talloze kleinigheden, die in deze studie te pas zouden komen. Ik denk, verdomd, ieder ogenblik aan die smid en aan 't been."

Hij liep een tijdlang het kantoor rond en begon eindelijk toch weer te dicteren.

"Waarvan dus geen enkele mag worden nagelaten. 'In die omstandigheden gevoelen wij een dringende behoefte aan hulp, die wij alleen verwachten kunnen van iemand die buiten de draaikolk staat, waardoor wij meegesleurd en ontzenuwd worden. Slechts eenderde kan ons overal voorafgaan om al de formaliteiten te vervullen, die niet mogen worden over het hoofd gezien en waarvan het realisme zulk een schrijnend contrast vormt met de smartelijke droom, waarin wij tastend rondwaren.' – Laat 'tastend' maar vallen, Laarmans, 'rondwaren' is al erg genoeg. 'En hoeveel moeilijker nog is de toestand van iemand, waarvan een familielid in een andere stad of in den vreemde sterft!' De zuivere waarheid, Laarmans. 't Is erg als je liefste sterft, waar dan ook. Maar doet zij het in een andere stad of op reis, dan is het nog erger. Hebben wij niet zopas ondervonden wat mijn vrouw zich in Gent met haar zuster op de hals heeft gehaald? Je hebt geen tijd om te prakkeseren, want een dode kent geen opportuniteit. Terwijl je jezelf in 't nauw cijfert gaat hij ruiken. Hij geeft geen raad maar stank. Doch laten wij doorgaan. 'Men komt dan als het ware voor een muur te staan, waarin geen deur te bekennen is. En toch moet alles binnen enkele dagen volbracht zijn, of men krijgt moeilijkheden met de autoriteiten, die zich immers niet kunnen of willen verdiepen in enig particulier geval, hoe eigenaardig de omstandigheden ook zijn mogen, waarin het zich voordoet.' Onze stijl is nu voldoende verslapt om Korthals ten tonele te voeren, vind je ook niet, Laarmans? 'Dan pas ondervindt men dat de bekwaamheden van de meeste ondernemers van begrafenissen voor hun taak tekortschieten. Naast enkele eerbiedwaardige persoonlijkheden, vindt men onder hen een massa mensen met een zeer gebrekkige opvoeding, terwijl toch een verzorgde, zo al niet verfijnde opvoeding, een eerste vereiste is om dergelijke ondernemingen tot een goed einde te kunnen brengen, zonder ergernis te verwekken of ook maar aanstoot te geven aan de aanwezigen, waarvan de gevoelens soms zeer verschillen en die vaak in strijd zijn met elkander, doordat hun belangen niet overeenstemmen. Enkele begrafenisondernemers bezitten wel de vereiste bekwaamheid en ondervinding, doch beschikken niet over het kapitaal, dat tegenwoordig vereist wordt om een dergelijke firma op moderne voet te kunnen uitrusten.' Daar gaat hij eindelijk, Laarmans. 'Bij de recente begrafenis van een bekende politieke persoonlijkheid, waarvan wij de naam zullen verzwijgen, want de naam doet niets terzake, werden wij getroffen door de voorbeeldige wijze, waarop het gehele ceremonieel door de vanouds bekende firma Korthals et Fils, van Gent, ingepikt was.' Neen. Verander 'ingepikt was' in 'geleid werd'. 'Vooral viel ons hun nieuwe motorlijkwagen op, de Korthals XIV, die speciaal gebouwd is voor het vervoer van lijken van de ene stad naar de andere, en die ook uitstekende diensten bewijst bij het overbrengen van een afgestorvene naar een begraafplaats, die zoals in de meeste grote steden, ver buiten het centrum gelegen is. Het gebruikelijk stapvoets rijden, waarvan met paarden onmogelijk kan afgezien worden, en dat de overspannen zenuwen van de aanwezigen op zulk een zware proef stelt, kan vervangen worden door een snelheid van 10 tot 30 km. per uur, zonder enig opzien te baren. Met paarden is zulks onmogelijk, doordat de cadans moet aangehouden worden.' Dat is waar, Laarmans, want een dravend paard ziet er vrolijk uit, en dat mag niet. 'Voorop bevindt zich een driepersoons-coupé, waarvan twee plaatsen uitsluitend gereserveerd zijn voor familieleden, die zelfs bij 't overbrengen naar een andere stad, van 't stoffelijk overschot niet willen scheiden. Deze coupé is volkomen afgezonderd van 't overige van de wagen.' Dat moet gezegd, Laarmans, anders konden zij vrezen dat zij bij de dode moeten zitten. 'De snelheid kan tot 80 km. per uur opgevoerd worden. Wij kunnen hier nog aan toevoegen dat dezelfde firma sedert enige tijd een tweede motorwagen in dienst heeft, de Korthals XV, die speciaal is ingericht voor het transport van zieken en gekwetsten. Deze wagen is uitgerust met een hangmat en voorzien van speciale veren, die de zwaarste schokken zo volkomen opnemen, dat de patiënt er niet in 't minst door gehinderd wordt. Om beide innovaties wensen wij de firma Korthals et Fils van harte geluk.' Ziezo, dat is voldoende. Korthals heeft immers toch al getekend, dat hij de studie gelezen heeft en goedkeurt? Zend dat nu maar aan de drukker, Laarmans, en vraag per omgaande proef in drievoud."

Rond half twaalf werden wij opgebeld door mevrouw Lauwereyssen, die 't nog eens per telefoon wilde proberen.

"Mijn broeder heeft u voorgesteld de bestelling te annuleren, maar dat is de bedoeling niet, mijnheer. Ik neem *dolgraag* een paar duizend exemplaren, maar honderdduizend is te veel, dat moet u zelf toch ook inzien. Al die hotels en die architecten... Ik heb de adressen niet, en wie zou zich met de verzending bezighouden?" jammerde zij.

"Een ogenblikje, mevrouw." En ik herhaalde wat zij gezegd had.

Boorman stond op, deed "brr" in 't mondstuk en belde af. En toen even later weer gescheld werd, gaven wij geen antwoord meer.

"Laat ze maar bellen," zei mijn patroon. "Dat is voor haar nog de minst pijnlijke manier om geheel tot het besef van de werkelijkheid te komen. Het stuit mij trouwens tegen de borst, telkens weer te moeten zeggen dat het niet kan, dat het te laat is en dat zij ze krijgen zal, al belde zij de baarlijke duivel op."

De levering

Na de middag kregen wij 't bezoek van een chic heertje, dat per auto gekomen was. Hij bekeek de gang, zag dat er "Directie" op de eerste deur stond, en ging ongevraagd het kantoor binnen, als een die wist wat hij wou. Ik achter hem aan, nog net op tijd om hem vanuit de hoogte aan Boorman te horen vragen:

"Uw oplage?"

Hij stond kaarsrecht, met zijn hoed op en een notaboekje in de hand. En al droeg hij wapens noch uniform, toch zag hij er verduiveld gevaarlijk uit.

Boorman, die doende was geschikte adressen op te zoeken voor een nieuwe tocht, keek even op en verzocht hem een stoel te nemen.

Het heertje keek vluchtig ons kantoor rond, en ik zag dat zijn blik een ogenblik op het bord rustte, dat de bezoekers, die voor zaken klopten, verzocht in godsnaam beknopt te zijn.

"Komen er werkelijk wel eens uit eigen beweging?" grijnsde hij.

"Nooit," verzekerde Boorman.

"Mijnheer," zei de bezoeker koud, "ik geef u de raad uw zaak niet erger te maken dan ze reeds is. Misschien kan alles nog in der minne geschikt worden, indien mijn cliënt erin toestemt. Uw oplage bedraagt?" En hij hield zijn potloodje gereed.

"Kom, stel u eerst eens voor, mijnheer," zei mijn patroon vriendelijk, "dan zal ik u alle inlichtingen geven die u verlangen kunt," waarop de man een kaartje uit zijn zak haalde, dat Boorman mij ter hand stelde, na 't even bekeken te hebben. Er stond op: "Jean de Liedekerke, avocat près la Cour d'Appel".

"Berg het op," beval mijn baas.

"Werkt u voor Korthals of voor Lauwereyssen?" vroeg hij aan 't heertje. En meteen bood hij hem een sigaar aan, die energiek geweigerd werd.

"Ik treed hier op als advocaat van mevrouw Lauwereyssen," erkende de bezoeker nu. "En ik geef u nogmaals de raad onomwonden op mijn vragen te antwoorden. Eerst en vooral uw oplage...?"

"Tien stuks," zei Boorman geeuwend.

De Liedekerke was zo verwonderd, dat er niet de minste beweging in zijn potlood kwam.

"Kijk u eens, mijnheer," vervolgde mijn patroon gemoedelijk. "Ik begrijp dat u voor een lastig geval staat, maar ik zal het u duidelijk maken. Ik ben koopman in bedrukt papier, waarvan mij een zekere hoeveelheid in brochurevorm door uw cliënte besteld is en die zij betalen moet. Zij zal be-ta-len, mijnheer, tot de laatste stuiver. Maar als u *niet* terugkomt, dan zal ik de twaalf clichés iets kleiner maken. U bent daar misschien nog niet van op de hoogte, maar die zijn per vierkante centimeter gecontracteerd, zoals u op 't bonnetje zien kunt, en daar kan ik dus veel in geven en nemen. Breng hun dat maar eens aan 't verstand, want ik twijfel eraan of zij 't wel weten, dan heeft uw bezoek toch tot iets gediend, is 't niet? En jaag die mensen nu niet op kosten, met processen en zo, want hun bestelling is op zichzelf al erg genoeg."

Daags nadien ontvingen wij de proeven, die aan Korthals en Lauwereyssen doorgezonden werden met een aangetekend briefje, waarin gezegd werd: "Ingesloten doe ik u de drukproef geworden van de door u goedgekeurde tekst, u beleefd verzoekend om terugzending binnen drie dagen. Is de door u gecorrigeerde proef binnen die termijn niet in mijn bezit, dan worden uw exemplaren getrokken na correctie door mij. Ik ben in dat geval niet verantwoordelijk voor drukfouten die ik niet zou hebben opgemerkt. Vriendelijke groeten."

Beide proeven kwamen tijdig en vreedzaam binnen, die van Lauwereyssen zonder enig commentaar, terwijl Korthals zijn studie zo mooi gevonden had, dat hij waarachtig zijn adres achter zijn naam had ingelast. In de marge, daar waar gezegd werd dat hardrijden met paarden niet te doen was, had iemand "zeer wel" genoteerd, en naderhand gebrekkig uitgewist. Bovendien had Korthals een cliché van zijn XIV gezonden voor 't illustreren van de tekst.

"Die advocaat is een eerlijk man," zei Boorman. "Hij heeft zijn plicht gedaan, dat zie je aan 't lijdzaam terugzenden van de proef. Hij had die Lauwereyssen net zo goed het hoofd op hol kunnen brengen. Ik begin te geloven dat zij zullen betalen."

Ik zond beide proeven naar Lokeren en toen werd alles stil. De telefoon zweeg en Jean de Liedekerke keerde niet terug, evenmin als de smid. Ik moest er weder met Boorman op uit voor 't volgend nummer en bezocht met hem tientallen van fabrieken, winkels en kantoren, met één woord, alles wat overdag zijn deur niet op slot deed. Eens stonden wij waarachtig in een echte afdeling van een ministerie, die in een gewoon huis was ondergebracht, en hij merkte 't pas toen hij al aan 't lijmen was. Hij zei weer iets van het "Departement van Nijverheid en Handel", en hoe of ze zich daar het hoofd zaten te breken over de toestand van onze industrie, waarop de toegesprokene ons 't adres van dat departement gaf, zeggend dat *zij* een afdeling waren van Financiën. Wij sloten twee zaakjes af, een van drieduizend en een van vijftienduizend exemplaren, en toen kwam er bericht uit Lokeren, dat nummer zeven verzonden was, honderdtwintigduizend per spoor en tien met de post. Deze laatste werden een paar uur later gebracht en ze zagen er, eerlijk gezegd, niet slecht uit. Wel een beetje dun, maar 't viel mij toch mee. De smid en zijn zuster, alsmede hun kranige helpers, werden op twaalf grote clichés aan 't publiek voorgesteld en daaromheen had de drukker vrij handig de magere tekst gevlochten, zodat er op iedere pagina toch *iets* te lezen stond. Achteraan kwam de Korthals XIV.

"Nu de facturen," zei Boorman. "Schrijf op: 'De firma Korthals et Fils enz. DEBET aan J. Boorman, voor levering van twintigduizend brochures, volgens bon nr 374, de somma van drieduizend tweehonderd frank.' Zijn eigen rekening bedroeg tweeduizend vijfhonderd, plus vijfenzeventig voor 't lossen, zodat je zeshonderd vijfentwintig frank door de post moet laten incasseren, begrepen Laarmans? En nu Lauwereyssen. Dezelfde tekst, maar dan honderdduizend brochures en negenduizend vijfhonderd frank. Verder twaalf clichés van 25 x 15 centimeter, dus 375 vierkante centimeter elk, samen 4520 vierkante centimeter, tegen 0.50 fr. per vierkante centimeter, maakt 2260.– fr., samen 11.760.– fr., in woorden en in cijfers, Laarmans. De factuur van Korthals mag op de post, want die betaalt zeker, maar houd die van Lauwereyssen in tot wij weten dat hij zijn voorraad in ontvangst genomen heeft."

Daags nadien kwam er een telegram uit Lokeren: "Lauwereyssen heeft zending geweigerd. Exemplaren liggen station Brussel. Zend instructies."

"Daar heb je 't gedonder," zei Boorman. "Zou die advocaat soms... Neen, die man is te verstandig. Dat is een persoonlijk initiatief van de technische afdeling. Laarmans, sein terug als volgt: 'Adresseer zending aan mij, dan zal ik ze zelf afhalen. Boorman.'"

Het duurde twee volle dagen voordat er bericht

kwam van het spoor, dat er een zending uit Lokeren tot onze beschikking lag, en Boorman gaf toen opdracht aan een vrachtrijder, de kisten af te halen en op te slaan, wat terstond gedaan werd.

"Mijnheer Laarmans," zei mijn patroon ernstig, "nu moet u eens tonen dat u een flinke kerel bent, die een moeilijke opdracht behoorlijk volbrengen kan. Bedenk dat u spoedig alleen zult staan en dat u dan moet kunnen handelen zonder er ieder ogenblik de oude Boorman bij te halen, want die gaat buiten wonen. Ga naar dat café, over de werkplaats van Lauwereyssen, dikke Jeanne heet zij, geloof ik, verteer daar flink wat en zorg dat je weet of die brede gang met die lieve dieren een publieke weg is dan wel eigendom van Lauwereyssen. En hoe laat de smederij iedere morgen begint te werken... Zodra je terug bent zal ik je verder instructies geven."

Een halfuur later zat ik met Jeanne op mijn schoot en in minder dan geen tijd had ik dertig frank te betalen. Tegen vijf uur keerde ik terug met het bericht dat de gang van de smid was en dat het smeden iedere ochtend om acht uur aan de gang ging.

"Dat valt mee," zei Boorman. "Ik zal even met de vrachtrijder telefoneren. Als je luistert, weet je meteen wat je te doen hebt. Die De Leeuw is een man van vertrouwen, maar je moet hem niets vertellen."

Een ogenblik later had hij De Leeuw aan de draad, vroeg hem hoe hij 't maakte en, na een paar ruwe moppen, die verband hielden met het vrachtrijdersbedrijf, gaf Boorman hem opdracht de volgende morgen precies om zeven uur met de exemplaren voor nummer 62 van de rue de Flandre te staan.

"Nu ja," zei Boorman, "dan maar *twee* wagens. Kan *ik* het helpen dat de kisten niet op één wagen kunnen? Je zal daar mijn secretaris aantreffen en je moet precies doen wat hij zegt. Zorg voor de nodige mensen om de hele vracht in hoogstens een halfuur te kunnen lossen. Je moet zelf medekomen, De Leeuw, en bij mijn secretaris blijven, tot die ook klaar is, want die zou klappen kunnen krijgen. Je bent gelukkig een stevige vent, De Leeuw, en dat boezemt respect in. Als alles goed afloopt, betaal ik een lekker diner."

De Leeuw zei nog iets terug, dat Boorman schateren deed.

"Mijnheer Laarmans, zorg dat u er om zeven uur bent, anders weten die mensen niet wat te beginnen. Je rijdt de wagens de gang in tot bij de poort van de werkplaats en daar los je de kisten. Leg ze netjes op de grond tegen de muren aan en wacht dan tot meester Lauwereyssen de poort komt openmaken. Na 't lossen zend je de ledige wagens direct weg, want je moet de kisten de terugtocht afsnijden. Als ze morgen maar weer niet staken, want dan zou je de smid misschien niet te zien krijgen. Je toont hem de kisten, je zegt iets, dat je de exemplaren gebracht hebt bijvoorbeeld, al ziet hij dat wel, en dan ga je maar weg. Niet naar 't been van zijn zuster vragen, want dat gaat nu niet meer, dat voel je zeker ook wel. Krijg je eerst mevrouw Lauwereyssen te zien, dan handel je net eender. Komen er eerst van hun kranige jongens in 't zicht, begin dan met hun een sigaar te geven, en toon hun desnoods een exemplaar want ze zullen het leuk vinden dat zij er werkelijk in staan. Steek dus een van onze tien nummertjes op zak. En zorg dat alles goed afloopt, want wij kunnen haast niet incasseren voor wij geleverd hebben. Dan werd het een zaak met experten en dan kwam er geen eind aan. Hier heb je twintig sigaren en honderd frank, want geld maakt recht wat krom is."

Het was een gure morgen. Nog een geluk dat het niet regende, maar een snerpende noordenwind blies mij in 't gezicht, toen ik om half zeven buitenkwam. Ik zette mijn kraag op, stapte flink door en bereikte om vijf minuten voor zeven de rue de Flandre. Daar het in de gang van Lauwereyssen nogal tochtte, ging ik schuilen op de stoep van dikke Jeanne en wachtte daar De Leeuw af.

De duisternis begon te wijken voor de komende dag, maar de straat was nog eenzaam. Alleen een paar melkboeren reden langs en af en toe stapte een werkman voorbij.

Na misschien vijf minuten begaf de deur zich plotseling in mijn rug en viel ik in de armen van Jeanne, die blijkbaar pas uit bed kwam.

"François!"

En na een korte verstomming, gaf zij mij een zoen.

"Sta je daar al lang?"

Toen ik niet antwoordde, lachte zij, als begreep zij de toedracht.

"Je hebt toch zeker niet de hele nacht in die kou gestaan? Malle jongen. Waarom dan niet gescheld?"

Zij keek de straat even in. Er was op dat ogenblik niemand te zien.

"Kom maar binnen," sprak zij, en pakte mij beet.

Ik kreeg juist mijn twee wagens in 't zicht die krakend uit een zijstraat kwamen.

"Nu niet, Jeanne," smeekte ik. "Ik kan niet. Maar vanavond kom ik vast."

Zij geloofde mij niet.

"Je kan niet, je kan niet... Dat heeft nog nooit een man tegen mij gezegd. Heb je geen centen meer? Dat doet er niet toe. Kom maar."

"Nu niet, liefste Jeanne," bad ik weer. "Maar vanavond. O ja, vanavond wel, als je 't dan goedvindt."

Achter mij waren de wagens tot rust gekomen en een van de voerlieden klapte met zijn zweep.

Ze scheen nu opeens te voelen dat het werkelijk niet kon, want na even nagedacht te hebben, vroeg zij of ik dan tot de volgende morgen blijven zou, wat ik beloofde. En daarop geeuwde zij, krabde haar hoofd met een kam en begon haar vensterluik op te draaien alsof ik nooit bestaan had.

Mijn wagens stonden klaar en De Leeuw, die mij zeker niet had willen storen, kwam mij nu een paar stappen tegemoet. Hij had mensen medegebracht, die op de kisten zaten.

"Wij moeten die gang in," sprak hij, "maar dat is geen kleinigheid, hoor. Je kan hier haast niet zwenken."

Ik bedacht gelukkig dat mevrouw Lauwereyssen boven 't kantoor sliep, en haar broeder misschien ook, zodat er gevaar bestond hen te wekken, indien wij die vier paarden met hun zware wagens over de keien tot aan de poort joegen.

"Je hoeft er niet in," zei ik, "als je mensen de hele vracht in een half uur tijds lossen en tot aan 't eind van die gang kunnen brengen. Als zij om half acht klaar zijn, krijgen zij ieder vijf frank drinkgeld."

Ik keek om en zag dat Jeanne waarachtig niet op de loer stond. Zij was tenminste geheel onzichtbaar. In een kamer achter 't café brandde licht en ik vermoedde dat zij koffie zette. Bij die gedachte werd ik nog kouder, want ik had nog niets in mijn maag.

De Leeuw wenkte zijn acht mensen, die van de kisten op de grond sprongen en vertolkte mijn mededeling in een speciale vrachtvoerderstaal en ook in 't Frans, want er was een Waal onder. En dadelijk werd iedere wagen door vier kerels aangepakt als ging het om hun leven. Ik liep de eerste man voor tot bij de poort en wees hem de plaats aan waar hij zijn kist moest nederleggen. De tweede werd op de eerste gestapeld, de derde op nummer twee en de vierde bovenop. Vijf werd naast één op de keien gelegd en kreeg zes tot acht te dragen. En zo ging het door. Toen ik zag dat zij 't begrepen hadden, ging ik weer naar de wagens toe. Een politieman kwam langs, bleef even staan, maar liep door toen hij zag dat wij niets weghaalden, maar wel iets brachten. Toen de laatste van de tweehonderd kisten versjouwd werd, was het vijf minuten over half acht. Ik gaf niettemin iedere man zijn vijf frank en evenveel aan ieder van de twee voerlieden, want die begonnen te mopperen, toen ik het geld uit mijn zak haalde, waarna de twee wagens en het werkvolk op een teken van De Leeuw aftrokken.

"Laten wij bij de kisten blijven," raadde ik. En De Leeuw volgde mij tot bij de poort.

Daar het nog bijna een halfuur duren kon, nam de stevige vrachtrijder zonder veel moeite twee kisten van de stapel, zette zich neer op de ene, wees mij d'andere aan en stak een pijp op. Ja, hij zag er wel uit als iemand waar je op rekenen kon.

Ik hoorde dat er in de rue de Flandre nu meer leven kwam en 't was ook veel lichter geworden. Een grote hond liep de gang in, recht op ons af, besnuffelde de stapel en hief zijn poot op. 't Was datzelfde beest dat door mevrouw Lauwereyssen verbonden was en dat zijn best zo gedaan had om van zijn zwachtel af te komen. De Leeuw bukte zich nog net op tijd, als raapte hij een steen op, waarop de bezoeker even aansloeg, maar toch dadelijk tot aan de straat achteruitstoof en ons verder met vrede liet. Verrekt koud was het.

Om vijf voor achten kwamen die zware monteur en de halfwas de gang in en slenterden tot bij onze stapel, even later gevolgd door drie anderen. Zij keken ons aan en de halfwas herkende mij, want nadat hij iets gezegd had, kwamen zij mij samen begroeten. Ik deelde de eerste sigaren uit en toonde hun de geïllustreerde studie, waarin zij zulk een goed figuur maakten. En toen kreeg de halfwas een klap, want die wilde bij 't kijken nummer één zijn.

"Wat zijn dat?" vroeg hij mij vertrouwelijk, op de kisten wijzend. "Toch geen sinaasappelen?"

Hij besnuffelde de stapel, net als die hond, en ik vreesde een ogenblik dat ook hij zijn poot zou opheffen.

Ik antwoordde dat het allemaal exemplaren waren en hij bracht de boodschap dadelijk over, waarop het hele personeel zich vol bewondering naar de kisten toekeerde.

"Zij doen het in 't groot," constateerde de monteur.

"Nu zie je wel dat ze geld hebben, al klaagt hij voortdurend," zei een smid.

En een gemompel, dat rondliep, bewees dat allen zijn mening deelden.

"Daar is hij," verzekerde de halfwas, die een scherp gehoor scheen te hebben, want een ogenblik later werd de poort werkelijk door meester Lauwereyssen opengemaakt.

Het bleek nu dat De Leeuw hem kende, want zij kwamen wel eens in 't zelfde café, maar de vrachtrijder wist niet waar de smid woonde en ik had zijn naam niet genoemd, zodat het nu nog iets van een aangename verrassing had.

"Wel verduiveld," zei De Leeuw joviaal, en hij legde zijn klauw op Lauwereyssens schouder, "hoe maak je 't? We hebben je kisten gebracht, hoor. Hier liggen zij. Precies tweehonderd. Tel ze maar even na."

"Mijn kisten?" was alles wat de meestersmid zeggen kon.

"Zij bevatten uw exemplaren van het Wereldtijdschrift, mijnheer," verklaarde ik. En na een buiging liet ik de man bij de stapel achter en ging heen.

Ik hoorde dat De Leeuw hem nog voorstelde samen

een borrel te gaan drinken, wat zeker niet werd aangenomen, want de vrachtrijder haalde mij in, voor ik de straat bereikte.

Toen wij de gang uitkwamen, zat mijn vriendin voor haar venster, en wenkte mij bij haar te komen.

"Vooruit," zei mijn zware kameraad, die in ieder geval drinken wilde, "met of zonder smid, ik trakteer."

En voor ik een uitvlucht gevonden had, stonden wij bij Jeanne die dadelijk haar elektrische piano deed werken.

Het incasseren

Ik walg nu nog van 't incasseren. De eerste helft ging nogal. Toen had zij 't nog over haar naamloze vennootschap, waarvan zij de plechtige intrede, dag in dag uit, zat af te wachten. Maar van de derde termijn af, toen de twijfel begon te knagen, en nadat het volkomen tot haar was doorgedrongen wat honderdduizend betekende, werd het ontzettend. Ik zat soms een heel uur lang bij Jeanne te drinken, voor ik de moed had de werkplaats in te gaan, precies zoals Boorman voorspeld had. Was haar been nu nog gebeterd, maar daar scheen weinig verandering in te komen, en zij hield het mij pralend voor, als een vervloeking.

Ik trachtte mij te troosten met de gedachte dat haar lijden op Boormans hoofd zou neerkomen en niet op het mijne. Maar dan zag ik mijzelf terug, zoals ik daar gestaan had toen ik tot tweemaal toe mijn hele ziel in 't voorlezen van die schandelijke studie gelegd had. En ieder ogenblik stond mij dat toneel voor de geest, toen zij die ruigaard verbonden had en hoorde ik opnieuw haar vraag "of haar liftjes ons hadden kunnen bezielen".

Daar had zij nu toch het bewijs van.

Ik deed het onmogelijke om haar leed te verzachten, bracht geschikte adressen mede voor 't zenden van exemplaartjes en vulde eigenhandig enige bandjes in, waar zij bij stond. Maar ik hield daarmee op, omdat de vijf of zes stuks, die ik bij ieder bezoek postklaar maakte, een al te pijnlijk contrast vormden met de rustende massa die de helft van de technische afdeling in beslag nam, want Lauwereyssen had de kisten in zijn smederij niet geduld.

Toch had mijn mannelijk voorbeeld tot iets gediend, want terwijl zij haar tijdschriften de eerste maanden geheel ongebruikt had laten liggen, als om zichzelf te tergen, was zij later toch aan 't verzenden gegaan. Eerst aan haar klanten en toen aan diverse aannemers. De adressen zocht zij echter op in enig verouderd werk, te oordelen naar het groot aantal dat reeds door de post als onbestelbaar was teruggebracht. En ik berekende dat haar voorraad, als zij zo doorging, over tachtig jaar nog niet uitgeput zou zijn.

Stilaan echter begon men in de smederij de exemplaren ook voor andere doeleinden te gebruiken, en dat hielp dan toch ook alweer een beetje.

Onuitstaanbaar werd zij mij, als een waar slachtoffer. Zij scheen te merken dat het incasseren mij tegenstond en martelde mij bij ieder bezoek zo lang mogelijk door een tijd boven te blijven en mij zo telkens een tête-à-tête met de kistenberg op te dringen. Had zij gekund, dan had zij er mij aan vastgeketend, tot mijn laatste dag.

"Tel ze goed na, mijnheer," sprak zij uit de hoogte wanneer zij de bankbiljetten op de mestvaalt neerlegde.

Ik deed dan alsof ik ze natelde. Ja, wat kon ik anders doen? Ik begon met mijn vingers nat te maken, want haar biljetten kleefden meestal aan elkander en ik was er nog banger voor te veel in ontvangst te nemen dan te weinig te krijgen. Trouwens, er *was* niet te weinig, dat wist ik maar al te goed. Nog even trachtte ik onbevangen te doen en staarde haar kin of strot aan, want haar precies in de ogen kijken was mij onmogelijk, maar eindelijk moest ik dan toch mijn klauwen uitsteken naar het geld. Het zweet kwam op mijn slapen staan, mijn oren suisden en ik wist dat zij stond te genieten als van een triomf.

"Volkomen in orde, mevrouw," zei ik dan telkens, want wat ik ook zocht, iets beters vond ik er niet op. En toch was er *niets* in orde. Zij gaf het geld en ik nam het in ontvangst. Dat was alles.

Daarop ging ik heen, na een povere buiging waarmede ik hoopte nog enige eerbied af te dwingen.

Eens heb ik in mijn radeloosheid gezegd "tot de volgende keer, mevrouw" maar dat heeft mij vervolgd als een ongehoorde grofheid.

Als ik maar eenmaal de technische afdeling uit was, dan kon de rest mij niet meer schelen, ook het oversteken van de werkplaats niet. Want de verwijtende blik van de meestersmid werd goedgemaakt door een sympathiserende stroming die van de knechten uitging.

"Heb je ze vast?" vroeg de halfwas eens, toen hij langs mij heen liep.

Ik trachtte Boorman te overreden 't project voor die naamloze vennootschap op zijn poten te zetten en waarachtig, bij mijn volgend bezoek kreeg ik het mee. En ik moet erkennen dat het goed in elkander zat. Er ontbrak niets aan, behalve het geld.

"Nog meer papier," zei mevrouw Lauwereyssen bitter, toen zij begreep dat zij 't kapitaal zelf zou moeten zoeken.

Toen ik de zevende en laatste termijn zou gaan ontvangen, riep Boorman mij terug.

"Laarmans," sprak hij, "je bent een flinke jongen. Ik zie dat je jezelf geheel onder de knie hebt en voor ik uit de zaak treed, wil ik je een plezier doen. Je mag deze laatste kwitantie aan Lauwereyssen geven zonder hem te doen betalen. 't Is anders verkeerd en je wordt voor die dingen niet beloond... Stank voor dank, dat zal je zien."

En terwijl ik 't papier in mijn zak opborg:

"Je mag het bedrag ook voor je eigen rekening incasseren, want je hebt een flinke fooi verdiend. Dat moet je nu maar zelf weten."

Ik ging langzaam op weg in de richting van de smederij en toen ik een eindje gelopen had, werd ik gewaar dat wij met ons drieën waren. Aan mijn rechterhand liep mijn schutsengel, en links werd ik een donkere gedaante gewaar. Eerst zwegen beiden, maar eindelijk werd het mijn zwarte gezel te sterk.

"Ne-gen-hon-derd tach-tig frank," siste hij. En zoals het gezegd werd kwam de som mij nog driemaal groter voor dan zij was.

"Een glimlach van dat halfverrotte mens," zei de engel zacht.

En 't was mij opeens alsof ik een derde stem hoorde, die van Boorman. Hij zei dat het onzin was, en dat ik zowel de glimlach als het geld kon krijgen, als ik het maar handig genoeg inpikte.

"Je hoeft *alles* niet naar dikke Jeanne te dragen, kerel. Zet de hoofdsom op mijn bank, dan zal zij aandikken... Hi, hi, hi," grinnikte de duisternis.

Het stralend wezen zei niets meer, maar zijn zwijgen lichtte mij plotseling als het ware van de grond en ik zette het op een lopen.

Ik was toen nog zo heel anders. Eigenlijk nog een broekje.

Dikke Jeanne begreep zeker niet, waarom ik ditmaal niet bij haar voor anker kwam, voor ik de smederij aandeed. Ik vloog de werkplaats door, tot in de technische afdeling, en riep luid "mevrouw Lauwereyssen!", want zij was boven.

"Ja, mijnheer, wees gerust, het ligt gereed," riep zij terug, want zij kende mijn gehate stem.

Zij liet mij nog wat staan, kwam eindelijk beneden en maakte haar grote portemonnee open.

Ik gaf haar de kwitantie en zei opeens:

"U hoeft niets meer te betalen, mevrouw. Mijnheer Boorman scheldt u het saldo kwijt."

En ik moest mij geweld aandoen, om haar niet te omhelzen.

Zij keek mij aan, dacht even na, en legde haar geld op de schrijftafel.

"Neen, mijnheer, ik kan van mijnheer Boorman geen cadeau aannemen," sprak zij hoofdschuddend.

En toen ik aandrong, zeggend dat *ik* het haar gaf:

"Steek het geld op, mijnheer, of ik roep mijn broer."

Ik voelde dat ik een geweldige kleur kreeg, terwijl ik mij onderwierp, en daar zij geen woord meer uitbracht, verliet ik 't verwenste hol en ging mijn vernedering bij dikke Jeanne verdrinken.

Alles mag mij hiernamaals overkomen, als ik dat incasseren maar niet moet overdoen.

Mijn relaas verwonderde Boorman niet in 't minst.

"Natuurlijk," meende hij, "wat kon ze anders doen? Maar hoe zit dat nu tussen ons? Je hebt niet geïncasseerd, want je hebt haar 't geld gegeven, en je hebt het haar niet gegeven, want het zit in je zak."

Daarop gaf hij mij de helft van 't bedrag als fooi, zijnde vierhonderd negentig frank, omdat ik zo'n flinke jongen was.

En toen ik tevreden bleek en zijn aandeel begon af te tellen, gaf hij mij de andere helft ook nog, omdat ik niet gereclameerd had.

"Mijnheer Laarmans," zei Boorman een paar dagen later, "nummer zeven heeft 11 760 plus 3200 frank opgeleverd, samen 14 960, want of de bon van Korthals nu al verrekend is met een begrafenis, dat doet niets terzake. De exemplaren hebben 3600 frank gekost, zonder de drie centimes van onze tien stuks, en de clichés van Lauwereyssen 316 fr. 40 tegen zeven centimes per centimeter. De winst bedraagt dus elfduizend drieënveertig frank en zestig centimes, maar daar moeten dan de onkosten van De Leeuw nog af. Je zal nu wel niet dikwijls honderdduizend stuks ineens verkopen, al heb *ik* er eens tweehonderdvijftigduizend aan Lipton geleverd, maar als je ieder jaar twintig à dertig nummers uitgeeft, met een gemiddelde winst van slechts drieduizend frank, dan ben ik tevreden. Trouwens, die grote leveringen zijn niet voordeliger dan die van tienduizend stuks en 't risico is te groot. Morgen begin je alleen, en de volgende week ga ik buiten wonen. Je kan mij dagelijks per brief raadplegen, en iedere woensdag en zaterdag kom ik naar Brussel. Van drie tot vijf in het Café de la Bourse, waar je mij spreken of telefoneren kunt. Hoe minder je mij lastigvalt, en hoe meer ik aan je verdien, hoe liever ik het heb. Ikzelf begin een zaak in pillen tegen de hoest, en 't is best mogelijk dat ik spoedig exemplaren bestel, maar daarom geen honderdduizend en zeker niet volgens het tarief. Ik krijg dan wel speciale condities van je. Denk erom: grote clichés en veel clichés, want dat rendeert. Je betaalt zeven en rekent vijftig. Laat Piepers niet los, al is het een vervelende vent, want hij werkt goed en goedkoop. En als de drukker zijn prijzen verhogen mocht, dan neem je een andere. Ik heb er de laatste twintig jaar niet minder dan vijftien gehad, maar De Jans is goed. Geef bij gelegenheid een sigaar en een borrel aan de agenten van deze wijk, want op zo'n bureau komen de mensen wel eens informeren. Ik zal nog eens nadenken over de billijkste manier waarop wij de goederen kunnen delen, die je in betaling mocht aannemen. Denk erom, alleen bruikbare waar of iets dat verkocht kan worden. Wat op 't ogenblik in 't museum zit, blijft mijn eigendom. En doe je best, anders zet ik een nieuw tijdschrift op, het Algemeen Continentaal Tijdschrift voor Handel en Industrie of zo. En ik begin kalmweg met de tweeënveertigste jaargang. Begrepen?"

Hij heeft toen mijn tuig nog eens tot in de kleinste onderdelen geïnspecteerd en is vertrokken. En de volgende dag ben ik alleen aan 't zeulen gegaan, geheel en al volgens de termen van 't contract, dat wij in de Lion Royal getekend hadden. 't Is nu tien jaar geleden, zodat de helft van de weg achter mij ligt... En hier sta ik.'

Het afscheid

Laarmans zweeg. Zijn lang verhaal had hem blijkbaar vermoeid, want hij zag bleek. Hij keek een tijdlang door 't venster, zeker naar de ondergaande zon, stond toen op en schonk nog twee grote borrels in. Op 't ogenblik kon ik zijn baard weer aan zijn kin denken en ik zag hem nu terug, ongeveer zoals ik hem jaren geleden gekend had, toen hij, desnoods geheel alleen, het Vlaamse volk wilde verlossen uit de slavernij van de regering.

'Maak je geen verzen meer, Laarmans?' vroeg ik innemend, want hij had indertijd werkelijk talent.

Hij nam een slok uit zijn borrel en schudde ontkennend het hoofd.

'Alleen nog maar studies voor het Wereldtijdschrift,' gaf hij even later ten antwoord... 'Ik doe alles alleen, 't lijmen, 't redactiewerk en 't voorlezen.'

'Je maakte anders goede dingen,' zei ik. 'Hoe was het ook alweer? Ik heb het jaren onthouden.'

Nadat ik even had nagedacht, kwam het mij weder voor de geest.

Ik heb gedroomd, o moeder,
dat gij op sterven laagt
en voor het ál te sluiten
mij lang in d'ogen zaagt.

Gij spraakt van eerlijk blijven,
van recht door 't leven gaan,
hebt toen nog eens geglimlacht
en alles was gedaan.

'Zij maakt het goed,' onderbrak Laarmans, 'en de jouwe?'

Ik zweefde nog in Laarmans' verzen, en kon niet zo gauw op de grond komen.

'Mijn wat?' vroeg ik eindelijk.

'Je moeder,' zei mijn vriend.

Toen scheen hij toch te vinden dat hij iets goed te maken had, want nadat ik hem de verzekering had gegeven, dat zij wel kraakte, maar goddank toch nog liep, verzocht hij mij vriendelijk dan maar door te gaan met zijn gedichtje.

Uit beleefdheid voldeed ik aan zijn verlangen, alhoewel ik voelde dat toegeven aan de nieuwe Laarmans een helling afvoerde, aan de voet waarvan het Wereldtijdschrift zijn monsterachtige muil opensperde.

'k Wou om vergeving smeken:
waarom, dat wist ik niet,
en bij u nederknielen:
mijn knieën bogen niet.

En 'k zag dat ik u nimmer,
nog iets vergelden kon:
uw stem deed mij ontwaken
in 't klare licht der zon.

't Was nog niet uit, maar 't overige schoot mij niet te binnen, zodat ik bleef steken.

'Weet jij de rest niet meer, Laarmans?'

'Neen,' zei mijn gewezen vriend. 'Alleen nog maar studies voor het Algemeen Wereldtijdschrift.'

'Voor Financiën, Nijverheid, Handel, Kunsten en Wetenschappen,' vulde ik aan.

'Juist,' zei Laarmans.

Ik wierp een scherpe blik in 't verleden en 't slot rees opeens weder voor mij op:

Daar blonken grote tranen
van heil en droefenis.
En 'k voelde diep in 't harte
wat ene moeder is.

Laarmans zei niets. Hij had zeker niets te zeggen. En zijn zwijgen had zulk een verkillende uitwerking, dat ikzelf het gesprek maar weer op het Wereldtijdschrift bracht.

'Heb je later nooit meer iets van Lauwereyssen vernomen?'

'De zaak bestaat nog,' verzekerde Laarmans, 'zodat zij aan de exemplaren toch niet dood zijn gegaan. 't Uithangbord hangt tenminste nog op zijn plaats en 't opschrift is niet veranderd. 't Is dus nog steeds geen naamloze vennootschap. En jij, kerel, maak jij 't goed...?'

Hij monsterde mijn pak en ik voelde dat ik gewogen werd.

'Dat gaat wel, Laarmans.'

Mijn tevredenheid scheen hem niet erg te bevallen.

'Zo.'

Hij keek opnieuw naar mij en daar hij zeker vreesde dat ik zijn bedoeling niet begrepen had:

'Niet wegens je gezondheid, want dat zie ik wel. Maar of je flink geld verdient?'

'En dikke Jeanne?' vroeg ik weer, trachtend zijn blik van mij af te schudden.

'Heeft haar café gemoderniseerd. Na haar kennismaking met mij wilde die alleen nog maar met heren te doen hebben. Jij bent zeker nog steeds bij de gemeente? En zit je nog altijd op diezelfde kruk met datzelfde groene kussentje? Hoeveel verdien je nu eigenlijk per dag, of liever per krukuur?'

'Wat bedoel je met dat krukuur, Laarmans?'

'Wel krukuur betekent een uur, dat je effectief op je

kruk doorbrengt. Iets als kilowatt, begrijp je?'

'Een merkwaardig man,' erkende ik ontwijkend. 'Leeft hij nog...?'

'Boorman? Dat zou ik denken. Maar je geeft me geen antwoord, kerel.'

'En is haar leed op zijn hoofd neergekomen?'

'Welneen,' zei mijn vriend. 'Tot op heden tenminste niet. Hij komt nog iedere week afrekenen, of beter gezegd, hij komt iedere week, en dan moet *ik* afrekenen. Hij verdient bovendien veel geld met zijn pillen, die ingeslagen zijn, en nu zijn oude dag verzekerd is, begint hij aan de arme te geven.'

Laarmans stond op en begon te wandelen.

'Ik doe 't nu alleen,' verklaarde hij. ''t Opstellen en 't voorlezen. Heb ik dat zo-even al niet gezegd? Ik heb geen geheugen meer, behalve voor lijmbare adressen. Eigenlijk zou ik best een secretaris kunnen gebruiken, als Boorman het goedkeurt. Heb jij soms geen zin om... Onder 't lijmen heb je niets anders te zeggen dan "zeer interessant". Verder enig redactiewerk: de tous les rouages économiques, respectievelijk matériaux de l'architecture of généraux de la grande guerre, la banque, respectievelijk le marbre of le maréchal Foch, est certes celui qui offre au prodigieux et inépuisable thème du développement économique, respectievelijk de la décoration of de la gloire nationale, les plus admirables ressources. Ben je soms dronken en lees je bij vergissing "de tous les matériaux de l'architecture le maréchal Foch est certes celui qui offre au prodigieux et inépuisable thème du développement économique les plus admirables ressources", dan is het nog zo heel erg niet. De meeste klanten horen dat niet eens, medegesleept als zij worden door de cavalcade van onze bijvoeglijke naamwoorden. Trouwens, je weet het wel, want ik heb je alles verteld. Je hoeft niet bang te wezen, hoor. 't Incasseren neem ik op mij, als je ervoor terugschrikt. 't Zijn immers *allemaal* geen moeder Lauwereyssens!'

Hij bleef vlak voor mij staan, haalde een beschreven vel uit zijn binnenzak en stopte het mij in de hand.

'Volkomen in orde,' verklaarde hij. 'Teken maar. 't Is een afschrift van 't verbond dat ikzelf indertijd in de Lion Royal heb aangegaan. Bekommer je maar niet om je kruk op 't gemeentehuis. Daar komt spoedig genoeg een ander achterste op te zitten.' En hij legde een hand op mijn knie.

Ik sidderde onder zijn aanraking, sprong overeind, stiet hem met geweld van mij af en vluchtte de trap af en het huis uit.

Toen ik buiten kwam werd boven een venster opengemaakt.

'Als ik ze terugvind sta ik mijn gedichten aan je af, vriendlief,' schreeuwde hij mij na. 'En ik beloof je vrijblijvend dat wij eventueel misschien bijna niets van je baard zullen afnemen!'

Antwerpen, 1923

Het Been

Aan Menno ter Braak

Het wederzien

The General Marine and Shipbuilding Company was wel een mooie naam, maar ik had mij toch niet door de modder en smook van die ellendige voorstad heen gewerkt om voor een loket te blijven staan waar geen beweging in kwam, wat ik ook klopte of door kuchen de aandacht probeerde te trekken. Ik zou die directeur te spreken krijgen, waarna heel de opstal voor mijn part de lucht wel in kon. Dus nog maar eens, ditmaal als een die rekenschap komt vragen. Zó. Toen eindelijk de muil geeuwend openging en ik mij bukte om door dat hoofd beter te worden verstaan, keek ik in een gezicht dat mij sprakeloos maakte.

'Jawel,' antwoordde hij op mijn zwijgend vragen, 'ik speel hier correspondent. Waarom kijk je zo? Ben ik een natuurwonder?'

'Nu niet,' weerde hij af, met een hoofdbeweging in de richting van die achter zijn rug in werking waren, 'maar over een kwartier doeken wij op. Als je bij de poort even wacht? Ik doe je zo aanmelden. Wie moet je? Mijnheer Henry? Goed zo. Tot straks, vader.'

Ik was even voor sluiten klaar en ging aan de overkant posteren tot de bevrijding komen zou. Opeens een gegil dat mij tegen een schutting aandrukte en nog voor de stoomfluit zweeg was de uittocht aan de gang. Daar had je waarachtig ook Laarmans die zich loswerkte uit een kleine groep en even later stapten wij zij aan zij. Een paar nevelige groeten van collega's die ons voorbijstaken en spoedig waren wij alleen.

Ik wierp af en toe een blik op wat er overschoot van

de directeur van 't Algemeen Wereldtijdschrift voor Financiën, Handel, Nijverheid, Kunsten en Wetenschappen. Wat was die man veranderd. Geen linkerhand meer in broekzak, weer het embryo van een sik en opnieuw een pijpje in plaats van de gold-tipped sigaretten die hij mij in zijn centrale van het Boulevard du Japon zo losjes toegeschoven had. Hij zat in een jas met pelerine die op alle weer berekend scheen en had zware schoenen aan waarmede hij doorpaddelde zonder voor kleinere plasjes uit de weg te gaan.

'Ik heb geen schuld aan het gebeurde,' lichtte hij plotseling in, als voelde hij dat het vragen mij zwaar woog omdat het verval mij groot moest schijnen. 'Boorman had mij opgetuigd, Boorman heeft mij afgetakeld. De naam van Boorman zij geloofd.'

En toen ik eerbiedig het zwijgen bewaarde:

''t Is een malle geschiedenis. Kom zondag even aanlopen. Lemméstraat 70. Vrouw en kinderen, maar dat hindert niet. Wij vinden wel een hoekje. Trouwens, die zijn er nu eenmaal. Ik zie weinig mensen en voor mij zal het een opluchting zijn. Heb je aan onze luizige mijnheer Henry wat kunnen verpassen, beste kerel?'

Op de markt

En Laarmans hief aan.

'Er is alweer een hele tijd overheen, maar je herinnert je zeker mijn verhaal over dat eigenaardige mens nog wel dat geweigerd had haar zevende en laatste termijn te aanvaarden toen ik haar die uit mijn zak cadeau wilde geven? Welnu, die is de aanleidende oorzaak geweest. En zo heeft Boorman dan moeten ondervinden dat een daad lang kan nawerken en je nog wel eens achterhaalt al schijnt de laatste rimpeling sedert jaren van je spiegel weggevaagd. Het nieuwe treffen met dat mens heeft niet alleen het einde van mijn directeurschap ingeluid en mij als een dor blad tot in de vluchthaven van deze monsterachtige fabriek geblazen, maar ik ben er bovendien tot nadenken door gebracht. Ik ben mij gaan afvragen of al onze daden en gedachten niet achter ons aan wandelen, of zij niet een deel van ons zijn, ons gevolg, onze hovelingen, waarvan de stoet aangroeit naargelang wij zelf slinken, die wij evenmin negeren kunnen als onze vleselijke kinderen en die misschien fluisterend nablijven, lang nadat wij zelf tot stilte gebracht zijn.

Wat mij betreft, ik ben er eigenlijk kaal afgekomen. Je weet dat ik mijn baard, mijn pijp, mijn vilthoed en mijn knuppel die heel mijn have en goed waren, dat ik dus eigenlijk mijn ziel geofferd had op het altaar van het Wereldtijdschrift, om door Boormans genade van novice tot hogepriester te worden opgeleid. Maar toen ik eenmaal het tijdschrift de rug had toegekeerd waren mijn oude spullen, helaas, waardeloos geworden, want ik moet hier in de pas lopen of ik ga eruit. Om nu maar alleen van mijn sik te gewagen die je natuurlijk intrigeert. Welnu, ik durf die geen duim langer laten worden dan zij op 't ogenblik is, uit vrees dat mijnheer Henry zou ingrijpen. En wie bij ons eenmaal wordt opgemerkt raakt vroeger of later tussen de buffers. Waarlijk, ik ben niet te benijden want voorlopig heb ik geen persoonlijkheid meer. Ik voel mij gecastreerd en waag het niet eens meer te hopen dat mij ten tweeden male iets overkomen zal waardoor deze verstening weer in beweging zou worden omgezet.

Nu dan. Het heeft zich zeer onverwacht voorgedaan en zonder die glibberige tomaat zou er helemaal niets zijn gebeurd. Maar die tomaat was er.

Ik heb je verteld dat Boorman om de maand of zo zijn pillenzaak voor een dagje in de steek liet en naar Brussel kwam om met mij af te rekenen. Ik profiteerde van zijn bezoek om hem raad te vragen en wij liepen dan samen door de stad, hij meestal pratend en met zijn stok af en toe een winkel of naamplaat aanwijzend. Dat betekende dan "heb je die al geprobeerd". En ik antwoordde bevestigend of noteerde dadelijk het adres zonder hem te onderbreken, want hij had veel ondervinding en zijn adviezen waren goud waard. Als ik blindelings zijn raad volgde sloot ik altijd meer zaken af dan wanneer ik mij verstoutte op mijn eigen flair rond te lopen.

Enkele maanden voor 't gebeurde met die tomaat was echter zijn vrouw gestorven en nu deed hij zijn best om wat pret te maken, maar dat viel niet mee want hij zag er zo zwartgallig uit dat de lichtste meiden van hem schrikten. Ik begreep dan ook spoedig dat ik mij deerlijk vergist had met mijn conclusie dat haar verscheiden per slot van rekening op niets anders kon neerkomen dan op een tijdige opruiming. Want met al zijn branie bleek het voor hem een lelijke veeg te zijn en hij kon zich aan 't overdenken van zijn stille magazijnmeester niet goed onttrekken. Er ging tenminste geen bezoek voorbij of hij was haar op een of andere manier in zijn conversatie indachtig. Zolang ik bij hem in de leer was geweest had hij haar nooit bij name genoemd, terwijl hij nu geregeld aan Martha refereerde als was ik aandeelhouder in dat mens. Hij scheen niet meer te weten dat ik in al die tijd geen tienmaal een glimp van haar had gezien want zij kwam slechts beneden als de meid afwezig was en zij dus in eigen persoon het Museum van Inlandse en Uitheemse Voortbrengselen betreden moest om er enig huishoudelijk reservestuk of nieuwe mondvoorraad aan ingemaakte levensmiddelen op te doen. Nu echter, als was zij mijn tante geweest, wees hij er mij plotseling op dat een of ander voorbijlopend wijf in haar geheel, of in enig onderdeel of kledingstuk, op Martha geleek. Zelfs een paraplu, die in een vitrine van een lijmbare winkel stond, werd door hem bevonden gemonteerd te zijn met dezelfde benen kruk als die zij bij een van haar laatste verjaardagen van hem cadeau had gekregen. Het gebeurde wel eens dat wij samen dineerden, want de eenzaamheid scheen hem zwaar te wegen, en alsof zij mee aan tafel zat ging hij dan opeens in de spijskaart enig gerecht opzoeken waar Martha op verlekkerd was geweest. Aan zijn horlogeketting bengelde een gouden snuisterij die ik vroeger niet had gekend en waarvan hij mij op een avond toevertrouwde dat het gemaakt was uit een broche die jarenlang op haar boezem gezeten had. Zonder confirmatie te durven vragen begon ik te denken dat hij Martha had doen balsemen, zoals zij zelf indertijd met haar zuster had laten doen, want ik vond dat hij een verdacht belang stelde in de mummies van 't museum voor Egyptologie. In ieder geval ontbrak het haar niet aan kronen want tot driemaal toe had hij er in mijn bijzijn nieuwe gekocht die hem onder 't voorbijgaan in etalages waren opgevallen.

Hij gaf mij de raad geen verduurzaamde eetwaren meer in betaling te aanvaarden tenzij ik kans zag ze voort te verkopen, want nu de wetenschap van een gebrek aan vitaminen begon te spreken vreesde hij dat Martha te veel op de blikken van 't museum geteerd had. Soms bleef hij in gedachten voor de vitrine van een reisbureau staan waar de Jungfrau uitdagend haar wit gezicht vertoonde, want veertig jaar lang had hij haar een reisje naar de Rijn beloofd en nu was het te laat.

"Met al die zaken vindt een mens de tijd niet," foeterde hij. "Ik geloof trouwens dat de Rijn overdreven wordt."

"De Rijn was niets voor haar," probeerde ik te troosten. "Zeer vermoeiend. Eigenlijk een rivier van niks waar u heus niet over tobben moet."

Maar vooral speet het hem, dat hij haar niet vaker had meegenomen naar de bioscoop, want kort voor haar dood had zij toegegeven dat zij er dol op was.

"Tekortkomingen schijnen pas achteraf naar voren te treden," constateerde hij.

"Dat kan best," stemde ik in, zoals ik gewoonlijk deed.

En zo was ik met mijn rouwende drijver op een onzalige voormiddag toevallig in een zijstraat van de Chaussée d'Anvers terechtgekomen, niet ver van de rue de Flandre waar Lauwereyssen en dikke Jeanne zakendeden. De groentemarkt was in volle gang. Er stonden talloze handkarretjes, ieder met een schreeuwend wijf en op het trottoir verdrongen zich de koopsters alsof er voor allen niet genoeg zou zijn. Op een hoek werd een nieuwbouw opgetrokken die al tot zevenhoog gevorderd was en de indruk maakte van iets dat spoedig de moeite waard zou zijn.

Niet zodra had mijn makker dat complex in wording bemerkt of hij stond en deed een paar stappen achteruit om een beter zicht op de nieuwe gevel te krijgen. Terwijl ik even terzijde ging om een man door te laten die met een matras op het hoofd door de menigte laveerde, hoorde ik een kreet en een geluid van vallend hout, als bij een kegelspel. En toen de matras voorbij was zag ik Boorman tussen twee handkarren liggen. Onder hem lag een zwaarlijvige vrouw en wat verder een zwarte houten kruk met roodfluwelen armkussen, diverse groenten en een gekantelde boodschappenmand. Een paar trekhonden, die zeker geslapen hadden, gingen als bezetenen tekeer en dat ene groentewijf was zo geschrikt dat zij even haar mond hield. Ik waagde mij tussen de karren door, stopte de verspreide groenten weer in 't mandje en raapte de kruk op. Boorman was intussen opgestaan en probeerde 't mens dat zijn val gebroken had galant weer op de been te helpen. Dat ging echter zomaar niet. Zij sloeg wanhopig haar benen uit als bij een eerste zwemoefening op 't droge en weer hoorde ik dat kloppen als van een spaak op de keien. En opeens bemerkte ik dat zij een houten been had. Ik zette dadelijk haar kruk tegen een kar, pakte haar stevig onder de oksels beet en met ons beiden kregen wij haar eindelijk in verticale stand.

"Steek er die salade nog bij," raadde de groentevrouw die bijna meegesleurd was. Zij wees mij met de kin een groene krop aan die terzijde was gerold en begon daarop weer te brullen.

Het zware mens onder Boorman scheen zich gelukkig niet erg bezeerd te hebben. Ik stofte haar kleed wat af, gaf haar de kruk in de ene en het mandje in de andere hand en nam even mijn hoed af.

"Het spijt mij vreselijk, dame," zei Boorman onthutst. "Ik moet uitgegleden zijn en ik hoop dan ook dat u 't mij vergeeft. Kan ik u soms met iets van dienst zijn? Taxi of zo?"

De krukkenvrouw, die nu weer stevig stond, keek Boorman zwijgend aan.

"*Dit* vergeef ik u zeker, mijnheer Boorman," klonk het eindelijk, "want hier hebt u geen schuld aan. Maar dat u mij voor mijn naamloze vennootschap slechts woorden geleverd hebt in plaats van kapitaal, dat is iets anders. Mij verder van dienst zijn? Jawel, met ruim baan te maken," lachte zij bitter.

En zonder op antwoord te wachten stak zij tussen twee karretjes door en geraakte het trottoir op. Zij zwenkte daar stampend, stond nog even stil en verwijderde zich dan als een boot op een gunstige deining.

Boorman was rood en dan zeer bleek geworden. Hij keek haar na tot zij uit het zicht was.

"Dat moest er nog bij komen," mompelde hij, zeker bedoelend dat Martha op zichzelf hem al zwaar genoeg woog.

"Zij is het kwijt," zei ik. "De wonderzalf van Averbode heeft dus niet mogen baten."

Maar mijn opmerking, die toch volkomen in zijn stijl was, vond bij Boorman niet de minste weerklank. Hij sloeg de eerste de beste straat in, liep door als in een droom zonder acht te slaan op naamplaten of winkels en nam spoedig afscheid. En reeds op dat moment werd ik onbestemd gewaar dat mijn directeurschap op zijn grondvesten sidderde.

Het Been

Hij bleef ditmaal geen maand weg, zoals hij gewoon was, maar reeds na een dag of veertien kwam hij mij opzoeken. "Om wat te praten," luidde zijn briefkaart. Ik verwachtte mij dan ook aan een ode op Martha gevolgd door een rondblik over onze hoofdstad en haar jongst opgeschoten paddestoelen waar misschien iets uit te persen viel, maar Boorman scheen nog slechts belang te stellen in dat mens. Het kwam mij voor dat hij met een of andere draad aan haar vastzat en zich met zijn gespartel steeds meer verstrikte, wat hij zich ook aanstelde alsof hij er luchtig overheen liep.

"Ja, Laarmans, zij is het kwijt," erkende hij, mijn constatatie van voor twee weken nu pas beamend. En ik had de indruk dat hij al die tijd met dat been rondgelopen had en slechts gekomen was om er zich eindelijk van te ontlasten, door het af te wentelen op mijn eigen schoft.

"Zou er enig verband kunnen bestaan tussen onze honderdduizend exemplaren en het verlies van dat lid?" vroeg hij opeens. Meteen kreeg hij een kleur en begon te giechelen.

Ik voelde dat zijn lachen niets met pret te maken had, maar begreep tevens dat hij zulk een vraag met niets anders begeleiden kón, zolang hem de moed ontbrak er openlijk voor uit te komen dat die monsterachtige mogelijkheid werkelijk vorm begon aan te nemen in zijn geest. Er scheelde iets aan die man, dat was zeker. Hij wilde ergens heen en zocht zijn weg.

Ik begon maar vast met grote ogen op te zetten.

"Maar mijnheer Boorman," stelde ik hem gerust zoals ik met de Rijn had gedaan. "Er kan tussen die... voorwerpen immers niet meer verband bestaan dan bijvoorbeeld tussen de periodieke wisselingen van onze ministeries en de even periodieke aardbevingen in Peru, om nu maar iets te noemen. Hoe komt u in godsnaam op dat idee?" En op mijn beurt ging ik zo joviaal mogelijk aan 't schateren, waarna wij nog een tijdlang tegenover elkander zaten te grijnzen, zonder dat een van ons beiden een open kijk durfde geven op zijn hart.

Toen hij weer sprak bleek dat been niet in 't minst voor ons gegrinnik geweken te zijn.

"Natuurlijk niet, natuurlijk niet. Dat is volkomen onmogelijk, zoals je zegt. Hoe zou zoiets ook kunnen? Sedert ons bezoek aan die verwenste markt heb ik mij 's nachts alleen maar afgevraagd of het mogelijk zou zijn dat zij 't nog hebben zou als zij niet had moeten betalen en zij met dat geld een bekwame dokter bekostigd had in plaats van het maandelijks aan mij af te dragen. Meer niet, begrijp je? En tevens of de naamloze vennootschap, die wij niet gevormd hebben, haar niet de rust zou hebben verschaft die haar wond had kunnen helen. Maar het is gewoon onzin. Onzin en niets anders." En weer lachte hij, maar minder gedecideerd.

Zijn gebruik van "wij" stond mij geweldig tegen, want het was een eerste poging om mij te belasten met dat ding, waarvan ik niets, maar dan ook niets, wilde overnemen. Want ik kende Boorman en wist dat hij mij te sterk was. Indien ik één atoom aanvaardde zou hij weldra volkomen gelouterd en ik met alles beladen zijn.

Mijn repliek bleef dan ook niet uit. Ik friste eerst en vooral zijn geheugen op met een nauwkeurig relaas van mijn vergeefse poging om haar de zevende en laatste termijn als geschenk te doen aannemen en riep dan de schimmen op van al de elementen die hem toen dienstig waren geweest, zoals de God waarop hij haar bevolen had te bouwen om genezing te verwerven, het Departement van Nijverheid dat in zak en as zat wegens de toestand van het smidsvak in Brussel, de kluifjes welke de lezers, die er nooit zouden zijn, voor haar ruige beschermelingen dienden mede te brengen, de decoratie van haar broer die hij boven uit de la had doen halen en eindelijk de naamloze vennootschap die hij zo prachtig in elkaar had geflanst dat zij dadelijk beslag op hem had gelegd als commissaris. Terwijl ik betoogde zag ik alles zo duidelijk terug als was het daags tevoren gebeurd en ik rakelde dan ook een voor een de nietigste details weer op tot er van heel dat been geen vlekje meer op mijn jas zat. En toen hij even deed alsof hij zich het geval niet zo precies meer herinnerde en eraan scheen te twijfelen of alles zich werkelijk zo voorgedaan had, toen sloeg ik dadelijk voor smid en zuster in hun hol te gaan opzoeken om beider getuigenis in te roepen. Nog nooit, bij mijn weten, had ik tegenover Boorman van zoveel wilskracht en voortvarendheid blijk gegeven. Ik pleitte waarachtig alsof ik met het lamme geval zelf iets te maken had.

"Dat is toch de juiste toedracht geweest, nietwaar mijnheer Boorman?" vroeg ik eindelijk, want het was mij niet voldoende meer dat hij het been weer in handen had, hij moest nu ook nog erkennen dat het wel degelijk bij hem, en bij hem alleen, thuishoorde. Hoe hij het kwijt moest raken, dat was zijn zaak, maar ik wies alvast mijn handen in onschuld.

"Zeker," gaf hij eindelijk schoorvoetend toe, "zo en niet anders is het gebeurd, ik zie het nu ook. Je hebt toen je best gedaan, Laarmans. Vrees dan ook niet dat ik nog proberen zal een deel aan je over te maken, want dat zou niets anders zijn dan zelfbedrog. Of het immers om het geheel gaat of slechts om de helft, de opruimingswerken blijven dezelfde. Ik zal het dus verder alleen trachten uit te vechten want het beneemt mij 't zicht op mijn vrouw."

Hij stak mij langzaam een hand toe die ik dankbaar drukte en zoals hij daar belast en beladen voor mij stond moest ik mij waarlijk geweld aandoen.

Bij al zijn volgende bezoeken bracht hij het mee en tegen Martha bleek het inderdaad een afdoend serum te bevatten want ik hoorde nu veel minder van haar. Het been absorbeerde hem volkomen en het had er de schijn van alsof hij besloten was die reis naar de Rijn en al die bioscoopvoorstellingen die Martha had moeten missen, aan moeder Lauwereyssen goed te maken.

In den beginne deed hij zijn best om het telkens een tijdlang aan mijn aandacht te onttrekken, zoals iemand een beschamende kwaal verbergt, maar spoedig kwam een teen tevoorschijn die het aanmeldde en hij voelde zich pas op zijn geliefkoosd terrein als het vóór ons op tafel lag. Een echte bevlieging voor chirurgie. Na een tijd verheelde hij niets meer en ten slotte voerde hij het als een vlag in top. En ik werd gewaar dat hij mij dankbaar was omdat ik zo geduldig bleef luisteren naar zijn eentonig en onsmakelijk lijfstuk. Eigenaardig genoeg, maar het kwam mij voor dat ik stilaan behagen begon te scheppen in het onderwerp, als bleef er ook tussen dat taaie ding en mij enig verband, zelfs na zijn belofte dat hij het haar zonder mijn hulp weer zou proberen aan te naaien. Ik diende in ieder geval op mijn hoede te blijven om ieder nieuw voorstel tot verdeling dadelijk af te stoten en het was dus raadzaam niet te laten blijken dat ik in zijn strijd enig persoonlijk belang stelde. Medegevoel en desnoods bijstand kon hij bij de vleet van mij krijgen zolang hij maar niet probeerde mij in zijn afrekening te betrekken. Maar ik moet eerlijk zeggen dat hij dat nooit meer gedaan heeft en van toen af zonder mijn hulp slag heeft geleverd tegen die schim, mij verder nog slechts gebruikend als heraut bij zijn toernooi. Een paar maal heb ik mijzelf betrapt eraan te denken als aan "onze" tegenstander, maar telkens heb ik dat walgelijk voornaamwoord dadelijk de kop ingedrukt.

"Of je 't nu belachelijk vindt of niet, Laarmans, maar ik zou iemand willen raadplegen, want ik moet erkennen dat ik geen uitweg zie," vertrouwde hij mij toe nadat het tot hem was doorgedrongen dat hij ronddraaide als in een circus. "Ik, die nooit last van die dingen heb gehad, ben gisteren ontwaakt met vreselijke hoofdpijn en later op de dag heb ik diarree gehad. Er dient iets gedaan, want het slurpt al mijn werkkracht op. Haar excuses aanbieden? Maar wat helpt zo'n pleister op een houten been? Nog meer woorden, zou dat monster zeggen. Trouwens, wie excuseert zich nu in 's hemelsnaam omdat hij met iemand een zaak heeft gedaan? Dan had ik indertijd net zo goed mijn vrouw excuses kunnen aanbieden omdat ik met haar getrouwd ben. Je begrijpt mij toch?"

Was er iets in mij dat hem de indruk gaf dat ik niet eens luisterde, dat ik dus niet méér belang stelde in zijn worsteling dan in de momentele politiek van Portugal? Onze zaak, ik bedoel de zijne, interesseerde mij helaas maar al te zeer, doch mijn blik moest afgedwaald zijn omdat ik op zoek was naar een oplossing die hem bevredigen kon. Ik gaf hem dan ook de verzekering dat ik hem volkomen begrepen had en om te bewijzen dat ik zijn uiteenzetting aandachtig had gevolgd herhaalde ik heel zijn laatste tirade, bijna zonder één variant.

Hij bedankte mij in alle ernst en vroeg of ik niemand kende die voor raadpleging in aanmerking kwam.

Ik overzag bereidwillig mijn stofferige levensbaan, doch ontmoette slechts figuren van tweede en derde gehalte, die alleen maar zouden staan gapen bij 't verhaal van dat potsierlijk mens dat Boorman op haar kosten in een half dozijn plastische poses gefotografeerd had om haar dan van haar eigen persoon honderdduizend reproducties op te solferen. Mijn knapste vrienden waren meestal in de loop der jaren door een wisselwerking van erelinten en knevelarij tot zoveel huisjesslakken vergroeid die zich over dat been zeker niet zouden durven uitspreken en misschien wel een kruis zouden slaan. Ja, die ene man met zijn baard, waar wij jaren geleden met ons allen tijdens de verkiezingsstrijd jubelend achteraan gestapt hadden, daar zat wel een schrandere geest in. Maar de passaat had hem voortgeblazen tot hij geheel uit het zicht en voor mij volkomen onbereikbaar was. En eigenlijk was ook die er de man niet naar om belang te stellen in een been waar geen kapitaal achter zat. Terwijl ik zocht, zonder veel hoop maar veeleer om Boorman niet te ontstemmen, viel mijn oog op een oud familieportret dat ik op mijn kantoor had gehangen omdat de lijst nogal decoratief was. Het stelde een feestelijke bende voor zoals die het huwelijk van een van mijn nichten had meegevierd en onder hen was een zeer sympathieke halve neef die plotseling pastoor geworden was in plaats van tenor en mij de geschikte man scheen te zijn. Ik stelde hem dan ook dadelijk aan Boorman voor.

"Wat denkt u van deze?" vroeg ik. "Het is een pastoor, maar ik heb niets anders."

"Dat hindert niet," zei Boorman die 't portret geen blik waardig keurde, "integendeel, beter dan enig andere vakman want ons geval..."

"Pardon," zei ik.

"Nu ja, *mijn* geval dan heeft wel niets te maken met bedreven zonden, want mijn transactie was van een commercieel standpunt even onberispelijk als 't goochelen van Weinstein met de pelsmantel van die mosselvrouw, maar dat neemt niet weg dat zo iemand door 't voortdurende biechthoren, telkens gevolgd door het voorschrijven van een passende medicijn, een soort man van de praktijk kan geworden zijn die misschien wel een wenk kan geven. Hij dient gewogen, want de ene pastoor is de andere niet. Vraag hem maar eens of hij ons ontvangen kan. Brengt het geen baat, schaden zal het niet."

Ik schreef dadelijk een brief. Eerst wat excuses van diverse aard, dan een gepaste vraag naar zijn gezondheid die mij toch zo weinig interesseerde, dan een enkel woord over een paar familieleden die ik wist dat in zijn smaak vielen en ten slotte verpakte ik Boormans verzoek in een eenvoudig postscriptum. En per kerende post kreeg ik bericht dat hij ons de volgende zondag verwachtte.

Jan

Hij is dan een eerste maal aan ons verschenen in zijn zitkamer, achter een tafel die één schittering was van damast en kristal, vier glazen voor ieder. Een tafel als voor een laatste avondmaal. Hij was doende flessen te ontkurken en zo verdiept in zijn sacerdotale toebereidselen dat wij hem al een tijd vanuit het deurgat stonden aan te kijken zonder dat hij ons gewaarwerd.

"Hier kerel," siste hij tegen een kurk die slechts langzaam toegaf.

"Trekken maar, neef," moedigde ik hem aan en toen keek hij op.

Hij zette zijn fles behoedzaam op de tafel en kwam dan geestdriftig naar ons toe, met uitgestoken handen. Ik had nooit durven vermoeden dat een bezoek van mij iemand zóveel genoegen kon doen. Hij moest zeker iets met mij voorhebben.

"Welkom, adderengebroed, want ik vermoed, Frans, dat je kameraad van 't zelfde slag is als jij. Soort zoekt soort, zeg ik. Komt binnen en gaat zitten. Jij, Frans, bent haast niet meer te herkennen. Waar is je baard gebleven, jongen? Je ziet er anders keurig uit, van buiten tenminste. Maar hoe zit het daarbinnen, kerel?" Hij keek mij in de ogen en richtte een wijsvinger op mijn borst.

"Ik vertrouw je geen sikkepit, Frans. Eerlijk gezegd heb ik je nooit vertrouwd en het valt mij nog mee dat je al die jaren op vrije voeten gelopen hebt. Maar dat blijft niet duren, dat zal je zien. En mijnheer dinges..."

"Boorman," zei mijn makker.

"Best. En mijnheer Boorman ziet er nog ijselijker

uit. Lieve hemel, wat een kop. Om van te schrikken. En misschien nog wel je mooiste vriend. Een gevaarlijk span, zeg ik. Het zal mij benieuwen wat jullie hebben uitgehaald. Maar het is wijs mij te komen spreken voordat je ingerekend bent. Willen jullie nu eens dadelijk gaan zitten? Mooi zo. Marie! Chester en Gruyère!"

En hij riep niet in de woestijn, want dadelijk werd het gevraagde binnengebracht.

"Waarde neef," begon ik toen de kaas op tafel stond, "mijnheer Boorman en ik..."

"Niets te waarde neven. Jan, net als vroeger, of ik zet jullie aan de deur en drink alles alleen op. Hier zijn sigaren. Deze zijn licht en die zijn zwaar, zoals het hoort. En dit is niet minder dan Sauternes 1911. Zullen wij daarmede beginnen? Vooruit dan maar." En hij schonk de glazen vol.

Ik noemde hem nu bij zijn naam en verzocht hem te luisteren, maar hij verklaarde dat hij pas luisteren zou als hij er zin in kreeg. En ik was een grote nul. En die kop van mijn vriend, neen, daar vond hij geen woorden voor. Eerlijk gezegd, mijnheer Boorman, iets om van dichtbij te bekijken. Hijzelf had de tijd. De kapelaan zou voor de biechtelingen zorgen en voor de berechting van mevrouw Delacroix die opgeleefd was en naar de olie verlangde. Ik had die gekend, beweerde hij. En hij was voor niemand te spreken. Wij moesten dat straks maar vertellen, bij 't scheiden van de markt, want hij wist dat zo'n belijdenis met een nuchtere maag al te pijnlijk is en dat het mooiste dan dikwijls blijft opzitten. Bij de biecht had hij een paar klanten die pas kwamen nadat zij flink geborreld hadden, vooral wanneer zij met een zwaar pak liepen.

"Deze is Lagrange 1906," lichtte hij toe, "die Château Latour 1904 en daar op het buffet staat een fles Chambertin die ik van mijn vader heb geërfd. Vooruit maar."

En zo ging hij door als een waterval, zonder ons een kans te geven vóór die Chambertin aangesproken was. Maar toen hij zag dat wij eindelijk warmliepen gaf de orkestmeester ons plotseling een wenk, na de kamerdeur op slot te hebben gedraaid als verwachtte hij zich aan de beschrijving van een moordpartij.

Boorman bracht nu een volledig verslag uit van zijn wedervaren met dat mens. Hij ving aan met een knappe uiteenzetting over 't raderwerk van ons Wereldtijdschrift, waarna hij onze bezoeken aan die smederij vertelde, maar zonder Lauwereyssen bij name te noemen. Hij haalde er Piepers bij, het diploma, de jongens met hun spierballen, de smid met zijn zwarte jas die in articulo mortis een laatste stap had gedaan, dat advocaatje met zijn notaboek en zijn mooie naamkaartjes, de levering bij 't krieken van de dag en eindelijk het incasseren. Kortom, hij bespaarde mij niets en ik zat dan ook met een strak gezicht naar de grond te kijken als moest ik mij inspannen om die geschiedenis, die mij volkomen onbekend was, behoorlijk te kunnen volgen. Het ging vlot, en ik ondervond nu dat die wijn het opbiechten werkelijk bevorderde.

Jan luisterde aandachtig, zonder te onderbreken, maar toen Boorman het tekenen van het bonnetje losliet hoorde ik hem toch langzaam "honderdduizend" nafluisteren, als vond hij het veel.

"Een merkwaardige geschiedenis," concludeerde hij hoofdschuddend. "Wie heeft ooit zoiets gehoord? Maar ik zie nog steeds niet in hoe ik u van dienst kan zijn, noch dat u enige raadgeving zoudt kunnen gebruiken."

"Nog een beetje geduld," verzocht Boorman, "want dit is slechts het eerste bedrijf. Het slot speelt vijf jaar later op een groentemarkt." En hij vertelde wat ons overkomen was met de krukkenvrouw en van de poppenkast met dat been dat geen duimbreed wilde wijken.

"En nu zal het mij benieuwen of er uit u iets loskomt dat bruikbaar is," besloot hij en dronk zijn wijn op.

Jan zat ons een tijdlang aan te staren. Zijn sigaar was uitgegaan. Eindelijk wendde hij zich tot mij.

"En jij, ellendeling, heb jij er dan helemaal geen hinder van? Neen, voor jou is het koninkrijk der hemelen een permanente bioscoop waar je wel inkomt en jij slaapt intussen gerust, als een zwijn dat je bent. Zit daar niet als een Petrus die deze man niet kent. Mijnheer Boorman, ik maak u mijn compliment. Ik had u bij 't binnenkomen onderschat maar vind het nu des te merkwaardiger dat u een gewetenszaak hebt gemaakt van een kwestie waarin niemand u iets verwijten mag, ook die klant niet, omdat de God van de handel met vlammend zwaard aan uw zijde staat. U mocht wel een lofzang aanheffen, want ik geloof dat u een licht is opgegaan. Beter laat dan nooit. Wat nu het geven van raad betreft ben ik van mening dat er slechts één middel is om u te bevrijden uit de greep van dat been, indien u tenminste geen bezwaar hebt tegen amputatie, want de tijd, die de sterkste van alle narcotica is, zou ten slotte óók wel baat brengen. Het gaat over ongeveer veertienduizend frank zegt u? Zou het een grote opoffering voor u zijn haar dat geld terug te geven, althans het deel ervan dat uw baat vertegenwoordigt? Wél een opoffering en toch géén opoffering nietwaar? Wij kennen dat. Welnu, als Boorman die zure appel doorbijt dan is Boorman genezen. Maar Frans zal branden. Gentlemen, the King. Op de deemstering van dat been."

"Zijn vrouw is pas gestorven," fluisterde ik mijn neef in 't oor om nog meer sympathie op te wekken.

De creditnota

"Ik kende die uitkomst," zei Boorman, "maar ik vond het al te primitief. Niettemin ben ik meegegaan omdat je niet kon weten of iemand die Latijn kent en al de bezweringsformulieren van de godsdienst, soms niet over een ander middel beschikte om duivelen uit te werpen, zoals de baas en zijn discipelen indertijd geregeld deden. Maar dat schijnt helaas het geval niet te wezen. Met dat al is het een flinke kerel en als er dan toch niets anders op gevonden wordt, vooruit dan maar. Wij zullen haar het geld maandag gaan brengen, want geld kom ik gelukkig niet tekort."

Ik deed hem opmerken dat ik er weliswaar geen enkel bezwaar tegen had, want principieel was dat een prettige boodschap, maar ik was er niet zo héél zeker van dat zij het zonder slag of stoot zou aanvaarden. En ik herinnerde hem nogmaals aan mijn vergeefse poging om haar het bedrag van de zevende termijn in handen te spelen.

"Maar 't volle bedrag is nog iets heel anders dan één enkele termijn," meende Boorman. "Of wordt soms bij redelijke wezens een hoogmoed gevonden die niet buigt, een geweten dat niet uitgewogen kan worden? Wij zijn toch beschaafd? Het ene biedt weerstand tot drie nullen, het andere tot vier of vijf, een enkel tot zes, want het is slechts een kwestie van stand en milieu, maar als je blijft pompen barst eindelijk het omhulsel en slaat de schaal door aan de kant van 't goud. Jij hebt toch óók van dat kalf gehoord? Zit zij niet met die broer zoals een ander met vrouw en kinderen? En moet niet ieder die een kans krijgt af en toe een extraatje mee naar huis brengen, niet zorgen voor zijn oude dag? Zou men zich anders niet blootstellen aan de bitterste verwijten van zijn nabestaanden? Neem een minister, om nu maar iets te noemen, of een andere die op een gunstige plek is opgesteld. Als zijn vrouw hem in bed de biecht afneemt is het dan vooral niet om te weten of zich in de loop van de dag geen mensen hebben aangeboden die wat bijhadden, nieuwe mensen waar zij nog niet van gehoord had en die even onder de loep moeten? Niet alleen om zijn bijverdiensten wat te controleren maar tevens om hem moed in te spreken, hem te remmen, aan te porren of met goede raad terzijde te staan. Zou hij het dan tegenover zichzelf kunnen verantwoorden indien hij aan zijn klanten langer dan redelijk weerstand bood? Een verstandig man geeft toe zodra hij voelt dat de ander werkelijk de bodem van zijn beurs heeft bereikt en niet dieper kán. Dan maakt hij zich op als de bliksem en legt het hoofd van de staat iets ter ondertekening voor, geeft een monopolie, keurt iets dadelijk goed, zet een grote mond op, waarschuwt je tijdig en laat een ander stikken in zijn onschuld, apostilleert, postdateert of antidateert, maakt een document zoek of treedt af als dat helpen kan en de inzet de moeite waard is.

Je moet er trouwens niet min over denken, want zij hebben het dikwijls hard. Tegenover departementen die kunnen renderen, als Koloniën of Oorlog, staat bijvoorbeeld Onderwijs waar wel niets te krijgen zal zijn behalve misschien een kleinigheid op het bouwen van een scholencomplex. En dat gaat dan meestal nog naar ondergeschikten. En verder wat beleefde groeten van mensen die door je toedoen benoemd zijn. Bovendien geeft het incasseren veel kommer, terwijl ik het haar thuisbreng. Zulke lui toch krijgen hun aandeel meestal niet eens direct in geld, want dat brengt bezwaren mee voor de gever die toch niet met een hele baal biljetten op de rug over die man zijn drempel kan komen zoals een smokkelaar de grens over gaat. En 't natellen zou onbetamelijk zijn. Overschrijven is ook gevaarlijk, want over een andermans boekhouding heb je geen zeggenschap. Je krijgt haar niet kapot en zij blijft je bedreigen tot je laatste dag, zodat zelfs de grootste heren bij momenten schichtig zijn en fluisteren. Neen, dat hoort gedaan met enige transactie die geen spoor nalaat, op de rekening van een handlanger, door 't overdoen van aandelen tegen de oude prijs, daags voordat de waarde verdubbelt, door 't aankopen, tegen een massaal bedrag, van een paar weilanden waarvan de koper vooruit weet dat hij er niets mee beginnen kan, door het opblazen van een groepering met het doel de vette posten opnieuw te verdelen. En toch heb ik zo'n man eens een meerschuimen pijp weten accepteren, als een gewone douanier, wat wel bewijst dat men soms te veel geeft. Zij die daar telkens een mouw weten aan te passen, dat zijn je lui die de wereld regeren. En waarom zou ook dat mens van ons niet veranderd zijn terwijl toch de jaren iedereen wijs maken? Zij zag er op de markt niet uit als een die te veel heeft, want haar schoen was niet van de nieuwste. En waar onze grootste mannen hun best doen zou zij weigeren te nuttigen en liever de beest spelen als die burgemeester van Cork die zich koppig liet doodgaan van honger? Zulke gekken lopen er weinig."

Maar wat Boorman ook probeerde mij te overreden, ik bleef halsstarrig bij mijn mening dat het niet gaan zou of er moest iets gevonden worden dat aan zijn terugbetaling het karakter van een aalmoes volkomen ontnemen zou. Want ik behoefde slechts even te denken aan mijn laatste bezoek om 't schudden van haar hoofd terug te zien en haar verkillende uitspraak weer te horen "dat zij van mijnheer Boorman geen cadeau aannemen kon".

Hij dacht nu intens.

"Nu, zo moeilijk is dat niet," verklaarde hij eindelijk. "Ik heb mij eenvoudig vergist toen ik die factuur gemaakt heb. Wij kregen immers onze instructies van de United States General Press Corporation, of hoe heb ik die fictie toen gedoopt? Welnu, die mensen uit Chicago hebben in hun telegram een nul te veel gezet en daarmede is de zaak geklonken. En die Amerikaanse accountants hebben dat nu pas gemerkt. Wel wat laat, maar beter laat dan nooit zoals uw neef Jan gezegd heeft. Wij moeten echter spoed maken want het vijfde jaar loopt al en in handelszaken treedt dan verjaring in. Alleen zal het mooie verloren gaan want zij zal nooit weten dat ik uit vrije wil van dat geld gescheiden ben. Maar als het dan toch niet anders gaat ben ik voor eenmaal bereid alle ijdelheid van mij af te zetten, want dat been moet eronder. Het wordt dus een heel nieuwe berekening en wij zullen dan ook een nieuwe factuur moeten maken of liever een creditnota, iets op zijn Amerikaans, een of ander papier met zoveel stempels dat het haar voor de ogen schemert. Krijg even de kopie van onze factuur."

Ik ging lijdzaam aan 't zoeken in een brievenknip van vijf jaar terug en stelde hem spoedig het gevraagde ter hand.

"Je typt dus een nieuw stuk als volgt, ditmaal in 't Engels. Honderdduizend exemplaren tegen één centime per exemplaar, dat wordt duizend frank in plaats van tienduizend, of beter gezegd in plaats van negenduizend vijfhonderd, want ik zie nu dat ik haar een korting van vijf percent gegeven heb, maar die krijgt zij ditmaal niet, want het prijsverschil is nu al abnormaal.

Als wij 't bedrag van de clichés nu ongerept laten, want het zou verdacht zijn indien alles foutief was, dan staan wij voor een totaal van drieduizend tweehonderd zestig tegen elfduizend zevenhonderd zestig, zijnde voor haar een batig saldo van achtduizend vijfhonderd die ik haar in mooie biljetten onder de neus houd. Geparfumeerde biljetten, als dat helpen kan. Voorzie jij nu nog steeds de mogelijkheid dat het mens met die boodschappenmand zou weigeren te slikken? 't Is toch geen levertraan zou ik denken? Kom, kom, dat gaat er in als klokspijs. En maandag gaat het been naar de stratosfeer, dat zal je zien, of ik heet geen Boorman. Zorg dat je behoorlijk geschoren bent, en dan je donkere das, want nog steeds draagt je voorkomen niet altijd de stempel van onberispelijkheid die voor een man van zaken even gewichtig is als de verpakking voor een product. Je hebt soms iets van een intellectueel of zo en dat maakt de mensen achterdochtig. En je draagt je lintje, dat er geen is, alsof het met weerzin was. Je bent immers in 't vak, is 't waar of niet?"

Bij dikke Jeanne

Ik werd dus uitgerust met de creditnota en de negen biljetten, acht van duizend en een van vijfhonderd frank, die in een open enveloppe zaten om ze direct te kunnen krijgen.

"Ik zal een korte toespraak houden om haar voor te bereiden want onze geestverschijning en 't zicht van dat geld konden haar wel eens doen schrikken. En haar hart moet niet van de sterkste zijn, anders was zij heel gebleven. En op een teken van mij leg je nota en poen op die schrijftafel van haar, als zij die nog heeft. De bankjes naast elkaar, dan lijkt het nog meer dan het eigenlijk is. Het wordt een van haar mooiste dagen en die broodregen in de woestijn haalt er niet bij. En nu op weg."

Spoedig bereikten wij de eerste huizen van de rue de Flandre en even later het café van dikke Jeanne, waar nu een zwaar gepoederde lichtblonde vrouw op jaren voor 't venster zat te breien. Aan de overkant gaapte de gang die naar de smederij voerde.

Ik maakte een beweging in de richting van 't mens en vroeg of wij niet goed zouden doen daar eerst even aan te lopen. Zij betrok toch een permanente wacht vlak tegenover de enige toegang tot de smederij en ik herinnerde mij dat de zwarte jongens indertijd onder de beste klanten van haar voorgangster konden gerekend worden en dat hun daar een riem onder 't hart gestoken werd telkens als zij aan 't staken of opnieuw aan 't werk wilden gaan. Zij moest dus op de hoogte zijn van het nieuwste op het gebied van de liftenfabricage en je kon nooit weten of zij ons niet enige inlichting geven kon die ons dienstig zou kunnen zijn. Want hoe puik wij ook uitgerust waren, hoe zwaar de mokerslag van die negen biljetten ook aankomen zou, ik kon nog steeds het absolute vertrouwen van Boorman niet volkomen delen.

Nog voor deze toegestemd had wist zij al wat wij van plan waren, want zij legde haar breiwerk neer, dofte met beide handen haar vlassige raagbol op en ging postvatten achter de schenkbank.

Ik bestelde drie glazen port en om te bewijzen dat wij deel maakten van de oude clientèle vroeg ik hoe lang Jeanne al uit de zaak was.

"Welke Jeanne, vriendje?" En zij kwam belangstellend naast ons zitten.

"Zwart," verklaarde ik. "En dik. En vijf jaar terug."

Zij heette Jeanne en woonde hier al twaalf jaar. Of wij soms haar papieren wilden zien? Vijf jaar geleden wás zij zwart, maar dat was uit de mode. En of zij toen dik was? Zij stond op, kreeg een portret uit een sacoche en toonde ons dikke Jeanne in al de weelde die ik had meegemaakt. Zij had al menige weddenschap gewonnen van mensen die niet geloofd hadden dat zij het was. De suiker had haar zo vermagerd, want zij had maar even drieëntwintig gehad. Nu nog slechts tien, dus een kleinigheid. Zulke balken had zij toen. En zij trok haar oogzakken neer tot aan haar neusvleugels.

"Veel te zwaar was ik," concludeerde zij, "want ik heb nu nog meer dan genoeg." En de proef op de som zettend duwde zij in haar lenden zodat het restant van haar boezem weer tijdelijk tot boven in haar korset opwentelde.

Boorman deed de glazen nog eens vullen, zeggend dat zij gerust wat anders gebruiken mocht indien port soms schadelijk was wegens die suiker. Maar zij nam toch maar port omdat zij niets duurders had, verklaarde zij eerlijk, want zij zag dat wij heren waren. En bovendien had zij genoeg van dieet.

Ik zei dat ik haar weinig veranderd vond en vroeg dan maar dadelijk of de smederij nog marcheerde, waarop zij verklaarde dat het niet veel zaaks meer was. Vroeger bij momenten tot dertig mensen en nu nog drie. Aan nieuwbouw deden zij niet meer sedert de smid gestorven en zijn zuster geopereerd was. Alleen nog wat reparatie ten gerieve van de oude clientèle. Zij hadden veel tegenslag gehad. Het was anders een bekende zaak geweest want er was eens een beschrijving van opgenomen in de pers, met talrijke portretten van de smid en zijn zuster en van 't hele personeel. Er stond zelfs een diploma in. Of wij 't soms niet geloofden? Meteen haalde zij een grote vergulde lijst van de muur die zij aan Boorman ter hand stelde en die al onze illustraties bevatte, uit een van onze honderdduizend geknipt en keurig op een groot karton geplakt. Het vormde een symmetrisch ensemble, met in 't midden de grote groep van werklieden onder leiding van de meestersmid. Ongetwijfeld het werk van een vakman. Bovenaan stond met goud gedrukt:

Het Personeel van de Kunstsmederij P. Lauwereyssen
aan Jeanne Vermeersch.

Zij hadden haar dat prachtstuk op haar verjaardag geschonken. Allemaal jongens die zij gekend had. En of dat klanten waren. Van deze met zijn wenkbrauwen had zij indertijd gehoord dat er spraak was geweest van het omzetten in een maatschappij of iets van dien aard. Maar op 't laatste ogenblik moet er toen iets aan gehaperd hebben want alles was ten slotte bij het oude gebleven. Voor haar café was die teruggang een groot verlies geweest. Zij had nu weer gehoord dat mevrouw van plan was de hele boel publiek te verkopen, maar daar scheen óók weinig gang in te zitten want er werd maar niets aangeplakt. Jeanne mocht anders lijden dat het spoedig gebeuren zou want dan kwam er iets in de plaats waar zij misschien wat aan had. En of ook wij met de smederij wat te maken hadden? Toch geen deurwaarders? vroeg zij met een knipoogje.

Toen er niets meer uitkwam zette Boorman de lijst behoedzaam van zijn schoot alsof het een kind was, betaalde breed en gaf het signaal tot het vertrek.

"Dat bezoek heeft toch tot iets gediend," erkende hij, "want wij weten nu dat meester Lauwereyssen overleden is. Anders had ik zeker naar zijn gezondheid geïnformeerd en die vraag had ik bezwaarlijk goed kunnen praten, want van zulk een klant behoor je minstens te weten dat hij dood is. Eigenlijk jammer, want hoe meer iemand ten laste heeft hoe makker hij is, terwijl zij nu alleen staat. Maar als het zo slap is in haar smederij dan wint ons blauwe negental het zeker, dat is mijn pronostiek."

In de gang nog steeds een paar honden, maar niets bij de troep van vijf jaar terug. De keien waren mossig en werden blijkbaar veel minder belopen dan vroeger en de poort was in geen jaren geverfd. Na enig gesukkel draaide zij toch en verleende ons toegang tot de loods die nu veel ruimer leek omdat die grote stapels hoek- en plaatijzer opgeruimd waren. Bij een draaibank, links tegen de muur, stonden nog drie jongens die opkeken en jaknikten toen zij zagen dat wij de weg kenden naar de technische afdeling. Wij bleven nog even staan en tuurden door de glazen deur het hok in.

"Daar," fluisterde Boorman en wenkte met de ogen in de richting van een grote stapel tegen de achterwand. "Minstens nog negentigduizend," schatte hij, na de massa vluchtig gekubeerd te hebben. En daarop maakte hij open.

Zij was in ieder geval thuis, want niet zodra kraste de deur of zij meldde zich aan met het bekende "ik kom dadelijk". Meteen vernamen wij haar gestamp en opkijkend zagen wij de kruk die boven ons steun zocht op de eerste trede, gevolgd door 't houten en dan door 't andere been. Zij daalde rugwaarts, zoals zij indertijd al deed, maar nu in een maat van drie en in een tempo dat bewees dat zij praktijk had.

"Ziezo. En nu zwenken. Links!" commandeerde zij. En met een flinke gijp van haar kruk maakte zij front en keek ons aan. Zij opende reeds de mond, maar het gebruikelijke "dag heren" bleef haar in de keel zitten. Toch vond zij de spraak terug voordat Boorman zijn voorgenomen speech kon afsteken. En voor mij was het een opluchting eindelijk haar stem te horen, want dat gaf mij de zekerheid dat zij niet barsten zou.

"Ik heb er voorlopig nog genoeg, mijnheer Boorman," verklaarde zij gedecideerd en strekte de hand uit naar de stapel die wij zopas op negentigduizend hadden beraamd.

"Mevrouw," zei Boorman die zich inspannen moest om aan de gang te geraken, "wij maken het kort. Ik heb een treurige plicht te vervullen, want tot mijn groot leedwezen zie ik mij gedwongen u achtduizend vijfhonderd frank te restitueren en wel volgens instructies van de United States General Press Corporation waarvan de accountants nu pas ontdekt hebben dat er een fout zat in hun tarief voor extra-nummers en dat aardige bedrag hebt u dus van mij tegoed. Hier is de afrekening en tevens het geld. Mijnheer Laarmans, als ik u verzoeken mag."

Nauwelijks hoorde ik mijn naam of ik had mijn enveloppe al beet, haalde zijn biljetten tevoorschijn en legde ze naast elkander op de rand van haar schrijftafel. Een schouwspel om heiligen in verzoeking te brengen.

"Mijnheer De Mattos, of Laarmans of Lullemans of wat dan ook," siste zij, "stop die dingetjes gauw weer in uw boezem. Ik wens van mijnheer Boormans geld en van verdere bezoeken van u beiden verschoond te blijven, denkt erom."

Met een gloeiend gezicht keek ik Boorman aan.

"Geen kwestie van," verklaarde deze, "ik was het schuldig en heb met dat geld niets meer te maken."

Hij was nog niet aan 't eind van zijn zinnetje of zij kwam plotseling op ons afgezeild, zodat ik onwillekeurig terzijde ging, want ik vertrouwde haar kruk niet. Zij stuurde tussen ons door op de deur aan, draaide die op slot, trok de sleutel eraf en vormde een nummer aan de telefoon.

"Mijnheer Courtois?" vroeg zij met de intonatie van iemand die naar een bekende vraagt. En even later: "Het gaat nogal. Een beetje sukkelachtig, dat kan natuurlijk niet anders, of u zoudt mijn kruk moeten overnemen. Beste mijnheer Courtois, zoudt u niet dadelijk een van uw mannetjes naar mijn smederij willen zenden? Ik heb hier twee ongewenste bezoekers zitten die ik gaarne zou doen verwijderen want ik krijg ze er alleen niet uit. In orde? Dus die zwarte met zijn snor. Dank u. Kom eens inlopen, want er staat hier nog wat lekkers." En daarop ging zij tegen de deur aanleunen.

"Heren, als u spoed maakt kunt u er nog uit voor die agent hier is, want dat duurt nog wel een paar minuten. Maar eerst dat geld opbergen, nietwaar?"

Met een blik in mijn richting legde Boorman zich bij het onvermijdelijke neer. En niet zodra had ik ons blauwe negental van de tafel gegrist of wij werden zwijgend door haar ontslagen. En toen zij de deur achter ons dichtdeed moest ik even terugdenken aan de voorspelling van mijn neef Jan. Want met al onze drukte hadden wij toch even achter slot gezeten.

Op haar drempel stond Jeanne ons op te wachten. Haar verroeste dynamo had blijkbaar na ons heengaan onverhoopt een vonk verwekt, want van de overkant riep zij geestdriftig "dag François!" en wuifde ons hartelijk afscheid toe.

Van Kamp

"Van hier tot Peking gelooft dat niemand," verklaarde Boorman, "daar kan je staat op maken, ook zij niet die geloof hechten aan de oude verhalen van kerels die op brandstapels zouden gestorven zijn, liever dan ja te knikken. Die slons misprijst negen reuzenbiljetten, maar loopt de markt af door dik en dun, om uien en sla. Roept het geen wraak voor God dat iemand zo laag kan vallen? Ik zie echter het waarom niet, wat ik mij ook suf denk. Alleen wordt het mij steeds duidelijker dat zij vies van mij is zoals ik vies ben van snot. Vies van mij en van alles wat door mij is aangeraakt. Zij vindt mij niet koosjer. Maar dat zij het laatste woord niet krijgt daar kan zij op steunen als op haar kruk. Ik had nooit moeten beginnen, maar nu ik eenmaal zover ben zal ik niet buigen voor haar tirannie en met mijn geld neemt zij haar been terug, waar ik meer dan genoeg van heb. Is het niet ongehoord dat het lastiger kan zijn een som aan iemand kwijt te raken dan ze aan hem te verdienen? En behoorde die fanatieke geestdrijfster niet onschadelijk gemaakt, niet achter slot en grendel te worden gezet? Want zijn niet alle mensen broeders? En is vooruitgang denkbaar voor een maatschappij waaraan zulke wormen knagen? Zij loopt natuurlijk de kerk plat, spoedt zich op Asdag om een kruisstempel, maar is niettemin uit plaat- en hoekijzer getimmerd, net als haar liften, want dat weigert halsstarrig overeind te worden gezet door wie haar te goeder trouw onder de wielen heeft gereden. Het moet anders zelden voorkomen dat iemand opdaagt met een zoenoffer zo vet als dat negental. En als tegenprestatie werd niet eens een danklied gevraagd. Zij moest alleen maar happen. Denkt zij dan dat ik mij neerleg bij haar besluit dat zij voor de rest van mijn dagen jurisdictie zal uitoefenen over mijn rust, mij naar willekeur zal doen juichen of jammeren op de maat van haar pikkel? Neen, dat geld zal haar van ambtswege worden opgegeven als water op de folterbank. En met ieder nieuwjaar zal zij mij haar naamkaartje zenden met een onderdanig woord, als een laat."

"Neem mij niet kwalijk, Laarmans, dat ik je overal mee naartoe sjouw, maar je bent de enige die 't heeft meegemaakt van in 't begin en mocht het nodig zijn dan kan jij later getuigen dat ik niets onbeproefd heb gelaten. Maar werk intussen moedig door aan ons geliefd Wereldtijdschrift. Ik ben nu verplicht dat mens te dagen want ik zie geen andere weg en mijn eerste etappe is dus Van Kamp die mij als deurwaarder sedert jaren de grootste voldoening geeft."

Van Kamp luisterde, noteerde het bedrag waar het om ging en vroeg dan of zij solvabel was. Een actie tegen een schuldenaar zonder middelen raadde hij sterk af, want per slot van rekening kon Boorman wel eens met al de kosten blijven zitten.

"Maar dat mens is mij helemaal niets schuldig," protesteerde Boorman, die ongeduldig werd.

"En dat bedrag van achtduizend vijfhonderd frank dan, waar u 't over hebt?"

"Is het dan toch zó moeilijk, mijnheer Van Kamp? *Ik* ben *haar* dat geld schuldig heb ik toch gezegd."

"Waarom betaalt u dan niet?" vroeg de deurwaarder.

Boorman keek mij wanhopig aan.

"Omdat zij 't geld niet wil aanvaarden, mijnheer Van Kamp," zei ik sussend. "Deed zij het wél, dan zou immers een beroep op uw tussenkomst volkomen overbodig zijn?"

Van Kamp borg zijn gezicht even in zijn handen als overviel hem een duizeling.

"Maar als zij 't geld niet hebben wil, dan bent u ook niets schuldig," wierp de man tegen, "of word ik onnozel?"

"Dat," zei Boorman, "is een zaak die ik alleen te beoordelen heb. En ben ik eenmaal overtuigd van het tegendeel, dan moet ik kunnen betalen, zelfs aan een die niet betaald wil worden. Of moet ik soms goedvinden verder rust noch duur meer te kennen, bereid zijn dag in dag uit om te dragen wat mij niet toekomt? Geen kwestie van. Zoals de hele staatsmachine mij terzijde moet staan om te doen betalen wie niet betalen wil, zo moet zij ook die schuldeiser, die niet eisen wil, helpen binden om hem die purgatie in te geven, hem mijn banknoten op de buik te plakken als een affiche op een gevel. En van die machine zijt gij de grijpemmer, of zijt gij dat niet? Maak het dus kort, meester Van Kamp, als ik u verzoeken mag, en instrumenteer vandaag nog als het kan. En waarom lacht u eigenlijk?"

"Waarde heer Boorman," zei Van Kamp, "ik heb nu al pret als ik bedenk wat het worden zal indien zij volhardt in haar weigering. Stel u even voor dat die zaak werkelijk voorkomt en dat Teugels die als rechter verwerken moet. Zijn zenuwen zijn al niet van de sterkste en hij krijgt natuurlijk delirium voordat hij snapt waar het eigenlijk om te doen is. Die operette maakt in ieder geval een volle zaal en ik kom zeker kijken. Mijnheer Boorman, uw wil geschiede, maar zoiets. Neen, dat gelooft niemand."

"Van hier tot Peking niet," vulde ik aan.

"Goed gezegd mijnheer," beaamde Van Kamp. "Maar ik kan mij toch niet voorstellen dat zij 't niet neemt als ik het haar kom brengen. Want u zult mij het geld moeten toevertrouwen."

"Mijnheer Laarmans, als ik u verzoeken mag." En op een wenk stelde ik Van Kamp onze enveloppe ter hand.

"Mijnheer is mijn secretaris," lichtte Boorman toe.

Van Kamp telde het bedrag na en bekeek dan de biljetten aandachtig, een voor een.

"En dat pakje werd door dat mens geweigerd," overwoog hij dromerig. "Zeer eigenaardig. Iets zonder precedent. Heeft zij dan gevreesd dat er een adder in zat? Maar ik denk dat zij het ditmaal aanvaardt, want het is nog iets heel anders wanneer je door een gerechtelijk ambtenaar aangezegd wordt. Een aanzegging om zulke prachtige spullen in ontvangst te nemen. Meer iets voor een gekkenfeest. Hoe heet ook alweer dat fenomeen? En het woont? Als u nog even de tijd hebt stel ik het exploot direct op, dan kunt u nazien of het klopt, want het is iets om onpasselijk van te worden. Ik heb het gevoel dat ik op mijn hoofd behoorde te staan om het perfect te kunnen formuleren."

Hij ging nu plechtig aan zijn schrijfmachine zitten en sloot even de ogen.

"Is het een nette vrouw?" vroeg hij opeens. "Niet wat gedrag betreft, maar natuurlijk van een commercieel standpunt. Ik bedoel iemand waar een koopman zoals u respect voor heeft. Dan zou het aanbeveling verdienen eerst nog even een tegemoetkomende houding aan te nemen, haar dus eerst nog eens aan te manen goedschiks te betalen, ik bedoel te komen incasseren. Als wij haar nu eens een week gaven om naar Canossa te gaan? Daagt zij niet tijdig op, dan krijgt zij maandag mijn exploot bij haar ontbijt. U zijt natuurlijk niet in 't minst verplicht zoveel consideratie te gebruiken, maar komt het werkelijk tot een proces dan zal die bezadigdheid van u de rechtbank zeker welgevallig zijn. Waar een nederige intrede, een uitdrukking van berusting, waar alles van belang is bij 't verschijnen voor een magistraat die vermoeid kan zijn, ziekelijk soms, ontevreden omdat hij vegeteert of het thuis niet naar zijn zin heeft, of die daags tevoren aan een feest heeft meegedaan, daar is een blijk van inschikkelijkheid jegens uw tegenstander zeker iets dat bijdragen kan om hem gunstig voor u te stemmen. Ik verzeker u, mijnheer Boorman, dat zelfs een zindelijk voorkomen invloed hebben kan en wie zich niet eens de moeite geeft zich voor die plechtigheid te scheren loopt gevaar niet alleen te betalen omdat hij ongelijk heeft, maar bovendien omdat hij zich permitteert daar met een baard te staan. Want of iemand nu wint dan wel verliest, dat moment behoort in ieder geval in de eerste plaats voor hem een plechtigheid te zijn, net zo goed als zijn huwelijk. Die heren zien ongaarne dat iemand aanstellerig doet omdat hij al te zeker is van zijn overwinning en zich gedraagt als wist hij dat die man in 't zwart niet meer is dan een marionet die de mallemolen van onze wetgeving, ook tegen wil en dank, te zijnen gunste aan 't draaien moet brengen. Een kraaiende haan hindert die toga. Is uw zaak gezond, uw recht onaantastbaar, en verschijnt gij niettemin als een geslagen maar zindelijke hond die op 't eerste signaal zal kwispelstaarten maar die intussen zijn hart vasthoudt van ontzag voor Themis en haar dienaren, dan vindt het hof er behagen in u onverhoopt met bewijzen van rechtvaardigheid te overstelpen, u te doen opspringen van dankbaarheid. Ik kan u dus slechts de raad geven haar eerst nog even door mij te laten aanschrijven."

Toen Van Kamp wilde beginnen keerde hij zich plotseling opnieuw naar ons toe.

"Verduiveld, dat ik daar niet dadelijk aan gedacht heb. Een enige gelegenheid, mijnheer Boorman," verklaarde hij in vervoering. "Ik zal haar een Reële Offerte maken ofte Aanbod van Gerede Betaling. De eerste van mijn loopbaan en ik doe al iets als dertig jaar mee. U boekt een geweldig succes."

"Ik zou vooral willen betalen," zei Boorman.

"Juist, daar stuur ik regelrecht op aan. Even mijn codex raadplegen. Aanbod van Gerede Betaling, of A.G.B. om het op zijn Amerikaans uit te drukken. Kijk, hier heb ik het al. Een van die formules uit de goede oude tijd waar geen speld tussen te krijgen is. Ik ga haar het geld zelf brengen met het volgende stuk waarin ik onder andere uw negen biljetten omstandig beschrijf, met nummer en al. Ten verzoeke van enzovoort, ten deze woonplaats kiezende enzovoort, heb ik ondergetekende deurwaarder enzovoort aanbod van gerede betaling met klinkende penningen gedaan aan mevrouw enzovoort. Heerlijk is het. Zijnde in haar woonplaats. Ziet u het komen, mijnheer Boorman? En er sprekende met enzovoort, de som van achtduizend vijfhonderd frank welke de heer Boorman voornoemd aan mevrouw Lauwereyssen voornoemd schuldig is zoals blijkt uit..."

"Uw schuld is natuurlijk bewezen?" onderbrak Van Kamp zichzelf. "Hebt u geen bescheiden waaruit blijkt dat zij het bedrag van u tegoed heeft?"

"Ik heb haar indertijd die som bij vergissing te veel in rekening gebracht," zei Boorman aarzelend. "Bewezen kan dat moeilijk worden, maar was het niet waar dan zou ik haar immers dat geld niet opdringen? Ik heb echter deze creditnota gemaakt, als u die soms gebruiken kunt."

"Beter dan helemaal niets," meende Van Kamp na inzage. "Komt het tot een proces, dan geloof ik niet dat de rechtbank zal aandringen want een dergelijke actie zou onverklaarbaar zijn indien u niets schuldig was, of 't zou daarbinnen bij u niet in orde moeten zijn. Dat er psychiaters bij te pas zullen komen lijkt mij, eerlijk gezegd, volstrekt niet uitgesloten, want minstens één van de partijen is maanziek. Immers, als zij het werkelijk tegoed heeft dan behoorde zij onder curatele gesteld. En bent u het haar niet schuldig dan is een verblijf in een sanatorium voor u zeker aan te bevelen. Zoals dus blijkt uit bijgaande creditnota. In betaling van hogergenoemd bedrag heb ik haar negen gangbare en ongeschonden bankbiljetten van de Nationale Bank van België aangeboden. Acht biljetten van duizend frank, gedateerd en genummerd als volgt enzovoort en één biljet van vijfhonderd frank, hier eveneens datum van uitgifte en nummer. Want niet alleen kan zij beweren dat u nooit hebt aangeboden te betalen, en daarom ga ik in uw plaats, maar eveneens dat u zich hebt willen kwijten met objecten die zij niet verplicht was in betaling te aanvaarden. Ik heb dan ook uw biljetten een voor een gekeurd als rekruten en alle negen geschikt bevonden om dienst te nemen. Geen scheur, geen vlek, geen twijfelachtige tronie. En door mijn beschrijving ervan verkrijgt elk een eigen persoonlijkheid die niet alleen duidelijk zegt dat het volkomen instaat voor het nominale bedrag waarvoor wij het betrekken in de aflossing van het geheel, maar die haar verhaal op u geeft voor ieder van die negen enkelingen waarvan later tóch zou blijken dat er een luchtje aan was. Begrepen? Dat is nu ons goede, oude A.G.B. Er komt nog wat hekserij bij te pas, maar die bespaar ik u. Dat krijgt zij nu morgen voorgeschoteld en mocht zij zich aanmatigen die keurbende af te stoten dan ga ik onverwijld over tot dagvaarding. Met dat al vraag ik mij nog steeds af of ik niet droom en was het de eerste april, ik deed er beslist niet aan mee."

"Die zaak is voor u gewonnen," verzekerde hij bij 't afscheid, "want tegen ons A.G.B. is niemand bestand. De enige schaduw is de zwakke bewijskracht van uw creditnota. Stempels genoeg, maar geen ruggengraat.

De minste kribbeling van haar hand zou dienstiger zijn dan dat mooie stuk van uw eigen fabricage. Maar als Teugels zetelt komt het zeker in orde."

"Met dat mens is niets te beginnen," erkende Van Kamp loyaal toen wij een week later om informatie kwamen. "Een unicum is het. Zij wil met de heren Boorman, Laarmans en Demattos niets te maken hebben, meer is er uit haar niet te krijgen. Mijnheer Laarmans is uw secretaris als ik mij goed herinner?"

Ik knikte bevestigend.

"Maar van die Demattos wist ik niets af want u hebt die niet vernoemd en mijn A.G.B. is dus enkel in naam van de heer Boorman opgesteld. Mochten echter die beide andere heren in de zaak geïnteresseerd zijn en óók een deel van hun geld aan haar kwijt willen, dan moet ik opnieuw beginnen."

"Dat is overbodig," verzekerde Boorman. "Ik alleen ben haar het bedrag schuldig, maar die vrouw heeft tegenslag gehad en raaskalt wel eens."

"Raaskallen deed zij eigenlijk niet," meende Van Kamp. "Zij verklaarde alleen maar dat zij met u en uw geld en uw asem generlei contact wil hebben. Ik heb haar doen opmerken dat die asem hier niet te pas kwam en dat zij zich vergiste wat uw geld betreft want ons A.G.B. is toch geen fata morgana zou ik denken en of zij nu wil of niet schept die tussen u beiden een band die zo reëel is als de offerte zelf en die eventueel met het zwaard moet doorgehakt. Maar wat ik ook zong en uw banknoten een menuet dansen deed, zij luisterde niet en was ik geen deurwaarder geweest dan had zij er mij door de politie doen uitzetten. Eerlijk gezegd was ik blij toen ik weer veilig in de straat stond want haar kantoor is zo eng dat je er nauwelijks uitwijken kunt, zoals u wel zult weten, en zij manœuvreerde met die kruk als met een handspaak. Hier hebt u de kwitantie van de Consignatiekas waar uw biljetten gedeponeerd zijn. Breng die mede, mijnheer Boorman, dan kunt u tenminste het reële van uw offerte voor de rechtbank bewijzen en daar een eind aan de zaak maken, want ik heb haar natuurlijk gedagvaard en de zaak komt twintig juni voor de derde kamer van de Rechtbank van Koophandel, tweede verdieping, derde gang rechts. Om negen uur present zijn, denk erom, want verstek is geen ijdel woord. Een advocaat is volgens mij overbodig, want al is die creditnota een beetje flauw, uw zaak is verder zo kerngezond als ongehoord en ik kom zeker kijken. Trouwens, al de advocaten van Europa kunnen van die creditnota niets anders maken dan wat zij is."

Boorman had de kwitantie werktuigelijk in ontvangst genomen. Toen de deur echter voor ons werd opengemaakt bekeek hij het papier van naderbij en vroeg wat er nu met zijn biljetten te gebeuren stond.

"Die blijven op de Consignatiekas berusten tot zij afgehaald worden door mevrouw, hoe heet zij ook alweer?" vroeg Van Kamp.

"En als zij weigert het geld in ontvangst te gaan nemen?" wilde Boorman weten.

Van Kamp klopte hem op de schouder.

"Maak u daarover maar niet ongerust," lachte hij. "Inertie is de hoofddeugd van die kas en na dertig jaar wordt het bedrag eigendom van de staat. Maar niet zodra is het vonnis geveld of u bent van iedere verplichting tegenover dat wijf ontheven en nog dezelfde dag kunt u als een pauw voor haar deur gaan wandelen als u daar plezier in mocht vinden. Als zij tenminste verliest."

"Maar als zij verliest," drong Boorman aan, "wordt zij dan niet onder gewapend geleide naar het loket van die kas gevoerd om zich daar het geld in haar boodschappenmand te zien stoppen?"

"Neen, dat gaat niet," lachte Van Kamp. "Lijfsdwang is hier niet voorzien. Wil zij 't niet afhalen dan houdt die kas zich dertig jaar stil alsof er niets in zat, maar dan braakt zij uw geld plotseling uit en het wordt door de gemeenschap in bezit genomen en verteerd, als door een maag. Voor u blijft dat precies hetzelfde, is 't waar of niet?"

"Maar ikzelf, hoe krijg ik het terug," wilde Boorman weten, "want halen doet zij het nooit en ik ben niet van plan het bezit van de gemeenschap aan te dikken. Op die manier kom ik nooit van dat been af."

"Been, zegt u? Welk been?" vroeg Van Kamp. En hij keek ongerust van de een naar de ander.

"Hoe kom ik weer in 't bezit van mijn geld?" vroeg Boorman terug.

"Ja," overwoog de deurwaarder, "u komt eenvoudig nooit weer aan dat geld, of u zoudt uw proces moeten verliezen. Dan alleen kan ik het terughalen, want als haar vordering niet erkend wordt dan heeft ons deposito geen zin. En moeilijk is dat verliezen niet. Als u bijvoorbeeld niet verschijnt of die creditnota helpt afbreken, die toch al niet veel om het lijf heeft. Maar dan kon ik de zaak evengoed van de rol doen schrappen en dat zou jammer zijn. Zo'n pracht van een A.G.B. Ik kom in ieder geval luisteren, daar kunt u staat op maken."

Wij verlieten het kantoor en liepen zwijgend zij aan zij. Het kon niet anders of Boorman voelde nog dieper dan ik dat Van Kamp hem moedernaakt in de jungle van de jurisprudentie had achtergelaten.

"Hem treft geen verwijt," verklaarde hij opeens. "Van Kamp is zo onbesuisd met zijn A.G.B. van wal gestoken omdat hij niet kon vermoeden dat zij volgens de menselijke wet niets van mij te vorderen heeft. En toch kon ik hem onmogelijk opheldering geven want hij twijfelt nu al aan mijn geestesvermogens. Je hebt toch gemerkt dat hij bijna in elkaar zakte onder de eerste aanraking van mijn been? Alles komt op mijn eigen hoofd want ik heb een bloedschuld aan de onbeholpen dienaren van de geschreven wet der gemeenschap ter vereffening toevertrouwd en die moeten die schim nu met wetboeken verpletteren, onder gezegeld papier verstikken. En dat gaat niet, Laarmans. Heel dat apparaat van brede mouwen, toga's en beffen krijgt die diepzittende distel niet uit haar hart, ook niet met de hulp van hun drieduizend wetsartikelen. Zij had moeten doodgaan. Niet aan dat ontbrekende lid, want dan werd het nog erger, maar geheel toevallig, door verkoudheid of door een tram of zo. Nu zij echter in leven blijft behoorde ik het op een knieval te gooien, op iets met een bekentenis en tranen. Werd ik er dan tóch nog uitgetrapt dan zou het been misschien verzwinden, ook zonder dat er geld aan te pas kwam. Waar haal ik echter de moed? Stel je voor dat ik daar in het stof aan haar voet zit, want zij heeft er maar één, en dat ik misbaar maak en om vergeving smeek. Dat mens zou dat hurken niet eens vertrouwen en denken aan een overgangspose, aan 't kruipen van een dier, aan 't voorspel tot een verkrachting. Ik moet blijk geven van redelijkheid. Alles is mij in het leven medegelopen, maar dat ene wordt mij nu eenmaal niet gegund, want de eerste maal dat ik van het rechte spoor afwijk sta ik te slaan als een blinde naar een ei. Laat het een les voor u zijn. Wij mensen van zaken moeten het geld en de vervloekingen gelaten als ons deel accepteren en malligheden als deze overlaten aan die daartoe geroepen zijn en die als het Rode Kruis kunnen nakomen. En toch zou een smeekbede een kans hebben geboden, hoe gering ook, want het hart luistert slechts naar het hart. Het zou echter te mooi zijn als voor iedere roeier uit onze galei de redemptie van een been kon volstaan als tegenhanger voor al de posten van zijn boekhouding. Gelukkig de leden van de gemeenschap van Rome die dat klaarspelen met de biecht, zonder knieval en zonder geld. Ook begrijp ik niet dat uw neef Jan mij niet dadelijk tot een confessionele ontlasting heeft uitgenodigd. Dat lag toch voor de hand, want hij kon niet weten dat ik er niet aan doe, terwijl zijn proneren van wezenlijke restitutie meer iets voor een heiden is, dunkt mij. Is hij wel gezalfd? En zo rest mij dus niets anders dan de schotel die Van Kamp zo geestdriftig heeft toebereid. Wat moet ik nu beginnen? Pleit ik voor haar en tegen mijzelf, dan krijg ik de som terug en kan die weer opbergen, maar dan sluit ik tevens dat ding in huis op. Dan is het nog beter dat A.G.B. niet te verloochenen en samen pal te staan. Sluit de kaak van de Consignatiekas zich voorgoed over mijn geld, dan heb ik toch gedaan wat ik kon en leef dan maar verder in de hoop dat de verleiding haar eindelijk te sterk wordt en dat zij op een mooie dag, vermomd desnoods, tot aan het loket wandelt om dat neutrale monster ongezien te ontlasten van wat zij uit mijn vervloekte handen niet heeft willen aanvaarden."

Teugels

Twintig juni dreigde te worden wat negentien was geweest, een snikhete dag, maar om negen uur ging het nog want de derde kamer van de Rechtbank van Koophandel was pas gedweild en lag in de schaduw. De zaal was aardig bezet met mensen van allerlei slag en van beider kunne die óók op twintig juni om recht kwamen. Talrijke toga's stonden vooraan of wandelden langs de wand en schenen goedgehumeurd want een kleine werd bij het binnenkomen door een paar confraters beetgepakt en een tijdlang geknuffeld. Nu en dan wuifde er een als hij zijn cliënt onder de menigte gewaarwerd en een paar drongen zelfs tot bij hun mannetje door en pompten hem met grote gebaren nog gauw wat moed in. Hun handen dansten nerveus, bezwoeren, dreigden, smeekten en drukten meer smart, geestdrift en verontwaardiging uit dan enige menselijke stem. Pas waren wij goed gezeten of ik vernam achter ons het bekende gestamp van hout op hout en onze tegenstander kwam binnen. Een deel van 't publiek, dat zeker aan enig signaal had gedacht en maar vast was opgestaan, ging weer zitten naargelang zij door de gang vorderde die de linker- van de rechterbanken scheidde. Toen zij halt maakte werd haar dadelijk een plaatsje ingeruimd op de eerste rij, de enige waar breedte genoeg was om haar pikkel te kunnen uitsteken.

Om kwart over negen ging een schelletje, een stem riep "het Hof!", de toga's bedaarden, het publiek stond recht en het hof kwam werkelijk uit een zijdeurtje tevoorschijn als uit een sacristie. Het bleek te bestaan uit twee mannen, een dikke en een gewone, die een lijvig pak voor zich neerlegden, twee zetels tegen hun billen aantrokken en behoedzaam gingen zitten. Al de aanwezigen zaten mee.

Er kwam nu een mindere man binnen met een lijst, die de namen afriep van de koppels die nog vóór twaalf uur in het krijt moesten treden en daarop schoven enkele toga's tot bij de rechtbank en brouwden daar nog wat met gefluister en papieren. Eindelijk scheen dan de hutspot gereed te zijn en de eerste twee werden opgeroepen. De anderen keken aandachtig toe om door het wedervaren van dat eerste paar een idee te krijgen van wat hunzelf te wachten stond.

Om tien uur deed de zon haar koninklijke intrede door vijf reusachtige vensters en om elf uur dook Van Kamp op en kwam naast Boorman zitten.

"Tweeëntwintig zaken. De uwe komt tegen half twaalf voor," lichtte hij in. "Dat heb ik zo in orde gemaakt omdat ik niet vroeger hier kon zijn. Ik heb nog moeten lopen. En 't is waarachtig Teugels, zoals de griffier mij beloofd heeft. Kijk, hij begint het al benauwd te krijgen. Zweten maar," moedigde hij aan.

Het werd dan ook zeer warm in de zaal, zodat even een deur werd opengezet maar spoedig weer dichtgedaan wegens het lawaai in de gang. De dikke man frutselde herhaaldelijk aan zijn bef, zeker omdat zijn toga te vast om zijn hals sloot en had een zakdoek naast zich op de tafel gelegd.

"Hij gaat er kort spel mede maken," zei Van Kamp. En waarlijk, de pleiters werden nu in een minimum van tijd naar huis gezonden. Een paar krachtige vragen, enig overleg met de gewone man die naast hem zat en dadelijk daarop een uitspraak. Terwijl een vrouw nog bezig was haar geval op te helderen en naar nieuwe bewijsstukken in haar sacoche zocht, werden met donderende stem de volgende twee al opgeroepen.

"Boorman tegen Lauwereyssen," klonk het opeens en de tegenstanders gingen zij aan zij voor Teugels staan.

"Jammer van dat gebrek," meende Van Kamp, "want dat had een gelukkig paar kunnen worden. Even groot, even oud en beiden goed in hun geld, want geld heeft zij, dat kan niet anders."

Teugels doorliep intussen vluchtig de dagvaarding.

"Het gaat dus om een bedrag van achtduizend vijfhonderd frank," overwoog hij hardop. En zich tot haar wendend met een tikje voorkomendheid, zeker wegens de kruk, vroeg hij waarom zij niet betaalde.

Van Kamp stiet mij grinnikend aan.

"Waarom ik niet betaal?" vroeg zij lachend terug.

"Mevrouw," zei Teugels nadat hij zijn zakdoek gekregen had, "ik heb nog zeven zaken af te handelen. En enige eerbied voor de rechtbank is hier gewoonte. Aan lachen heb ik niets, maar als u mij even kalmpjes zegt wat de reden is van uw weigering, dan komt er spoedig klaarheid. U staat hier immers niet voor een vijand."

"*Ik* moet betalen, zij niet," verklaarde Boorman die de man met geweld op 't goede spoor wilde zetten.

Teugels keek eerst mevrouw Lauwereyssen aan die echter aan haar lachen niets toevoegde en richtte dan zijn blik op Boorman.

"Ik dacht dat u eiser was?" vroeg hij.

"Zo is het."

"Maar wat eist u dan eigenlijk?" klonk het zenuwachtig.

"Te mogen betalen."

Van Kamp kon nauwelijks blijven zitten en bewerkte voortdurend mijn ribben met zijn elleboog. De toga's waren uit diverse hoeken losgekomen en gingen als zoveel zwarte vogels belangstellend over de leuning hangen die het podium van de zaal afsloot.

"De dagvaarding zou dus het werk zijn van de partij die betalen wil," overwoog Teugels, na 't grofste van zijn zweet te hebben opgeruimd. "En de verweerder?"

"Die wil niet," lichtte Boorman in.

"Wát wil die niet," vroeg Teugels terug.

"Ontvangen."

Teugels ging achterover in zijn zetel liggen, keek ongerust van eiser naar verweerder en dan naar de man die naast hem zat en die het dossier nader begon in te kijken. Een van de toga's had blijkbaar een mop getapt want een gedempt lachen liep door hun zwarte rij.

"Heren, alsjeblieft," klonk het vermanend. En zich bijna smekend tot verweerder richtend:

"Kom, mevrouw, neem het geld aan, dan is alles opgelost."

Van Kamp duwde geweldig.

"Er is een Aanbod van Gerede Betaling gedaan," berichtte opeens de gewone man. "Het bedrag is gedeponeerd op de Consignatiekas. Dat blijkt uit een exploot van deurwaarder Van Kamp."

Bij die naam kwamen al de hangende toga's overeind, keerden zich om en keken mijn buurman bewonderend aan. Eén liet even zijn hand als een waaier gaan en daarop wendde de hele rij van zwarte dienaren zich weer naar het altaar toe.

"Het geld ligt dus tot uw beschikking, mevrouw," zei Teugels die een uitweg dacht te zien. "En ik maak eiser mijn compliment voor zijn eerlijkheid die ik overdreven zou noemen als een dergelijke kwalificatie bij het begrip eerlijk passen kon. In ieder geval komt zoiets in de handel nooit voor, zover ik weet. Neen, dat zou haast niemand geloven."

"Van hier tot Peking niet," mompelde Van Kamp.

"Pardon," sprak nu verweerder, "wil u mij dan ook

even zeggen of ik door iemand die mij rotte appelen geleverd heeft gedwongen kan worden mijn geld terug te nemen als ik dat rotte goed liever behoud?"

De kleine toga, die om negen uur geknuffeld was, proestte het uit en verliet de zaal. Teugels verbleekte. Die bedorven vruchten maakten hem blijkbaar nog misselijker dan hij reeds was. Voor hij echter iets zeggen kon fluisterde de gewone man hem iets in 't oor dat aandacht scheen te verdienen.

"Is de schuld bewezen en erkend, mijnheer?" vroeg hij.

"De creditnota," siste Van Kamp. "Als die klip omgezeild wordt is de zaak gewonnen."

"Ik erken niets," verklaarde verweerder gedecideerd. "Hoogstens trek ik die rotte appelen weer in, al was het geleverde niet veel beter."

Teugels overlegde nu gejaagd met zijn helper en een wetboek werd geraadpleegd.

"Uitgesteld tot twintig oktober," verklaarde hij met stralend gezicht. "Mijnheer, u hebt vier maanden tijd om te bewijzen dat uw schuld effectief en erkend is, want in het dossier zijn hiervoor geen afdoende bescheiden voorhanden." En hij pakte zijn zakdoek beet.

"Vernimmen tegen Hopstaken!" klonk het door de zaal.

De verkoping

Daar de creditnota nu eenmaal te min bevonden was en hij geen kans zag om een effectief en erkend bewijs van haar vordering uit de grond te stampen, had Boorman moeten goedvinden dat de zaak ten slotte van de rol werd geschrapt, waarna Van Kamp er niet zonder moeite in geslaagd was de negen bankbiljetten weer tussen de tanden van de Consignatiekas los te pulken en aan Boorman te restitueren.

Het werd nu stil rond het been en ik begon te hopen dat het langzamerhand door het zwavelzuur van de tijd zou worden opgelost, toen ik na een maand of vier een speciaal bezoek kreeg van Boorman, gewapend met een dagblad waarin hij een notariële bekendmaking had aangestreept.

"Ditmaal moet zij eraan geloven, Laarmans, kijk maar," en hij smakte het blad geestdriftig voor mij neer.

Het bleek een van die berichten te zijn waar 's zondags de bladen vol van stonden en waarin werd meegedeeld dat notaris Viaene daags nadien om tien uur voormiddag zou overgaan tot de publieke verkoping van een perceel gelegen aan de rue de Flandre, groot vijfhonderd dertig vierkante meters volgens kadaster, met woning en werkplaatsen, zijnde de vanouds bekende smederij P. Lauwereyssen, in goede staat van onderhoud, benevens de volledige inventaris bestaande uit diverse machines en gereedschap, onder andere een verticale stoommachine van 30 pk met ketel, vier draaibanken, twee boormachines, een tandsnijmachine, een punchmachine, drijfriemen en transmissies, zes aambeelden, talrijke hamers, vijlen, schroefdraaiers, klinkhamers, ongeveer zevenduizend kilogram plaat- en hoekijzer, vijftienhonderd kilogram profielijzer, een blaasbalg, een brandkast, ongeveer vierduizend vijfhonderd kilogram oud papier enz. enz. Dagelijks te bezichtigen van twee tot vier.

Toen ik die lange straat eindelijk uit was begreep ik nog steeds niet waar zij nu eigenlijk aan geloven moest en ik zag niet in dat in heel die verkoping enig element aanwezig was waardoor de strijd tegen het been, dat mij stilaan de keel begon uit te hangen, ten gunste van Boorman beslecht zou kunnen worden. Eerlijk gezegd maakte mijn gewezen patroon mij ongerust. Dat hij een poging gedaan had om die aderlating van vijf jaar terug door een transfusie weer goed te maken, dat was tot daaraan toe, maar na ons bezoek op haar kantoor en 't voorleggen van dat geld was hij, in mijn ogen althans, van iedere smet gezuiverd en heel dat proces had ik overdreven gevonden. Maar dat begreep ik tenminste, terwijl ik de redeloze geestdrift, die hij uit deze publieke verkoping putte, niet minder dan beangstigend vond. Ik schoof het dagblad dan ook van mij af en schudde het hoofd.

"Snap je 't niet?" En hij pakte mij vriendelijk in mijn nek.

"U soms wel?" vroeg ik.

"Waarlijk, je bent niet voor detective in de wieg gelegd, Laarmans. Is er dan niet in de opsomming van die inventaris iets eigenaardigs? Je schokschoudert? En die vierduizend vijfhonderd kilogram oud papier dan? Vierduizend vijfhonderd kilo afval van vis zou jij zeker ook normaal vinden? Het gaat hier toch niet over het opruimen van een drukkerszaak? Of dacht jij soms dat er in de hele wereld één smederij bestaat met zulk een voorraad oud papier. Die vind je niet eens bij Krupp in

Essen. Voel je 't nu nog niet? Maar wat kán dat anders zijn, jongen, dan het restant van onze honderdduizend? Het gewicht klopt met onze beraming want tegen vijftig gram per exemplaar komen wij tot negentigduizend stuks, is 't waar of niet. Wat zij met de tienduizend ontbrekende uitgevoerd heeft, dat mag de hemel weten."

"Maar ik zie geen verband..."

"Geen verband? Ik *koop* dat oud papier. En zo wordt mijn geld haar in de handen gestopt door haar bloedeigen notaris, samen met de globale opbrengst van de massa en geen heks die in staat is mijn aandeel uit de hoop te ziften. Geld is geld. Die notaris zal opkijken, want niet zonder reden komt dat papier helemaal achteraan. Het is er slechts bijgezet omdat zij die reuzenstapel niet over 't hoofd konden zien, maar veel wordt er niet van verwacht, temeer daar het weghalen een heel karwei is en de lonen duur zijn. Je moet het gaan meemaken want het wordt de triomf. En van 't notarishuis gaan wij samen naar de Faisan Doré, op mijn kosten. Als je een aardige meid kent mag ze mee."

Het was zo helder als waar en ik stond dan ook verbluft over mijn stompzinnigheid. En tevens vroeg ik mij af waar die man de kracht vandaan haalde om onvermoeid een doel te blijven najagen dat mij van in 't begin absoluut onbereikbaar voorgekomen was, tot het zich eindelijk tóch scheen te laten benaderen. Koppigheid was het en niets anders. Hij wilde, als altijd, het laatste woord hebben. Want ik vond het ondenkbaar dat hij nog steeds in dienst van het been was, omdat toch opwellingen van naastenliefde meestal van voorbijgaande aard zijn.

Toen wij binnenkwamen zaten een vijftigtal mensen gereed, waaronder verscheidene stevig uitziende kerels die door mij direct onder de smeden werden ingedeeld. Dan enkele wijven die wel voddenraapsters konden wezen en die ik ervan verdacht óók voor het papier gekomen te zijn. Naast mij een vrouwtje dat bananen at. Verder bezoekers zonder stempel die misschien voor hun genoegen kwamen en achteraan, tegen de wand, stond een agent van politie. Voor in de zaal een estrade met stoel, tafel en hamer. Een man kwam af en toe kijken of er volk genoeg was om te beginnen en toen het publiek onrustig werd verscheen eindelijk een heer in 't zwart die zeker de notaris was want hij ging zitten, hamerde tot alles stil werd en gaf lezing van de voorwaarden.

Nu werd overgegaan tot de opruiming van de inventaris en wel in de volgorde van het bericht in de courant zodat het een hele tijd duurde voor het papier aan de beurt kwam. Op sommige artikelen kwam met moeite een enkel bod, andere gaven aanleiding tot vinnige strijd en voor die onnozele blaasbalg werd ruziegemaakt door twee liefhebbers die beiden beweerden dat het laatste opbod van hun lippen was gekomen.

"Het kopen is makkelijk genoeg," fluisterde Boorman, "maar hoe raak ik dat papier kwijt, want ik zou het liever niet versjouwen. Het beste zal zijn het dadelijk aan een van de concurrerende bieders over te doen. Hou ze dus goed in de gaten zodat je ze kent, dan zal ik er een paar aanklampen bij 't verlaten van de zaal."

"Ongeveer vierduizend vijfhonderd kilogram papier," riep de notaris. En uit een tas kreeg hij een exemplaar van ons Wereldtijdschrift dat hij openvouwde als om te bewijzen dat het ook vanbinnen vol echt papier zat.

"De gehele voorraad bestaat uit exemplaren van ditzelfde tijdschrift," lichtte hij toe. "Het is glanzend papier van goede kwaliteit." Dat was dan ook alles wat ervan gezegd kon worden.

Een algemene stilte viel in, als voelde niemand zich

geroepen om de vijandelijkheden te openen, tot eindelijk een zware man, die al die tijd voor mij een smid was geweest, schuchter "honderd frank" loste.

De papierliefhebbers tekenden zich nu af door opstaan, door het aannemen van een strakkere houding, door het onderbreken van een handeling. Zo liet ook mijn buurvrouw de vellen van haar vierde banaan afhangen, zonder de laatste hap te doen.

"Honderd vijftig," sprak iemand achter ons, waarop de eerste "tweehonderd" zei. Om beurten opbiedend waagde de zware man zich tot tweehonderd tachtig en toen zette zijn concurrent de laatste tien frank erbovenop. Die tweehonderd negentig frank gingen het winnen toen mijn buurvrouwtje, dat de hele morgen gegeten en gezwegen had, haar onttakelde banaan in de hoogte stak om de aandacht van de notaris te trekken en rustig driehonderd vijftig bood. En zij was zo zeker dat niemand op dat reuzenbod zou durven reageren dat zij zich dadelijk de mond volstopte met haar laatste stuk en de schil tussen haar benen door onder de stoelen zwierde. De man die 't eerste bod gedaan had keerde zich om en lachte haar welgevallig toe, als voelde hij zich vereerd door haar verpletterd te worden.

Ook de notaris scheen in te zien dat het nu uit was en nam zijn hamer in de hand. Driehonderd vijftig éénmaal, driehonderd vijftig andermaal.

Boorman was recht gestaan en had een arm opgestoken als een eerste Mussolini.

"Achtduizend vijfhonderd frank," sprak zijn zware basstem.

Het vrouwtje staarde hem aan met ogen die uitpuilden van verstomming, verslikte zich, hoestte geweldig, probeerde tevergeefs een opwellend gegiechel te smoren en bevrijdde zich eindelijk in een onweerstaanbare schaterlach die de hele zaal meesleepte, en de ruiten daveren deed. Het publiek was opgesprongen.

"Huu, huu!" jouwde een stem.

"Bui-ten, bui-ten, bui-ten," scandeerden de papiermensen, zichzelf begeleidend met ritmisch getrappel.

De notaris hamerde geweldig en toen even een windstilte intrad kon hij zich verstaanbaar maken.

"Mijnheer," riep hij, "ik verzoek u dringend de orde niet te storen. Het is hier geen kermistent."

De agent van politie had zich losgemaakt van de wand en slenterde in onze richting.

"Achtduizend vijfhonderd andermaal," brulde Boorman, "of hoor jij niet goed? Toewijzen zeg ik!"

"Eén miljoen achthonderdvijftigduizend frank," schreeuwde opeens een mannetje met een bolhoed dat op een stoel was gesprongen.

Dat bod werd onthaald op een ontzaglijk hoera.

Wat Boorman toen riep was niet meer te verstaan, maar ik zag dat de radeloze notaris met zijn hamer een teken gaf en de agent pakte Boorman bij de arm.

"Vooruit," beval hij verbeten.

Boorman was niet groot, maar sterk, want het borstbeeld van Leopold II, een massief marmeren blok dat voor mij geen vin wilde verroeren, had hij eens opgepakt en alleen van 't Museum van Inlandse en Uitheemse Voortbrengselen tot in de gang gedragen, bij gelegenheid van een schoonmaak. Hij wierp een blik op de hand die zijn arm omknelde en zwaaide van zich af met zulk een bruuske kracht dat de agent, die niet uitwijken kon, van de been geraakte en languit tussen de stoelen terechtkwam. Zijn helm viel af, rolde een paar maal over, ging op zijn bodem staan als een bloempot en lag stil.

Rond Boorman had zich een leegte gevormd als om een krankzinnige. De agent was dadelijk rechtgesprongen en had zijn helm weer opgezet na hem met zijn mouw even te hebben afgestoft. Hij klauterde over een stoel, trok zijn gummistok en kwam aarzelend naar voren.

"Zot!" riep een stem en spontaan vormde zich een koor dat "zo-ot, zo-ot" aanhief en dan opnieuw "buiten, buiten".

Opeens werd Boorman, die tevergeefs probeerde het kabaal te overstemmen, van achteren besprongen door de man die 't eerste bod van honderd frank had gedaan.

En daar stond ik nu. Ik besefte volkomen dat het een heilige plicht was dat gluiperige beest naar de keel te vliegen, maar mijn knieën knikten en mijn armen hingen slap, want brutaal geweld heeft mij te allen tijde gehypnotiseerd en tijdelijk vernietigd.

"Gauw, de handboeien," tierde het bananenvrouwtje. En het woord was niet koud of de agent had Boorman werkelijk aan de rechterpols geboeid. De papierman pakte hem nu bij de linkerarm maar ging tegen de vloer en moest lossen.

"Ik ga mee," zei Boorman en hij stapte gedecideerd op de deur toe, zijn agent achter zich aan slepend.

"Die was ook in het complot," zei het vrouwtje en wees mij met de vinger, waarop ik schuilen ging onder de menigte.

Door de zaal weergalmde het gehamer van de notaris en toen ik op mijn beurt de uitgang bereikte kon ik zijn stem weer onderscheiden.

"Driehonderd vijftig frank éénmaal, driehonderd vijftig frank andermaal. Niemand méér? Geluk."

Op het trottoir trof ik een gonzend pak mensen aan die Boorman omstuwden en elkander verdrongen om hem even van dichtbij te kunnen zien.

"Wat is er aan de hand?" vroeg een voorbijganger.

"Een communist geloof ik."

"Dadelijk doodslaan is het beste," meende een oude heer, "want al dat rapaille zit op onze kosten knusjes achter slot en grendel."

"Wat weet jij van de hele zaak, oude vuilik," antwoordde een jonge kerel met een vettige pet op.

Gelukkig werd een passerende auto tot staan gebracht, Boorman en zijn geleider stapten in, het portier flapte dicht en weg waren zij. De laatste omstanders keken elkander nog even besluiteloos aan en gingen dan huns weegs.

"Oude vuilik," grinnikte de jongen nog na.

Ik bleef alleen achter en een zekere droefheid kwam over mij. Nooit was het tot mij doorgedrongen dat ik van Boorman hield en nu besefte ik dat hij mijn geestelijke vader was. Mijn lafheid wekte braaklust op en ik zou liefst onvindbaar ver weg zijn geweest, op een boerderij in Nieuw-Zeeland, om hem nooit weer onder de ogen te komen. Want scheiden zouden wij tóch en dit was een gelegenheid. Maar al was ik niet tot daden geboren, hem eenvoudig aan zijn lot overlaten, dat ging niet, want mijn kinderlijke liefde vergde dat ik althans proberen zou hem met een troostend woord terzijde te staan. Ik vroeg dan ook waar het bureau van politie was en ging mij daar aanmelden. En tegenover heel dat vertoon van blinkende knopen en sabels rees het vreedzame beeld van de Faisan Doré op, waar hij zijn overwinning met mij zou hebben gevierd.

In de wachtkamer zaten een zestal agenten gezellig bij elkaar, helmen en gordels aan de wand, pijpen in actie, dagbladen opengevouwen, maar van Boorman geen spoor. Ik vroeg aan een van hen waar hij zich bevond, maar die begon dadelijk zelf te vragen wie ik was en wat of ik met het geval te maken had. Ik verklaarde dan maar dat ik zijn secretaris was, in de hoop dat een man die er een secretaris op na houdt allicht met meer consideratie behandeld zou worden dan iemand die alleen staat. Er bleek werkelijk iets in te zitten want nu werd mij verzekerd dat hij bij de commissaris was en ik werd uitgenodigd te gaan zitten indien ik eraan hield hem nog even terug te zien.

Dat "even" joeg mij schrik aan zodat ik op mijn stoel geen rust kon vinden. Ik speelde wat met mijn hoed, luisterde gespannen en vernam af en toe het geluid van stemmen die bij vlagen doordrongen uit een aanpalend vertrek. Na een tijd kwam een heer binnen met bril en baard die als dokter werd begroet en hier thuis scheen te zijn want hij liep ongevraagd de wachtkamer door en verdween in het vertrek waar ik vermoedde dat Boorman zich ophield. Na enkele minuten kwam hij weer tevoorschijn, groette in 't rond met een vaag "heren" en ging heen zoals hij gekomen was.

Er gebeurde nu een tijdlang niets meer. Vier van de agenten waren aan 't bridgen gegaan terwijl een vijfde uit een dagblad de recensie van een gouden bruiloft begon voor te lezen.

"De bruid herinnert zich nog dat onze eerste koning..."

Toen werd een stomdronken man in de wacht gesleept die spreken, staan noch zitten kon. Men legde hem even op de grond en na enig gekibbel, omdat geen van de kaartspelers een handje wilde uitsteken, werd hij door de voorlezer en een die toevallig binnenkwam, naar achteren gedragen.

Men annonceerde vier klaveren.

Opeens vernam ik het gefluit van remmen, als van een motorwagen, en daarop kwamen twee opgeschoten kerels binnen, in witte jassen, die aanklopten bij de commissaris en dadelijk werden opengedaan. En even later verscheen Boorman met de twee witjassen als flankeurs. Er moest na 't verlaten van het notarishuis nog iets met hem gebeurd zijn want hij was zijn hoed kwijt en over zijn linkerwang liep een vale streep. Zijn gezicht klaarde op toen hij mij zag zitten.

"Jammer van onze fuif, Laarmans," sprak hij, "maar het heeft niet mogen zijn. Ik maak dat echter goed. En bekommer je niet om mij want ik hoop dat het gauw over is en kom je over enkele dagen wel opzoeken."

"Couperen," beval een kaartspeler.

"Kom," zei een van de begeleiders. En zij verlieten de wachtkamer.

Ik volgde hen op de voet en zag voor de deur een ambulance staan.

"De Korthals xv," lachte Boorman nog, terwijl hij met zijn bewakers instapte. En daarop reed de wagen door.

Flauw van de honger, want het was bijna drie uur, slenterde ik besluiteloos tot aan de eerste tramhalte, vond daar een klein restaurant waar ik een onbepaalde vleesschotel naar binnen werkte en geheel opgeknapt tot het besluit kwam dat ik niet naar huis mocht voor ik wist waar Boorman heengevoerd was.

Met een voorraad sigaren keerde ik schoorvoetend terug naar het politiebureau en trof daar een volledig stel nieuwe pijpen aan die van Boorman niets schenen af te weten. Ik deelde al mijn sigaren uit, wat een vreemde indruk maakte, omdat ik er zoveel had meegebracht en vertelde wat een halfuur tevoren gebeurd was. En eindelijk zei dan toch een agent op jaren, die scheen te voelen dat mijn offer een tegenprestatie verdiende, dat zij uitsluitend met het centrale gasthuis werkten en dat de man in kwestie zich daar zeer waarschijnlijk in observatie bevond. Een kwartier later stond ik bij de portier die mij een plakkaat aanwees waarop duidelijk te lezen stond dat ziekenbezoek slechts toegelaten was op donderdag en zondag, van twaalf tot een.

"Buiten naast de poort hangt er ook zo een," sprak

hij. En of Boorman daar afgeleverd was kon die man niet zeggen.

"Daar hebt u trouwens niets aan," meende hij, "want u kunt er nu tóch niet bij."

Het gasthuis

Het scheelde geen haar of ik had de vierde middag voorbij laten gaan zonder tijdig aan Boorman te denken. Gelukkig viel mijn blik op een notarisplakkaat en om twaalf uur stond ik in 't gasthuis waar spoedig bleek dat hij werkelijk present was. Men liet een verpleegster roepen die geen bezwaar maakte tegen een bezoek en mij voorging tot in een grote zaal met talrijke bedden waar ik langsliep zonder de bezetting te durven aankijken. In 't laatste bed lag Boorman, netjes toegedekt en schijnbaar volkomen gelaten.

"Je bent een beste kerel," verzekerde hij en stak mij een hand toe.

Ik vroeg wat hij daar uitvoerde en of hij van plan was nog langer te blijven, want ik vond die toestand meer iets voor een nachtmerrie. En waar hij die blauwgroene streep vandaan had die over zijn gezicht liep.

"Een kleinigheidje," meende hij. "Die agent vertegenwoordigt de staat en als je zo'n man tegen de grond zwiert dan sla je feitelijk de koning neer. En dat verdient niet alleen een wettelijke straf maar vergt ook een spontane kastijding. Waar zou het anders naartoe? De gummistok is toch voor iets uitgevonden? En of ik van plan ben hier nog langer te blijven?" lachte hij. "Van plan ben ik dat niet maar dat komt precies op 't zelfde neer want ik ben nog niet aan 't eind van mijn cyclus. Begrijp je 't niet? Dient een hond die verdacht is van dolheid niet tot op de naad onderzocht voordat je hem weer lopen laat? Van Kamp had gelijk toen hij voorspelde dat er psychiaters bij te pas zouden komen."

"Wat heeft Johannes de Doper in zijn bad gezongen? De Brabançonne. Maar Pietje kent die ook." En dreunend klonk het: "Juicht, Belgen, juicht, in brede volle akkoorden."

Ik voelde mij verbleken en vroeg zachtjes waar die stem vandaan kwam.

"Een van ons die in 't bad zit en van daaruit zingt," stelde hij mij gerust. "Kijk, Laarmans, je kan dat hier best vergelijken met een machine waar je aan de ene kant in- en aan de andere uitgaat. Achteruit kan je niet. De mensen die hier aangesteld zijn nemen je van de buitenwereld in ontvangst en die wil je niet terug hebben zolang je niet afgestempeld bent. En aan 't opmaken van zo'n diagnose gaan een serie handelingen vooraf waarvan de meeste voor mij reeds tot het verleden behoren. Zo heb ik mijn leven moeten vertellen, of ten minste wat ik aan hen kwijt wilde, want van dat been onder andere heb ik niet meer gerept. Had ik daar op 't politiebureau maar over gezwegen dan was ik misschien nooit hier geweest, maar ik kwam op 't ongelukkig idee dat hoge bod te willen verklaren en toen wisten zij dadelijk genoeg. Ik heb hier driemaal achterelkaar derde rijdende artilleriebrigade gezegd, zoals niemand bij de artillerie dat kan. Verder heb ik afdoende bewezen dat ik niets zie waar niets te zien is, niets ruik waar niets te ruiken en niets voel waar niets te voelen is. Hart, longen en buik, roeper en poeper zijn in orde bevonden en mijn reflexen zijn perfect. Daar kan die agent trouwens van getuigen. Niet alleen voel ik speldenprikken, koude, warmte en aanraking, maar ik kan zelfs geen gekietel uitstaan. Urine en bloed zijn prima."

"Maar Johannes de Doper kende geen Frans en Pietje wel. Après des siècles d'esclavage, le belge sortant du tombeau," tierde de man in zijn bad.

"Daar wen je spoedig aan," suste Boorman, die zag

dat ik opschrikte. "Als Patteet tot vanavond in 't water blijft slaapt hij vannacht misschien en zingt dus niet. Maar die naast mij is erger want die houdt mij wakker omdat hij dag en nacht zijn bed opmaakt, zonder versagen."

Ik keerde mij om en achter mij stond werkelijk een oud mannetje in zijn vaan, bezig zijn bed te bewerken.

"In Canada zijn de bedden veel beter," mopperde hij, gaf het een trap alsof het een hond was en kroop er weer in.

"Niets zeggen," raadde Boorman, die volkomen ingeburgerd scheen. "Trouwens hij zou je niet horen want hij hoort en ziet slechts dat bed. En bovendien ben je geen lid van onze broederschap maar een buitenstaander die oppassen moet, of je wordt er uitgezet door een coalitie van gekken en verpleegsters, want die zijn het eens. Urine en bloed zijn dus prima, maar ik vrees dat ik eerst nog aan de lumbaalpunctie zal moeten geloven voordat ik mijn stempel krijg. Zij zullen waarschijnlijk dat vocht uit mijn rug van naderbij willen zien. Wees echter niet ongeduldig want lang duurt het niet meer en de Faisan Doré is wel uitgesteld maar niet verloren."

Hij keek dromerig naar het plafond.

"In gedachte wandel ik wel eens door onze zaal alsof ik hier op visite was en dan rust mijn blik telkens op mijn eigen bed en op de gek die erin ligt. Want al word ik er spoedig uitgezet, als was ik een grappenmaker, het valt niet te ontkennen dat ik veel gekker ben dan al die verbijsterde lotgenoten die in 't water zingen of hun bed opschudden. Luister nu eens onbevangen naar Patteet. Wat zou het hinderen indien hij ongebreideld door de stad liep te jodelen? En dan mijn buurmannetje. Zou het iemand schaden indien hij dat bed iedere middag in 't midden van de grote markt opmaakte? Krijgt men niet voortdurend veel eigenaardiger dingen te zien?

Heren van gezag behangen met decoraties, prelaten knikkend onder mijters en brokaat, somber achter de eerste de beste lijkkoets aan stappend als braken zij van smart en zich plechtiger bewegend dan bij 't zinken van hun eigen moeder, vooral wanneer die in haar jeugd een café gehouden heeft. Om daags nadien, bij een of andere verjaardag of bij de geboorte van een prins, wéér maar op te stappen, ditmaal met een hoge borst alsof de Messias eindelijk gekomen was. En dan al die in sneeuw of hitte samenkoeken om op het zicht van die stoetgangers in tranen uit te barsten of zich de longen uit het lijf te jubelen. Om niet te spreken van de martelaars die sedert jaren mijn bonnetjes tekenen als konden zij daardoor de zaligheid verwerven en die mijn gesnork accepteren als munt van de Nationale Bank. Een verkillende ademtocht is over mijn huid gevaren toen de verpleegsters de hand op mij hebben gelegd om mij gereed te maken voor de ceremonie van het bad. Ik heb toen klaargestaan om alles te vertrappen want ik voelde wat het zijn moet spiernaakt voor de menigte te worden gebracht of met geweld in een kleed te worden gestoken dat men verafschuwt. Waarlijk, Laarmans, de geseling moet deugd doen op zo'n moment. Maar als in een visioen heb ik opeens beseft dat mijn klassenplicht onderwerping gebood en dat mijn ongehoord bod van achtduizend en zoveel voor een man van mijn jaren volstond als blijk van opstandigheid, omdat een parasiet zoals ik er geen belang bij heeft de komst te bespoedigen van de nieuwe orde der dingen die ons te werk zal stellen met spade en houweel, zonder grootlinten noch mijters. Eerlijk gezegd ben ik niet ontevreden dat ik hier een toevlucht en bescherming tegen mijzelf gevonden heb. Was ik nog een jonge baarddrager met vilthoed, pijp en knuppel, zoals jij indertijd, dan had men mij met een trap in mijn achterste naar huis gestuurd.

Maar ik sta al dertig jaar in 't gareel en om dan nog zoiets uit te halen, daar is geen excuus voor. Die arme agent met zijn gummistok heeft zijn plicht gedaan en zij hebben groot gelijk dat zij mij niet laten lopen zonder mij eerst terdege bekeken, betast en besnuffeld te hebben, want voor mijzelf is het een waarborg. Wat heb ik eigenlijk gezocht? Begrijp jij er iets van? En zo heb ik weer eens ervaren dat het wijzer is niets te zoeken, maar te nemen wat je krijgen kunt."

En toen was het tijd. Ik drukte hem de hand, zei nog iets onbenulligs, liet hem in zijn bed achter en even later stond ik dankbaar onder de heldere middaghemel. En opeens flitste het beeld van mijn neef mij door de geest. Aan dat gasthuis was zeker een aalmoezenier verbonden waar hij misschien een houvast aan had.

Ik ging eten, legde gauw een paar bezoeken af die ik niet uitstellen kon, stond tegen vijf uur bij Jan en ontvouwde voor hem ons hele panorama: het offeren van de negen biljetten, Van Kamps prachtig Aanbod van Gerede Betaling, de creditnota en de rotte appelen, de muiterij van de papiermensen en de fatale gevolgen van Boormans kennismaking met de commissaris en de gummistok. En nu ligt hij al vier dagen in 't ziekenhuis. Ik voor mijn part zou geen traan laten indien moeder Lauwereyssen morgenvroeg niet alleen haar laatste been verspeelde maar bovendien haar laatste snik gaf, verklaarde ik woedend.

Hij luisterde met open mond, als naar een toversprookje, maar toen ik de naam Lauwereyssen uitsprak vroeg hij opeens welke Lauwereyssen ik bedoelde, waarop ik even van de smederij gewaagde en van de rue de Flandre.

"Rue de Flandre? Dus de parochie van Sint Kathelijne" overwoog Jan. "Maar dan is dat mens van jullie te bereiken. En te bewerken ook" verzekerde hij. "Verbist is daar pastoor en dat is een van mijn beste vrienden, want wij zijn samen op hetzelfde seminarie tot priesters gekneed. Een gewiekste dienaar des Heren. Ik zal hem vanavond nog opbellen om een krijgsraad te beleggen. Als zij een trouwe kerkgangster is – en dat verloren been voorspelt niets dan goeds – dan maak ik mij sterk dat zaakje in één tempo op te knappen. Onze roomse gilde heeft al andere toeren uitgehaald. En het doel wettigt immers de middelen, waarde neef? Hadden jullie haar naam toen niet verzwegen dan had ik Boorman die jammerlijke raad zeker niet gegeven, maar zou dadelijk zelf naar die vrouw zijn toegegaan. Trouwens, dat doe ik nu tóch, maar het dringendste dient eerst gedaan want je weet nooit wat zij nog met hem uithalen. Een geluk dat de kruisiging in onbruik is. Hij moet daar uit en dan neem ik haar met Verbist wel onder handen voordat zij in een laatste lijf om lijf elkander opvreten, want zulk een man staat voor niets. Ik ga dadelijk mee."

Onze toga maakte ruim baan in 't gasthuis en drong, als de dood, met kracht en zachtheid overal door. Al was het bijna zeven in plaats van één, toch wees de portier niet op het bord waarvan een duplicaat buiten bij de poort hing, maar groette eerbiedig en haalde dadelijk een paar mensen uit een wachtzaaltje, stopte die in een soort inham waar een kapstok en bezems stonden en stelde de kamer tot onze beschikking. Dan belde hij een knecht en stuurde die het grote gasthuis in met opdracht de aalmoezenier te vinden en mee te brengen. Na enig wachten werd discreet geklopt en een afgietsel van mijn neef deed zijn intrede. Zij begroetten elkander als mensen van één vak en stand en daarop werd Jan door zijn collega weggevoerd, zeker naar een of ander reservaat.

Het wachten duurde lang. Een eenzame stap die zich door een gang spoedde, licht dat opgestoken werd en even kwam een knappe verpleegster kijken maar vond blijkbaar niet wat zij zocht en liet mij alleen.

"In de inham misschien," zei ik, doch zij was al weg.

Ik kreeg een tijdschrift van de tafel maar legde het weer terug. En toen gebeurde het wonder. De deur werd opengegooid en Boorman trad binnen, ditmaal tussen zijn twee zwarte flankeurs. Bleek als hij zag en met die groene streep over zijn gezicht leek het wel een opstanding. Nog steeds ontbrak zijn hoed en die werd nooit teruggevonden.

"Prachtig gedaan, Laarmans. Maar even te laat voor de lumbaalpunctie, want die heb ik net gehad. Jij hebt tenminste neven. Onze fuif komt spoedig, maar nu wilde ik wel naar huis."

Buiten keerde hij zich nog even om, wierp een laatste blik op de sombere gevel en ging behoedzaam zitten, want zijn rug had als terrein voor die punctie gediend.

"Nu moet u mij beloven dat been voortaan met vrede te laten," zei Jan onder 't rijden.

Boorman keek in gedachten voor zich uit en om zijn mond kwam een bittere trek.

"Het einde van een droom," mompelde hij, stapte uit en maakte zijn straatdeur open.

Halleluja

Een paar weken na de ontzetting van Boorman kreeg ik van Jan een briefkaart die als volgt luidde:

Waarde Neef,

De muilezel is murw gepredikt en nu zo ontvankelijk als voorheen halsstarrig. Ik heb toebereidselen gemaakt voor de slotceremonie op zondag om vier uur namiddag. Er zal niets ontbreken. Kom zonder fout en zorg vooral dat de heer B. medekomt want die speelt een hoofdrol. Zeg hem niet waar het om gaat. Maar dat jij branden zal daar kan je staat op maken.

Boorman werd door mij bereid gevonden mede te gaan, temeer daar hij mijn neef nog een dankvisite schuldig was voor zijn afdoende hulp. Om vier uur hingen wij dan ook onze spullen bij Jan aan de kapstok en deden onze intrede in de bekende zitkamer. Damast, kristal en flessen, flessen, als bij ons eerste bezoek. En achter de tafel een voor Boorman onverhoopt pièce-montée in de vorm van moeder Lauwereyssen in levenden lijve. Permanent gegolfd, als dikke Jeanne, met lichte blouse en zwarte japon, zag zij er werkelijk keurig uit en had niets meer van het mens dat in de technische afdeling met die zalf van Averbode manœuvreerde. Het rentenieren scheen haar goed te doen. Achter haar rustte haar kruk tegen een deur, als een geweer.

Boorman stond van de hand Gods geslagen.

"Zal ik u even voorstellen?" vroeg Jan die ons tegemoet kwam.

"Geef u die moeite niet," zei moeder Lauwereyssen, "want wij hebben elkaar al meer ontmoet, is 't waar of niet, mijnheer Boorman. Kom maar, hier aan mijn rechterhand. Ik heb de kop nu eenmaal in de schoot gelegd en ik lever gaarne perfect werk, zoals indertijd perfecte liftjes. Vooruit, dikzak." En naast zich trok zij een stoel achteruit om hem door te laten, met buik en al.

Mijn rinoceros scheen een ogenblik te twijfelen, wiegelde dan naar de tafel toe en ging naast haar zitten.

"Een hand daarop," gebood zij. En het werd een schudden waar geen eind aan kwam.

"En nu Sauternes 1914, want die van 1911 is op," officieerde Jan. En behoedzaam schonk hij het fonkelend goud in vier grote glazen.

"Op dat been van mij, als u 't goedvindt," stelde zij voor. En nooit hebben vier drinkers inniger gecommunieerd.

"Mijnheer," zei Boorman tot mijn neef, "ik ben u dankbaar. Maar ik heb met mevrouw nog steeds iets te verrekenen. En dat hebt u waarschijnlijk over 't hoofd gezien."

Nu het been eindelijk begraven was begon hij weer te delven. Ik had hem wel een trap kunnen geven.

"Neen, ook dat is niet over 't hoofd gezien," zei Jan. "Mevrouw stelt voor dat u mij duizend frank geeft die ik dan schenken zal aan een inrichting met liefdadig doel, natuurlijk met uitsluiting van het centrale gasthuis waar zo lichtvaardig met lumbaalpuncties wordt omgesprongen."

Boorman dacht even na en zijn kale knikker ging aan 't wiegelen.

"Neen," wierp hij tegen, "niet aan u maar aan mevrouw zelf. Wil die 't geld aan u overdoen, dat is haar zaak."

"Goed, koppig beest, aan mij dan," snauwde moeder

Lauwereyssen. "Je geeft mij duizend frank en je krijgt een zoen." En voordat Boorman zijn hoofd kon bergen had hij hem al beet.

"En het gaat hier niet om duizend frank" maalde Boorman onverstoord verder "maar om een bedrag van achtduizend vijfhonderd, zoals deurwaarder Van Kamp in zijn Aanbod van Gerede Betaling omstandig vermeld heeft." En hij trommelde op de tafel als iemand die zijn geduld verliest.

Moeder Lauwereyssen kreeg een kleur.

"Is hij stapelgek of is hij dat niet?" vroeg zij, met een opgewonden blik in de richting van mijn neef.

"Hoe meer geld hoe beter, dunkt mij," zei Jan laconiek, "het gaat immers naar de arme?"

Buiten stak Boorman vertrouwelijk zijn arm onder de mijne en zo wandelden wij de stad in, als geestverwanten die van een banket komen. In de rue Royale bleef hij opeens staan en wees mij een splinternieuwe koperen plaat waarop in prachtletters "Staatsloterij" te schitteren stond.

"Alles komt ineens en 't is jammer dat Martha dat niet mee kan maken. Weet je nog dat ik indertijd een zaak van een miljoen exemplaren gemist heb? Welnu, die sluit jij hier af, want dit zijn je ware lui die met het geld van Jan en alleman werken. Als je keurig uitgedost op die mensen afgaat, want je bent niet altijd tiptop, en je zorgt dat op je gezicht een stille commissie van tien percent te lezen staat, dan lever jij daar een tijdschriftje voor ieder Belgisch gezin, zijnde dus minstens één miljoen vijfhonderdduizend exemplaren, die als termieten alles zullen ondergraven wat nog twijfelen mocht aan het vaderlandlievende van hun trommel. En vanavond gaan wij met ons beidjes naar de Faisan Doré."

Hij ademde diep, als iemand die de lente opsnuift. En mijn voornaam gebruikend:

“Ja, Frans,” erkende hij, “het is een gezegende dag geweest. Ik ga morgen eens naar ’t kerkhof.”

En hij legde een hand op mijn schouder, zoals een vader doet.’

'Maar hoe ben je eigenlijk in die fabriek terechtgekomen?' vroeg ik toen hij zijn pijp uitklopte.

Laarmans slaakte een zucht.

'Hijzelf heeft mij de pap in de mond gegeven want al die jaren had ik de spanning, die de exploitatie van ons tijdschrift medebracht, slechts verdragen omdat hij mij recht voor zich uit joeg, hijzelf doof en blind voor alles wat niet aanstuurde op het tekenen van bonnetjes. Maar als de aanvoerder blijk geeft van zwakheid, al is het dan maar tijdelijk, wat kan je dan nog verwachten van een halfbakken soldaat, vooral wanneer die aan trouwen begint te denken? Nu Boorman zijn deel had ontvangen ging neef Jan zich met mij bemoeien, want hij was er zeker van dat ik anders vroeger of later achter slot zou worden gezet. En daar de gerokte dienaren van het Opperwezen een machtige broederschap vormen, had hij spoedig voor mij niet alleen een betrekking als correspondent bij de General Marine and Shipbuilding Company, maar ook een vrouw gevonden. Samen te nemen of helemaal niets. Om alleen de betrekking te krijgen moest ik met A plus B bewijzen dat ik al jaren een meisje met een kind had zitten. En zo ben ik dan getrouwd, zoals je ziet. Ik had Boorman een eerste maal verloochend tijdens ons bezoek bij mijn neef, toen ik mij had voorgedaan alsof heel zijn uiteenzetting over het tijdschrift voor mij een nieuwigheid was. Een tweede maal toen het bananenvrouwtje mij met de vinger gewezen had en ik schuil was gegaan onder de menigte, als kende ik hem niet. Je begrijpt dat men van zo'n vod alles verwachten kon. En dat heeft Boorman dan ook ondervonden, want zo plotseling als mijn kennismaking met hem was geweest, zo plotseling ben ik van het toneel verdwenen. Ik heb heus de moed niet gehad hem in zijn gezicht te zeggen dat ik ons tijdschrift, en al zijn goede lessen, in de steek liet, om opnieuw voor andermans rekening gedistingeerde salutaties te gaan typen, want mijn ontluistering was te groot, zoals je zelf aan mij hebt gemerkt toen je mij aan de fabriek hebt opgewacht. Het contract dat wij in de Brasserie du Lion Royal hadden getekend heb ik hem zonder enig commentaar teruggezonden bij wijze van derde en finale verloochening.'

'En dat is dus het jammerlijk einde geweest van dat fameuze Wereldtijdschrift voor Financiën, Handel, Nijverheid, Kunsten en Wetenschappen?' wilde ik nog weten.

'Welneen,' stelde Laarmans mij gerust. 'Boorman zal natuurlijk raar hebben opgekeken, maar hij heeft mij niet eens opgezocht want hij is een man die alles kan begrijpen. En dadelijk is hij opnieuw de boer op gegaan, want zes maanden later vond ik in mijn brievenbus een exemplaar van nummer zeven van de tweeënvijftigste jaargang. Als uitgever stond Boorman weer op het omslag. Al mijn collega's van de fabriek hadden er die ochtend óók een ontvangen. En daar geen van ons allen onder de markante burgers gerekend kan worden veronderstel ik dat de gehuldigde er werkelijk aan ieder Belgisch gezin een geadresseerd heeft, zijnde dus minstens een miljoen vijfhonderdduizend exemplaren. Het nummer was uitsluitend gewijd aan de Staatsloterij waarvan hij mij de naamplaat tijdens onze laatste wandeling had aangewezen en 't begin luidde als volgt:

"De tous les éléments de l'économie politique, la Loterie d'Etat est certes celui qui offre au prodigieux et inépuisable thème de l'équilibre budgétaire les plus admirables ressources."

Het was een geslaagde kopie van onze klassieke studie over marmer, cement, papier en maarschalk Foch.'

'En heb je hem nooit meer teruggezien?'

'Eens heb ik hem hier in 't centrum voor een nieuwe gevel zien staan, op de manier die hem eigen is, want hij loopt nog steeds en zal pas rust vinden in de dood. Met mijn staart tussen mijn poten ben ik toen dadelijk een zijstraat ingeslagen want voor geen geld wil ik hem weer onder de ogen komen, al ben ik zeker dat hij alleen vragen zou of ik eindelijk het geluk heb gevonden en al zou hij mij in dit klerkenpak en met die sik misschien niet eens herkennen. Maar geheel veilig voel ik mij niet want ik weet zeker dat ik hem vroeger of later op de fabriek voor 't loket zal aantreffen, wanneer hij verschijnen zal om onze luizige mijnheer Henry eens goed in te prenten "que de tous les matériaux de l'architecture, le fer est certes celui qui offre au prodigieux et inépuisable thème de la construction industrielle les plus admirables ressources". Kijk maar in de la, onder marmer of papier, dan vind je de tekst.'

Antwerpen, 1938

Aantekeningen

Lijmen / Het Been

'In Boorman, de hoofdpersoon van *Lijmen*, heb ik de moderne handelsgeest willen uitbeelden. Boorman bedriegt de mensen, neemt wat hij krijgen kan, spekuleert op de domheid der reclaamzieke zakenlui, alles omdat de mensen hem daartoe in de gelegenheid stellen, omdat iemand als hij in een kapitalistische maatschappij eenvoudig niet anders kan. Boorman moet bedriegen, zoals een bankier interest moet vragen. Een notaris die zijn hypotheken zo maar weggeeft, nou, die kan net zo goed heel zijn fortuin aan de armen geven en gek worden.' Aldus Willem Elsschot. In het begin van de roman wordt enigszins cryptisch uitgelegd hoe dat bedriegen in zijn werk gaat: 'Nu ja, lijmen. De mensen bepraten en dan doen tekenen. En als zij getekend hebben, krijgen zij het ook werkelijk thuis.' Aan het woord is Frans Laarmans, ooit een verzen schrijvende kantoorklerk die vertelt hoe hij na een toevallige ontmoeting met de opper-lijmer Boorman al snel zijn baard, vilthoed en pijp, 'dus eigenlijk mijn ziel' offerde 'op het altaar van het Wereldtijdschrift, om door Boormans genade van novice tot hogepriester te worden opgeleid'. De moderne handelsgeest waar Boorman hem medeplichtig aan maakt blijkt een even harde, absurde als vermakelijke werkelijkheid te zijn.

Dertien jaar na de verschijning van *Lijmen* (1924) zette de criticus Menno ter Braak Elsschot aan tot het schrijven van een vervolg op de roman. In de boeken ná *Lijmen*, zo vond Ter Braak, ontbrak de 'imponeerende gestalte' van Boorman, en juist in deze figuur kwam de idee van Elsschots werk het 'sterkst geconcentreerd' terug: 'In Boorman steeg Elsschot boven zichzelf uit.' Elsschot heeft Ter Braaks aansporing niet voetstoots ter harte genomen, want pas na 'volhardende belangstelling' van de kant van Jan Greshoff ging hij aan de slag. 'Het gaat langzaam, want het is iets dat héél goed of heelemaal niet moet zijn.' Een van de moeilijkheden was om de inhoud en stijl naadloos op die van *Lijmen* te laten aansluiten, want Elsschot beschouwde *Het Been* (1938) niet als een nieuw verhaal maar als een 'hoofdstuk' van *Lijmen* zelf.

Toen Elsschot in 1943 eindelijk in de gelegenheid werd gesteld *Lijmen* en *Het Been* als één boek uit te geven, voegde hij op diverse plaatsen nieuwe passages toe en werkte hij de grootste inconsequenties tussen beide verhalen weg. De aldus 'verbeterde tekst' van deze eenmalige Vlaamse uitgave (bij Manteau) zou nooit meer herdrukt worden, eenvoudigweg – maar onbegrijpelijk genoeg – omdat Elsschot en zijn Nederlandse uitgever Van Kampen later altijd achteloos zouden teruggrijpen op de niet-'verbeterde' Nederlandse uitgave. In deze editie is deze omissie hersteld.

In de hierna volgende aantekeningen zijn de met een asterisk gemarkeerde vertalingen overgenomen uit de tweede druk van *Lijmen* (1932), waarvoor Elsschot zelf 'al die Fransche gewilde onzin' heeft vertaald (twee lacunes in zijn vertalingen – op p. 81 en 85 – zijn tussen vierkante haken aangevuld).

Pagina 10 – *Vliegt de Blauwvoet! Storm op Zee!*: leus van de Vlaams-nationalisten in hun strijd tegen de verfransing van Vlaanderen; de spreuk is ontleend aan Hendrik Consciences roman *De kerels van Vlaanderen* (1871) en vooral bekend geworden door verschillende gedichten van Albrecht Rodenbach.

Pagina 13 – *moulinet*: dansfiguur bij de quadrille, een Franse dans uit de achttiende eeuw.

Pagina 14 – *Ik verdiende met typen... en dan...*: niet veel voorkomend salarissysteem, waarbij de looncurve van een werknemer aanvankelijk een (snel) stijgend verloop kent en vervolgens (op vijfenveertig- á vijftigjarige leeftijd) een langzame daling wegens afname van productiviteit en/of inzetbaarheid.

Pagina 14 – *nous vous accusons réception de votre honorée*: wij bevestigen u de ontvangst van uw geëerde schrijven.

Pagina 14 – *recevez, Messieurs, nos salutations distinguées*: met de meeste hoogachting.

Pagina 18 – *De quoi écrire!*: Pen en papier!

Pagina 24 – *zijn tijd bij 't lood woog*: zijn tijd kostbaar vond (vergelijk het puntdicht van A.C.W. Staring: 'Wordt Eikenschors bij 't pond gewogen, / Men weegt Kaneel bij 't lood').

Pagina 25 – *Lorsque... partez d'ici*: Sta, wanneer u alles gezegd heeft, / op en vertrek vanhier.

Pagina 25 – *Ne consacrez... nécessaire*: Besteed aan elke zaak / niet meer tijd dan strikt nodig is.

Pagina 25 – *Payez comptant, / Soyez content:* Betaal contant, / wees content.

Pagina 29 – *in sordino*: gedempt.

Pagina 30 – *Six cents mois... soient fêtés!*: Zeshonderd maanden, vijftig jaren, / kont aan kont en neus aan neus, / zonder twist of ergernis, / dat is waard gevierd te worden!

Pagina 32 – *droes*: duivel.

Pagina 45 – *Korthals et Fils... un instant*: Korthals en Zonen. Ik bel u om u te zeggen dat ik een van mijn klanten toestemming heb gegeven om bij u een exemplaar op te halen van de twee foto's van mijn motorlijkwagen. Hij is dadelijk bij u.

Pagina 46 – *C'est pour... mademoiselle*: Ik kom voor de twee foto's van de motorlijkwagen, juffrouw.

Pagina 46 – *Je les cherchais justement, monsieur*: Ik was ze juist aan het zoeken, meneer.

Pagina 46 – *Pourvu qu'il en reste [...] Vous avez de la chance*: Als we er nog maar wat van hebben [...]. Anders kunnen we ze natuurlijk voor u maken. Ah, hier zijn ze. U hebt geluk.

Pagina 47 – *deferentie*: eerbied, ontzag.

Pagina 48 – *Zo'n huishouden heeft wat in*: Bij zo'n huishouden komt heel wat kijken.

Pagina 53 – *Nom de Dieu de nom de Dieu!... monsieur*: In godsnaam! Kom ik dan nooit van dat verduivelde tijdschrift af [...]. Trouwens, neemt u om te beginnen uw hoed af, meneer.

Pagina 53 – *Voilà ce qu'il me reste encore de votre saleté*: Kijk, dit heb ik nog over van uw vuile rotstreek ('saleté' betekent ook 'viezigheid', 'troep').

Pagina 53 – *Vous pouvez les avoir... malheur?*: U mag ze hebben. Wat wilt u dat ik doe met dat ellendige papier?

Pagina 54 – *Encore neuf cents francs? [...] rien*: Nog negenhonderd frank? [...] Weet u het zeker? En alle kostuums en overjassen die hij al is komen halen! Vergeet u niet domweg er aantekening van te houden? Enfin, er valt niets aan te doen, niets.

Pagina 54 – *C'est en règle*: Het is in orde.

Pagina 54 – *kornak*: olifantsleider.

Pagina 56 – *accordéons... brasseurs*: harmonica's, staalfabrieken, verzekeringen, breukbanden en zwachtels, banken, brouwers.

Pagina 58 – *Ah, monsieur... parlez pas*: O, meneer, die administratie, praat u me er niet van.

Pagina 59 – *Sœurs de Marie [...] une forme idéale*: *'Zusters van Maria [...] het jonge meisje is als klei waaraan deugdzame en ervaren handen een ideale vorm weten te geven.'

Pagina 59 – *Sœurs du Sacré-Cœur-de-Marie […] une forme idéale*: *'Zusters van het Heilig Hart van Maria [...] het jonge meisje is als klei waaraan ervaren en deugdzame handen een ideale vorm weten te geven.'

Pagina 59 – *Sœurs de Saint-Vincent-de-Paul […] une forme idéale*: *'Zusters van de Heilige Vincentius a Paolo [...] deugdzame en ervaren handen het jonge meisje, de vrouw van morgen, kneden kunnen tot een ideale vorm.'

Pagina 59 – *Sœurs de Sainte-Marie… son avenir social*: *'Zusters van de Heilige Maria: Deze opleiding wapent het jonge meisje niet alleen met een godsdienstige overtuiging vol opwellingen naar het goede, maar bovendien met rijke kennis, een praktische geest, welgemanierdheid en een bedachtzaamheid die voor haar sociale toekomst onmisbaar zijn.'

Pagina 59-60 – *Sœurs du Sacré-Cœur-de-Marie […] impérieusement*: *'Zusters van het Heilig Hart van Maria [...] Deze opleiding wapent het jonge meisje niet alleen met een goedheid die vol is van opwellingen naar een godsdienstige overtuiging, maar bovendien met een welgemanierdheid, een praktische geest, wetenschappelijke kennis en een bedachtzaamheid, welke onmisbaar zijn voor haar maatschappelijke toekomst.'

Pagina 60 – *Sœurs de Saint-Vincent-de-Paul […] son avenir social*: *'Zusters van de Heilige Vincentius a Paolo [...] De godsdienst wapent het jonge meisje met een cultuur vol opwellingen naar het goede, met rijke kennis, met een praktische beredeneerdheid en een welgemanierdheid die zij dringend nodig heeft om haar sociale roeping te volbrengen.'

Pagina 60 – *Sœurs de Sainte-Marie [...] et de tendresse*: *'Zusters van de Heilige Maria [...] Is het jonge meisje christelijk opgeleid, dan heiligt zij het gezin door haar onwrikbare deugdzaamheid, haar zachtmoedigheid en haar grenzeloze toewijding.'

Pagina 60 – *Sœurs du Sacré-Cœur-de-Marie [...] et de respect*: *'Zusters van het Heilig Hart van Maria [...] Christelijk opgeleid zal het jonge meisje het gezin heiligen door haar onwrikbare toewijding, haar zachtmoedigheid en haar grenzeloze deugdzaamheid.'

Pagina 60 – *Sœurs de Saint-Vincent-de-Paul [...] et de douceur*: *'Zusters van de Heilige Vincentius a Paolo [...] Het christelijk opgeleide jonge meisje heiligt het gezin want zij bezit een schat van deugden in een hart vol tederheid, eerbied en zachtmoedigheid.'

Pagina 61 – *De tous les matériaux... de la décoration*: *'Onder al de in het bouwvak gebruikte materialen, is het marmer ongetwijfeld het meest geschikt als grondstof voor de talloze vormen van de moderne sierkunst.'

Pagina 61 – *Le ciment est certes... admirables ressources*: *'Cement is ongetwijfeld van al de in het bouwbedrijf aangewende materialen datgene dat zich het best leent tot de uitvoering van de talloze vormen van de hedendaagse sierkunst.'

Pagina 65 – *Lorsque... partez d'ici*: zie de annotatie bij pagina 25.

Pagina 71 – *aan dubbele rotten*: in dubbele rijen (gezegd van de opstelling van legertroepen).

Pagina 75 – *Compagnie Continentale... Gouvernement Libérien*: *'Continentale Maatschappij van Algemene Levensverzekeringen en Lijfrenten. Uitgekeerd bedrag tot op heden: frs. 378.356.207,27. Onder toezicht van de Regering van Liberia.'

Pagina 77 – *Sanatorium Général... tuberculeux*: *'Algemeen Sanatorium "De Zeven Fonteinen". Doctor J. Glorieux van de Hospitalen van Parijs. Licht – Lucht – Baden – Dennenbossen. Speciale afdeling voor krankzinnigen en zwaarmoedigen. Geen teringlijders.'

Pagina 78 – *Stoffels, Dupuis & Co... la marque "Morpheus"*: *'Stoffels, Dupuis & Co. Engelse bedden. Enige vertegenwoordigers van Collingwood Ltd. Eist het merk "Morpheus".'

Pagina 78 – *Charles Van Ganzen... Louis* XV: *'Charles Van Ganzen. Oude en nieuwe meubelen. Specialiteit: Slaapkamers in Louis XV-stijl.'

Pagina 79 – *le bois*: hout.

Pagina 79 – *Korthals et Fils... Membre du Jury*: *'Korthals & Zonen, Gent. Vervoer van lijken met de speciale motorwagen Korthals XIV en van zieken met de speciale motorwagen Korthals XV. Balsemen. Gouden medailles. Lid van de Jury.'

Pagina 80 – *Automobilistes... Mignon!*: *'Autorijders! Koopt allen een auto...-piano Mignon!'

Pagina 81 – *Bureau de voyages "Orient"... la jeunesse!*: *'Reisbureau "Orient". Plezierreizen naar het Oosten, Zwitserland, Italië, Noorwegen, Spanje, Marokko enz.

[Reizen rond de wereld. Plezier- en] Studiereizen. Modern comfort. Eersterangs hotels. Ervaren gidsen. Het reizen vormt de jeugd!'

Pagina 82 – *Mayer & Strauss... Tout à crédit!*: *'Mayer en Strauss. Meubelen en huishoudartikelen. Verhuring van klederen. Krediet voor allen! – Alles op krediet!'

Pagina 83 – *Regardez ma mère... Sainte-Cathérine*: *'Bezie mijn moeder, mijnheer. Dat hebben die joden van de rue St. Catherine haar aangedaan.'

Pagina 84 – *de broek afstrijken*: overtreffen.

Pagina 84 – *Jean Lamborelle Ainé... succursales*: *'Jean Lamborelle Senior. Luxe-behanger. Deze firma heeft geen filialen.'

Pagina 85 – *Banque Nationale... Arbitrage*: *'Nationale en Internationale Bank. Alle gebruikelijke verhandelingen. Industrie. Handel. Intercommunaal. Regionaal. Beurs-, Wissel- en andere transacties. Spaarbank. Incasso. Disconto. [Herdisconto.] Arbitrage.'

Pagina 86 – *que de tous les matériaux... ressources*: *'dat van alle architectonische materialen... [...] dat van al de raderwerken van de moderne economie een bank ongetwijfeld de heerlijkste rol speelt in de ontwikkeling van de moderne sierkunst. Ik bedoel van de nationale welstand.'

Pagina 87 – *de tous les maréchaux... ressources*: *'Van al de maarschalken van de grote oorlog, heeft maarschalk Foch ongetwijfeld de heerlijkste rol gespeeld in de ontwikkeling van het nationaal gevoel.' De Franse opperbevelhebber Ferdinand Foch (1851-1929) ontving in 1918 de waardigheid van maarschalk van Frankrijk, vanwege zijn enorme staat van dienst in de Eerste Wereldoorlog.

Pagina 90 – *verzwond*: verdween.

Pagina 91 – *dat zich [...] een spanning condenseerde*: dat er [...] een spanning neerdaalde (vergelijk het Franse 'se condenser').

Pagina 93 – *Lo siento... relaciones*: Ik betreur het des te meer, omdat ik mij had verheugd op deze gelegenheid om onze betrekkingen nieuw leven in te blazen.

Pagina 99 – *Pierre Lauwereyssen... d'ascencevrs*: Pierre Lauwereyssen, smid. Liftenfabriek.

Pagina 100 – *krukdeur*: deurkruk (vergelijk het Franse 'poignée de porte').

Pagina 104 – *wonderzalf uit de abdij van Negenbergen... geneest*: vergelijk *De Verlossing* waar de abdij van Negenbergen wordt aangehaald als een eeuwenoud heilig oord met een Mariabeeld dat 380 jaar lang had geglimlacht maar 'op een ochtend door een jonge geestelijke betraand werd aangetroffen. En sedertdien genas Maria flerecijn [jicht, reumatiek], kanker en Sinte Markoen [een halsklierziekte].' Zie ook pagina 186.

Pagina 113 – *marbreries*: marmerwerkplaats.

Pagina 114 – *fer*: ijzer.

Pagina 114 – *volgelingen van Pluto*: in plaats van Pluto (oftewel Hades, de god van de onderwereld en schenker van rijkdom) zal Hefaistos bedoeld zijn, de god van het vuur, de ijzerbewerking en andere kunsten.

Pagina 124 – *om de Vaal over te trekken*: verwijzing naar de zogenaamde Grote Trek (vanaf 1835), waarbij Zuid-Afrikaanse boeren de Vaalrivier overtrokken op zoek naar nieuwe gronden (vergelijk pagina 120).

Pagina 136 – *vermaken*: verbinden.

Pagina 136 – *adjusteerde haar hoofd*: plaatste haar hoofd in de juiste stand.

Pagina 144 – *op uitgaven*: op uitkwamen.

Pagina 154 – *avocat près la Cour d'Appel*: advocaat bij het Hof van Beroep.

Pagina 171-173 – *Ik heb gedroomd, o moeder*: Elsschot citeert hier zijn eigen jeugdvers uit 1904 (zie *Verzameld Werk*, pagina 741 en 845).

Pagina 174 – *de tous les rouages... ressources*: zie de annotatie bij pagina 86.

Pagina 174 – *cavalcade*: optocht.

Het Been

Pagina 180 – *pelerine*: brede kraag, gebruikt als bescherming tegen regen.

Pagina 183 – *een lelijke veeg*: een zware klap.

Pagina 185 – *een spaak*: staaf of stuk hout als hefboom gebruikt om zware voorwerpen iets op te kunnen tillen en/of over de grond te verplaatsen. Vergelijk pagina 221 'handspaak'.

Pagina 186 – *wonderzalf van Averbode*: vergelijk pagina 104, waar Elsschot de fictieve benaming voor Averbode gebruikt ('Negenbergen').

Pagina 195 – *sacerdotale*: priesterlijke.

Pagina 197 – *als verwachtte hij zich aan*: als verwachtte hij (vergelijk het Franse 's'attendre à').

Pagina 197 – *in articulo mortis*: op het punt van sterven.

Pagina 198 – *deemstering*: schemering, hier: 'het vervagen'.

Pagina 201 – *die burgemeester van Cork... honger*: Terence MacSwiney (1879-1920), republikeins burgemeester van de Ierse stad Cork, ging in oktober 1920 in hongerstaking uit protest tegen zijn arrestatie op een IRA-bijeenkomst. MacSwineys actie trok wereldwijd de aandacht. Na ruim zeventig dagen overleed hij.

Pagina 205 – *sacoche*: handtasje.

Pagina 205 – *zij had maar even drieëntwintig gehad. Nu nog slechts tien, dus een kleinigheid*: bij suikerziektepatiënten dient het suikergehalte van het bloed tussen de vier en tien millimol per liter te blijven; bij een bloedsuikerspiegel van 23 mmol/l treedt door gebrek aan insuline onder andere sterke vermagering op.

Pagina 213 – *een laat*: in het feodale stelsel de benaming voor een horige, halfvrije grondgebruiker.

Pagina 215 – *om naar Canossa te gaan*: om het hoofd in de schoot te leggen (Canossa was de rotsburcht bij Reggio d'Emilia (Italië) waar de Duitse keizer Hendrik IV in 1077 naartoe trok en zich aan paus Gregorius VII onderwierp, om ontheven te worden van de kerkban).

Pagina 216 – *Themis*: godin van het recht.

Pagina 220 – *De Consignatiekas*: instelling voor het bewaren van gelden waarover een rechtsgeding hangende is of waarvan uitkering aan de rechthebbende niet mogelijk is.

Pagina 221 – *handspaak*: zie de annotatie bij pagina 185.

Pagina 224 – *de redemptie*: de afkoop, inlossing.

Pagina 232 – *de Faisan Doré*: De Goudfazant.

Pagina 233 – *estrade*: verhoging.

Pagina 239 – *pijpen*: niet in deze betekenis gevonden, wel 'pijpers': minachtende benaming voor personen die niet deugen.

Pagina 242 – *Juicht, Belgen... akkoorden*: de eerste twee regels van het Belgische volkslied in de Nederlandstalige versie uit 1894 van Victor Ceulemans. Deze versie was jarenlang de meest aanvaarde Nederlandstalige versie, maar werd in 1930 bij ministeriële beschikking vervangen door een vertaling van de officiële Franstalige tekst (die vertaling zou in juli 1938 wederom worden vervangen).

Pagina 242 – *Après des siècles d'esclavage, le belge sortant du tombeau*: Na eeuwen van slavernij, is de Belg opgestaan uit zijn graf: het begin van de vierde strofe van de door Charles Rogier in 1860 geschreven Franstalige versie van de Brabançonne. Deze strofe werd in 1930 tot de officiële Franstalige versie verklaard en vervolgens ook in het Nederlands vertaald.

Pagina 243 – *vaan*: hemd.

Pagina 244 – *gesnork*: gepoch, grootspraak.

Pagina 248 – *Kom zonder fout*: Kom beslist.

Pagina 248 – *pièce-montée*: monumentale taart.

Pagina 249 – *rinoceros*: neushoorn. De doorgaans negatief bedoelde figuurlijke betekenis (plompe, onbeschofte kerel) lijkt hier niet mee te spelen, integendeel.

Pagina 254 – *l'équilibre budgétaire*: begrotingsevenwicht.